KB250259

校譯 太平廣記諺解

교역
태평광기언해 ④

김동욱 풀어 옮김

보고사

이 책은 2010학년도 상명대학교 교내 학술연구비 지원(2010-A000-0142)으로 저술하였음.

《멱남본 태평광기언해(覓南本 太平廣記諺解)》에 대하여

　　《태평광기언해》의 저본이 된 《태평광기》는 중국 송나라 태종 태평홍국(太平興國) 2년(서기977년) 칙명에 의해 이방(李昉) 등 12인이 엮은 설화집으로, 모두 500권이다. 송대 이전의 475종의 고서에서 발췌한 자료를 신선(神仙)·여선(女仙)·도술(道術)·방사(方士) 등 92항목으로 나누어 수록하였다.

　　오늘날 전하는 이본으로는 명대 담개(談愷) 간행본, 허자창(許自昌) 간행본(서기1566년, 목판 80책), 청대 황성(黃晟) 간행본(서기1568년, 목판 66책) 등이 있다.

　　《고려사》권71. 악지2에 수록된 <한림별곡>의 내용을 보면, 《태평광기》는 이미 고려 중기에 이 땅에 전래되어 있었던 것으로 보인다. 그 후 조선조 성종 때 성임(成任, 1421-1484)이 《태평광기》에서 발췌하여 《태평광기상절(太平廣記詳節)》 50권을 간행하였고, 조선조 선조-경종 시기에는 5권 5책의 필사본 《태평광기언해》가 출현하였다. 이 언해본을 소장자 김일근 교수의 호를 따서 멱남본(覓南本)이라고 한다. 멱남본은 제2권이 결본이었으나 최근 김장환·박재연 교수에 의해 발굴된 연세대 소장 언해본이 제2권으로 추정된다.

　또한 낙선재에 소장되어 있다가 장서각으로 옮겨진 전 9권9책의 언해본이 있는 바, 이는 먹남본보다 후대에 언해된 것으로 보인다.

　먹남본은 권1에 26편, 권3에 21편, 권4에 26편, 권5에 30편 등 103편이 언해되어 있다. 그러나 이 먹남본의 언해양상을 살펴보면, 단순한 축자역만이 아니라 대중들의 기호에 맞는 작품들을 다수 선별하여 창작적 언해를 한 점이 주목된다.

　먹남본 권4(火)에 언해되어 실려 있는 26편의 자료를 언해양상에 따라 분류해 보면 다음과 같다.

　1) 축자적으로 언해한 것 : 3편
　　　제12화 <왕환지[지환]뎐>
　　　제19화 <미약옹뎐>
　　　제25화 <한희신뎐>

　2) 불필요한 부분을 축약 또는 생략하여 언해한 것 : 12편
　　　제 1화 <상원부인뎐>
　　　제 2화 <니덩뎐>
　　　제 5화 <위고뎐>
　　　제 6화 <신비뎐>
　　　제10화 <경소경홍뎐>

제15화 <손격뎐>
제17화 <셔좌경뎐>
제20화 <왕수랑뎐>
제21화 <황초평뎐>
제22화 <비싱뎐>
제23화 <도윤이군뎐>
제24화 <쇼총뎐>

3) 부분적으로 부연하여 언해한 것 : 1편
    제 6화 <신비뎐>

4) 일부 내용을 변개시켜 언해한 것 : 10편
    제 3화 <신도딩뎐>
    제 4화 <근ㅈ려뎐>
    제 7화 <노패뎐>
    제 8화 <왕현지뎐>
    제 9화 <남셔수인뎐>
    제13화 <셜쇼뎐>
    제14화 <협고도ㅅ뎐>
    제16화 <오군산뎐>
    제18화 <니위공뎐>
    제26화 <댱박뎐>

5) 현전하는 《태평광기》에는 전하지 않는 이야기를 언해한

것 : 1편

제11화 <빅의인뎐> : 오늘날 전하는 명·청대본 《태평광기》
에는 없는 이야기다. 이러한 사실은 먹남본 《태평광기언해》가
송대본 《태평광기》를 저본으로 언해한 것이라는 방증이 될 수
있다.

이상의 분류를 통해 볼 때, 단순한 축자적인 언해는 26편 가
운데 단 3편에 불과하다. 이러한 언해의 양상은 단순히 외국문
학의 번역이라는 차원을 벗어나 자국적 차원의 서사문학 의식
이 작용한 결과라고 볼 수 있으며, 따라서 《태평광기언해》의
번역양상에 대한 연구는 우리 소설의 형성과 발달과정을 연구
하는 데 있어서 불가결한 작업이라고 하겠다.

이러한 작업의 토대가 되는 기초적 작업은 두말할 필요도 없
이 《태평광기언해》에 대한 주석적 연구이고, 주석만으로 오늘
날의 연구자들에게 전달할 수 없는 내용상의 미묘한 분위기는
현대어로의 국역을 통해 달성할 수 있을 것이다.

《태평광기언해》 먹남본이 발견된 것은 6.25동란 중 제지 원
료로 쓰기 위해 수집된 폐지더미에서였다. 그 후 1959년, 이 필
사본을 발견했던 김일근 교수가 권3(水)만 교주하여 통문관에
서 간행한 바 있다.

그 이후로 50여 년이 지나도록《태평광기언해》는 몇몇 소설

연구자들의 소논문 자료로 활용되었을 뿐, 기초적·토대적 연구라고 할 수 있는 본격적인 교주는 이루어지지 않았다.

2003년, 김장환·박재연 교수에 의해 먹남본 《태평광기언해》 제2권(木)에 해당하는 것으로 보이는 필사본 자료가 연세대에서 발견되어 교주가 이루어진 것이 최근의 유일한 업적이다.

비교적 수록 내용이 단출한 먹남본의 경우도 전체 5권 가운데 김일근 교수에 의해서 제3권이, 김장환·박재연 교수에 의해서 제2권이 교주본으로 나왔을 뿐, 나머지 권에 대한 교주 시도가 전무했던 것이 사실이다.

먹남본은 16세기 후반에서 18세기 전반 사이의 우리말 음운론적 특성을 띠고 있어, 전문적인 교주가 이루어지지 않을 경우 자료로 활용하기가 용이하지 않다. 언해의 저본이 《태평광기》라고는 하지만, 앞서 언급하였듯이 제4권 26편의 자료 가운데 축자적 언해가 이루어진 것은 3편에 불과하므로, 《태평광기》의 역문과도 상당한 차이가 난다는 것을 지적해 두고 싶다.

요컨대, 《태평광기언해》의 교역은 1) 우리 소설의 형성과 발달과정을 뒷받침할 수 있는 매우 중요한 자료에 대한 기초적·토대적 연구이며, 2) 지금까지 극히 일부에 한정해서 이루어졌을 뿐, 미개척 분야나 다름이 없어 누군가에 의해서든 반드시 이루어져야 할 작업이라는 점에서 가장 독창적인 연구주제라고 할 수 있다.

앞서 언급하였듯이, 《태평광기언해》의 주석에 대한 선행연구는 2건에 불과다. 1959년 통문관에서 발간된 김일근 교수의 교주본은 제3권(水)에 실려 있는 21편을 대상으로 하였다. 자료에 나타나는 중세국어에 대한 주석을 위주로 한 업적이다. 어학적 주석만으로 전달될 수 없는 자료의 정황에 대한 안내가 이루어지지 않았다는 한계를 지니는 업적이다.

2003년 학고방에서 발간된 김장환·박재연 교수의 《연세대 소장 태평광기 언해본》은 멱남본에서 결본이었던 제2권(木)에 해당하는 자료를 발굴하여 한편으로는 어학적 주석을 가하고, 다른 한편으로는 《태평광기》의 해당 원문을 국역하여 서로 비교하여 볼 수 있도록 배려하였다는 특징이 있다. 그러나 이 두 분은 국어국문학을 전공한 학자가 아니라 중어중문학을 전공한 학자들이라는 1차적인 한계가 있고, 또한 어학적 주석만으로 전달될 수 없는 언해본의 정황에 대한 안내가 이루어지지 않았다는 한계를 지니는 업적이다.

이 책에서는 1차적으로 언해본 원문 자료에 대한 어학적 주석을 가하고, 해당 자료에 대한 현대어 국역문을 부가하여 어학적 주석만으로 전달될 수 없는 자료의 정황에 대한 안내까지 겸하여 하고자 한다. 이러한 방식은 우선 이 분야 연구자들이

《태평광기언해》라는 1차적 자료를 정확하고 세부적으로 이해할 수 있도록 도와줄 뿐만 아니라, 일반인들의 교양도서로서도 손색이 없게 해줄 것이다.

───── 〈일러두기〉 ─────

1. 이 책의 국역 대본은 멱남본《태평광기언해》권4(火)이다.

2. 1차적으로 언해본에 대한 교주를 하고, 언해본을 현대어로 국역하였다.

3. 「국역편」에는 각각의 이야기 끝에 〈평설〉을 달아 《태평광기》원문과의 차이를 밝혔다.

4. 언해본에는 설명이 필요한 옛말에 대해 주석을 달았다.

5. 국역문은 가능한 한 평이하게 풀어쓰고 설명이 필요한 곳에는 주석을 달았다.

6. 대화는 " "로 묶고, 생각이나 강조 부분, 문서의 내용 등은 ' '로 묶었다.

차 례

교주편(校註篇)

▌국역편(國譯篇)

교주편
校註篇

| 제1화 |

샹원부인뎐(封陟)

당(唐) 보력(寶曆) 중(中)의 봉텩(封陟)이란 사룸이 인믈(人物)이 청슈(淸秀)ᄒ고 강딕(剛直)ᄒ야 지죄(才操ㅣ) 밋ᄎ리[1] 업더라.

샹시(常時) 쇼실산(少室山)의 드러가 셔지(書齋)룰 짓고 두문블츌(杜門不出)ᄒ고 글 닑기룰 위업(爲業)ᄒ니, 놈이 그 얼굴을 ᄌ로[2] 보디 못ᄒ더라.

셔지(書齋) 밧긔 흐르는 믈이 묽고 너븐 돌히 조흐며 두 계슈(桂樹ㅣ) 픠엿고, 나지면 소남긔 ᄇ룸소리 묽가[3] 고요ᄒ엿거든 미양 혼자셔 글 닑더니, 나히 이십(二十)이로ᄃ 댱가 아니 드럿더니 ᄒᄅ밤은 돌이 낫ᄀᆺ고[4] ᄇ룸소리 묽가 향(香)내 ᄇ룸길히 오며[5] 경개(景槪) 아룸답거ᄂᆯ 혼자 셔안(書案)의 지혓

---

1) 미칠 이가. 따를 사람이.
2) 자주.
3) 낮이면 소나무의 바람소리가 맑아.
4) 낮같고. 대낮같고.
5) 바람결에 오며.

더니6), 홀연(忽然) 공듕(空中)으로셔 흔 션녜(仙女ㅣ) ᄂᆞ려오
니 니븐 오시며7) 거동(擧動)이 묽고 빗나 눈의 ᄇᆞ이더라8). 봉
텩(封陟)을 읍(揖)ᄒᆞ고 닐오ᄃᆡ,

"나ᄂᆞᆫ 월궁(月宮)의 잇ᄂᆞᆫ 션녀(仙女) 샹원부인(上元夫人)이
러니, 그ᄃᆡ 아롬다온 긔별(寄別)을 듯고 원(願)ᄒᆞ야 낭군(郎君)
의 쳡(妾) 수(數)의 참예(參預)코져 ᄒᆞ노이다."

봉텩(封陟)이 졍ᄉᆡᆨ(正色)고 닐오ᄃᆡ,

"소담(素淡)ᄒᆞ야 빙[빈]쳔(貧賤)ᄒᆞ고 뵈옷과 ᄂᆞ믈 음식(飲
食)으로 ᄌᆞ라 초옥(草屋)의셔 글넑기ᄅᆞᆯ 알 ᄲᅮᆫ이디 녀ᄉᆡᆨ(女色)
은 모ᄅᆞ니, 부인(夫人)의 머믈 ᄯᅡ히 아니라. ᄲᆞᆯ리 가라."

부인(夫人)이 글을 읇프되,

빗난 군ᄌᆡ(君子ㅣ)여, 날을 아디 못ᄒᆞ놋다.
봉ᄂᆡ(蓬萊)로 도라가노니 눈믈이 비오둧 ᄒᆞ놋다.

"훗닐(後日) 웬만의9) 올 거시니 다시 싱각ᄒᆞ야 보라."
ᄒᆞ고 가니 그 풍뉴(風流)소리 심(甚)히 슬프더라.

봉텩(封陟)이 오히려 도로혀디 아넛더니10), ᄯᅩ 오니 그 곱고

빗나미 젼(前)도곤 더으더라[11]. 쏘 닐오디,

"내 죠고만 죄(罪)로 봉닉산(蓬萊山)의 귀향 왓더니, 그디와 텬연(天緣)이 잇는디라 구틱여 마디못ᄒ노니[12], 미일(每日) 혼자 아ᄎ 셩덕(成赤)이 게으르고 금슈댱(錦繡帳) 속의 원(怨)이 미치이니, 홍ᄒᆡᆼ(紅杏) 고은 고지[13] 경뉴(瓊樓) ᄉᆞ이예 픠엿고 벽도(碧桃) 곳다온 곳치 픠여 거의 디니, 미양 버디 업서ᄒ더니[14] 그디 인간(人間)의 ᄲᅡ여난디라[15]. 건즐(巾櫛)을 밧들믈[16] 원(願)ᄒ노라."

봉텩(封陟)이 닐오디,

"잡(雜)말 말고 ᄲᆞ리 도라가라. 부인(夫人)의 올 ᄯᅡ히 아니라. 션녜(仙女ㅣ) 엇디 미쳔(微賤)ᄒᆫ 사ᄅᆞᆷ으로 비필(配匹)을 사ᄆᆞ리오? 아ᄆᆞ리 닐러도 듯디 아니ᄒ리라. 수이 가라."

ᄒᆫ대 한숨 디고 가며 닐오디,

"다시 싱각ᄒ여 보라. 훗닐(後日) 웬날[17] 다시 오마."

---

10) 돌이키지 아니하였더니.

11) 전보다 더하였다.

12) 구태여 마지못하노니. 구태여 그만두지 못하는 것이니.

13) 고운 꽃이.

14) 벗이 없다고 하더니.

15) 빼어난지라.

16) 받듦을. 받들기를.

17) 어떤 날.

ᄒᆞ고 글을 지어 읇프되,

> 농옥(弄玉)이 지아비 이시되 도(道)ᄅᆞᆯ 득(得)ᄒᆞ고,
> 뉴강(劉剛)이 겨집이 이시되 션인(仙人)이 되니라.

> 弄玉有夫皆得道 劉剛兼室盡登仙
> 君能仔細窺朝露 須逐雲車拜洞天

ᄒᆞ고 가노라 ᄒᆞ니, 풍뉴(風流) 소리 더옥 슬프더라.

그려도[18] 봉텩(封陟)이 ᄆᆞ음을 두로혀디 아녓더니[19] 훗닐(後日) 웬날 ᄯᅩ 오니, 그 곱고 졈고 아담호미 아므라타[20] 업더라. 봉텩(封陟)을 향(向)ᄒᆞ야 졀ᄒᆞ고 졍(情)으로 닐오디,

"그디 나히 져므니 겨집을 소(疎)히[21] 디졉(待接)거니와 늘거가면 뉘우처도 속졀업스리라. 날로 더브러 살면 늙디 아니코 죽디 아닐 약(藥)이 잇ᄂᆞ니 됴히 놀고, 텬디(天地)ᄂᆞᆫ 믈허뎌도[22] 이 몸은 두리디 아녀[23] ᄒᆞᆫ 가지니, 그디 므스 일로 플긋티 이슬 ᄀᆞᆮ튼 인싱(人生)을 앗기ᄂᆞ뇨?"

---

18) 그래도. 그리하여도.
19) 돌이키지 아니하였더니.
20) 아무렇다. 아무리 하여도.
21) 소홀히. 친밀하지 않게.
22) 무너져도.
23) 두려워하지 아니하여.

봉텩(封陟)이 눈을 브르뜨고[24] 꾸지저 닐오디,

"내 본디 식(色)을 탐(貪)티 아니커늘, 이 엇던 요괴(妖怪)옛 거시 괴로이 쳥(請)ᄒᆞᄂᆞ뇨? 더디 가면 반드시 티리라[25]. 섈리 가고 다시 오디 말라."

부인(夫人)이 울고 닐오디,

"내 이리 근졀(懇切)히 쳥(請)호ᄆᆞᆫ 그디 쳥의도ᄉᆞ(靑牛道士)의 ᄌᆞ손(子孫)이오, 인믈(人物)이 단졍(端正)호믈 살와내려[26] ᄒᆞ엿더니 심(甚)히 어리다[27]. 나도 요ᄉᆞ이 디나면[28] 뉵빅 년(六百年)을 혼자 살 거시니 쟉디 아닌 일이라. 제 명(命)이 댜ᄅᆞ니[29] 셔지(書齋)예 오래 못 이시리라."

ᄒᆞ고 글을 읇프되,

물근 군지(君子ㅣ)여 날을 아디 못ᄒᆞ놋다.
오ᄂᆞᆯ날 하ᄂᆞᆯ 뎡(定)ᄒᆞ신 인연(因緣)을 아조 긋처 ᄇᆞ리도다[30].
눈믈이 오시 져즈니,
봉닉(蓬萊)로 도라가는 길히 아득ᄒᆞ도다.

---

24) 부릅뜨고.
25) 더디 가면 반드시 칠(때릴) 것이다.
26) 살려내려.
27) 어리석도다. 어리구나.
28) 요즈음이 지나면.
29) 짧으니.
30) 아주 끝내 버리는구나.

蕭郎不顧鳳樓人 雲澁廻車淚臉新
愁想蓬瀛歸去路 難窺舊苑碧桃春

ᄒ고 인(因)ᄒ야 슬허ᄒ거늘 되신 사롬이 닐오디,

"이는 흙 사롬31)이오, 말 못홀 거시로소이다. 오라디 아녀셔 반드시 귀신(鬼神)의게 욕(辱)ᄒ 배 되리니 엇디 분(分)의 업는 신션(神仙)의 비필(配匹)이 되링잇가?"

ᄒ고 가더니 풍뉴(風流) 소리 더옥 쳐창(悽愴)ᄒ더라.

오라디 아녀셔 봉텩(封陟)이 병(病)ᄒ야 주그니 쇠사술로 목을 미고 쇠채로 텨32) 두 ᄉᆞ재(使者ㅣ) 황쳔(黃泉)으로 드려갈ᄉᆡ, 흔 션인(仙人)이 알픠33) 풍뉴(風流) 잡피고 향(香)내 십니(十里)예 ᄢᅴ이더라. 두 ᄉᆞ재(使者ㅣ) 황망(遑忙)히 수플 ᄉᆞ이예 드러 수멋거늘34) 무르니,

"샹원부인(上元夫人)이 태산(泰山)의 놀라간다."

ᄒ여늘, 봉텩(封陟)이 내드라35) 절ᄒ고 울며 비니, 부인(夫人)이 두 ᄉᆞ쟤(使者)롤 블러 골오디,

"이 사롬은 내 ᄀᆞ장 ᄉᆞ랑ᄒᆞᄂᆞᆫ 쟤(者ㅣ)러니 이제 어려이 되

---

31) 흙으로 빚은 사람. 감정이 없는 인형과 같은 사람이라는 뜻임.
32) 쇠 채찍으로 쳐서.
33) 앞에.
34) 수풀 사이에 들어가 숨었거늘.
35) 달려가서.

어시나 풍졍(風情)으로 와 외디(外待)티 못ㅎ노니 열두 ㅎ를
더 살긔 ㅎ라.”

ㅎ고 노ㅎ니라. ㅎ 띠룰 블근 부드로 크게 써 ᄂᆞ리텨눌[36] 두
ᄉᆞ쟤(使者ㅣ) 닐오디,

“신션(神仙)이 노ㅎ시니 염나왕(閻羅王)이 다시 잡피디 아
니리라[37].”

ㅎ고 샤례(謝禮)ㅎ라 ㅎ더라.

   부인(夫人)이 봉텩(封陟)과 죠용히 말ㅎ다가 닐오디,

“그디 이제 뉘우처도 속졀 업스니 됴히 가라.”

ㅎ고 한숨 디고 날회여[38] 가거눌, 봉텩(封陟)이 ᄇᆞ라보고 우니,
되신 사룸이 서ᄅᆞ ᄀᆞᄅᆞ쳐 웃고 ᄭᅮ짓더라.

   과연(果然) 그 후(後)의 도로 사라, 봉텩(封陟)이 열두 ㅎ를
더 살고 주그니라.

---

36) 같은 띠를 붉은붓으로 크게 써 내리치거늘. 12년 만에 같은 띠가 돌아오므
    로 12년을 더 살도록 판결을 써주었다는 뜻임.

37) 잡지 아니할 것이다.

38) 천천히. 더디게.

| 제2화 |

니딩뎐(李徵)

농셔(隴西) 짜 니딩(李徵)이란 사름이 괵냑(虢略)의 집을 흐야 져머셔 글을 잘흐야 텬보(天寶) 시졀(時節)의 진ᄉ(進士)흐야 두어 힛만의 강남(江南) 짜히 원(員)을 흐야 가니, 니딩(李徵)이 셩품(性品)이 소탈(疎脫)흐고 직조(才操)를 미더 거만(倨慢)흐야 ᄂᆞᆫ 벼슬의 잇기를[39] 미양 즐겨 아니흐ᄂᆞᆫ 빗치 잇고 동뇨(同僚)들과 모다[40] 술이나 머그면 취듕(醉中)의 닐오디,

"내 그디 무리로 더브러 벗흐기를 붓그려 흐노라."

흐니 동뇨(同僚)들이 다 믜워흐더라.

과만(瓜滿)흔 후(後)의 집의 도라와 문(門)을 닷고 사름과 통(通)티 아니흐기를 흔 ᄒᆡ나마[41] 흐니, 의식(衣食)을 니우디[42] 못흐야 이에 힝장(行裝)을 다ᄉ려 오초(吳楚) ᄉ이예 노라 각관(各官)의 어드믈[43] 구(求)흐니, 오초(吳楚) 사름이 그 일홈을

---

39) 낮은 벼슬에 있는 것을.
40) 모여서.
41) 한 해가 넘도록.
42) 잇지. 이어나가지.

드런 디 오란디라, 다 마자 잔치ᄒ야 디졉(待接)ᄒ고 갈 님시
(臨時)면 만히 주어 보내니, 오초(吳楚)의 이션 디44) ᄒ 횟만의
어든 거시 심(甚)히 만흐매 셧(西ㅅ)녁크로 괵냑(虢略)의 도라
오더니 집의 니르디 못ᄒ야셔 여분(汝墳) ᄯ 역녀(逆旅)의셔
병(病)이 드러 ᄀ장 듕(重)ᄒ더니45) 열흘이 디나매 발광(發狂)
ᄒ야 죵(從)을 ᄌ조 티다가46) 인(因)ᄒ야 밤의 나ᄃ르니 그 죵
(從)이 ᄲᆞ와 어드되 간 고ᄃᆯ 아디 못ᄒ야47) ᄒ 둘이로되 도라
오디 아니ᄒ거늘, 그 죵(從)이 ᄆᆞᆯ과 힝장(行裝)을 가지고 멀리
ᄃ라나니라.

이듬ᄒᆡ예 딘군(陳郡) ᄯ 원삼[참](袁僚)이 감찰어ᄉ(監察御
使)로 죠셔(詔書)ᄅᆞᆯ 밧드러 녕남(嶺南)의 갈ᄉᆡ, 샹우[오]계(商
於界)예 니르러 새배 길흘 나더니48) 역(驛) 아젼(衙前)이 나아
와 닐오디,

"길히 모딘 범이 이셔 사름을 해(害)ᄒ니 여긔 디나ᄂᆞ 재(者
ㅣ) 낫 곳 아니면49) 힝(行)티 못ᄒᄂ니 이제 날이 일러시니 슬

---

43) 얻음을. 얻기를.
44) 있은 지.
45) 몹시 위중하더니.
46) 자주 치다가. 자주 때리다가.
47) 종이 따라갔으나 어딘지 간 곳을 알지 못하여.
48) 새벽에 길을 떠나더니.
49) 낮이 아니면.

위룔50) 잠깐 머므로쇼셔."

원삼[참](袁傪)이 노(怒)ᄒᆞ야 닐오디,

"나는 텬ᄌ(天子) ᄉ신(使臣)이라. 죵인(從人)이 ᄀᆞ장 만ᄒᆞ니 산튁(山澤)의 즘싱이 엇디 해(害)ᄒᆞ리오?"

ᄒᆞ고 드듸여 술위룔 명(命)ᄒᆞ야 길흘 나니 일 리(一里) 못 가셔 과연(果然) ᄒᆞᆫ 범이 플 소그로셔 뛰여 내ᄃᆞᄅᆞ니51), 원삼[참](袁傪)이 대경(大驚)ᄒᆞ더니 이윽고 그 범이 도로 몸을 플 소긔 곰초고 사ᄅᆞᆷ의 소리로 닐러 ᄀᆞᆯ오디,

"ᄒᆞ마(면)52) 내 고인(故人)을 샹(傷)ᄒᆡ올 번ᄒᆞ도다53)."

원삼[참](袁傪)이 그 소리룔 드ᄅᆞ니 니딩(李徵)이 ᄀᆞᆺ더라. 삼[참](傪)이 니딩(李徵)으로 더브러 동년(同年)을 ᄒᆞ야 졍(情)이 ᄀᆞ장 깁더니 니별(離別)ᄒᆞ연 디 여러 ᄒᆡ라. 그 말소리룔 듯고 놀라고 괴이(怪異)히 너겨 호디 측냥(測量)티 못ᄒᆞ야 무러 ᄀᆞᆯ오디,

"그디 뉘뇨? 고인(故人) 농셔(隴西) 니ᄌᆡ(李子ㅣ) 아닌다?"

그 범이 신음(呻吟)ᄒᆞ기룔 두어 소리룔 ᄒᆞ야 한숨 디고 우는 얼굴이 잇는 듯ᄒᆞ더니 이윽고 닐오디,

---

50) 수레를.
51) 풀 속에서 뛰쳐나오니.
52) 하마터면. 까딱하면.
53) 상하게 할 뻔하였구나.

"나는 니뎡(李徵)이라. 그디 힝(幸)혀 잠싼 머므러 날로 더브러 말호미 엇더호뇨?"

원삼[참](袁傪)이 즉시(卽時) 술위예 노려 무로디,

"니군(李君)아, 니군(李君)아, 그디 엇디 이에 니르럿노뇨54)?"

범이 닐오디,

"내 죡하(足下)로 더브러 니별(離別)혼 후(後)의 음신(音信)이 긋천 디55) 오란디라. 힝(幸)혀 오늘 만나니 시러곰 병환(病患)이 업스냐? 앗가56) 보니 그디 두 아젼(衙前)이 알픠 모라가고 역니(驛吏 ㅣ) 인(印)을 메여 길흘 인도(引導)호니, 아니 어시(御史 ㅣ) 되야 나가노냐57)?"

원삼[참] 왈(袁傪曰),

"요소이 힝(幸)혀 어스롤 호야 녕남(嶺南)의 소신(使臣)으로 가노라."

범이 닐오디,

"그디 문혹(文學)으로 몸을 세워 벼슬이 됴뎡(朝廷)의 오르니 가(可)히 셩(盛)호다 니롤디라. 호믈며 어스(御史)는 벼슬이 묽고 품(稟)이 놉프니, 고인(故人)이 도다 오르매58) 크게 하례

---

54) 이에 이르렀는가? 이 지경이 되었는가?
55) 그친 지. 끊어진 지.
56) 아까. 좀 전에.
57) 어사가 되어 나가는 것이 아닌가?

(賀禮)ᄒ 염즉ᄒ도다."

원삼[참] 왈(袁參曰),

"녜 집ᄉ(執事)로 더브러 ᄒᆡᄒ예59) 일홈을 일워 교도(交道)의 깁프미 녀ᄂ ''ᄃ셔60) 다ᄅ더니 ᄒᆞᆫ 번(番) 니별(離別)ᄒᆞᆫ 후(後)로브터 셰월(歲月)이 흐르ᄂ 듯ᄒᄂ디라. 미양 풍치(風采)롤 싱각고 ᄆᆞ옴이 긋ᄂ 듯ᄒ던디라61). 오ᄂᆯ날 그디의 녜 싱각ᄒᄂ 말을 드롤 줄을 ᄯᅳᆺ 아니ᄒ더 엇디 날을 뵈디 아니ᄒ고62) 플 소긔 드럿ᄂ뇨? 고인(故人)의 졍(情)이 엇디 맛당이 이러틋ᄒ리오?"

범이 닐오디,

"내 이제 사름이 되디 아니ᄒ엿ᄂ디라. 엇디 시러곰63) 그딧긔 뵈리오?"

원삼[참](袁參)이 그 연고(緣故)롤 무르니 범이 닐오디,

"내 젼신(前身)이 오초(吳楚) ᄉᆞ이예 손이 되엿더니 젼년(前年)의 집으로 도라오다가 여분(汝墳) ᄯ히 니르러 믄득 병(病)을 어더 발광(發狂)ᄒ기예 니르러 산곡(山谷) 듕(中)으로 드러

---

58) 돋아 오르매. 승진(陞進)하매.
59) 한해에. 같은 해에.
60) 여느 벗들과는.
61) 마음이 끊어지는 듯하였는지라.
62) 어찌 나를 보지 아니하고.
63) 능(能)히.

가 이윽고 두 손으로 싸홀 딥고 거르니[64] 일로브터 ᄆᆞ음이 ᄀᆞ장 모딜고 힘이 더옥 세며 풀과 다리를 보니 털이 다 나 ᄒᆞᆫ 범의 얼굴이라. 관디(冠帶)ᄒᆞ고 길희 가는 쟈(者)와 짐 지고 가는 쟈(者)와 ᄂᆞ는 쟈(者)와 긔는 쟈(者)를 보면[65] 믄득 다 먹고져 시브더니[66], 한음(漢陰) 남녁희 니르러 주리믈 이긔디 못ᄒᆞ야 ᄒᆞᆫ 술진[67] 사ᄅᆞᆷ을 만나 마디 못ᄒᆞ야 자바 머그니 고기 ᄀᆞ장 맛나고 빈브르매[68] 일로붓터 심샹(尋常)ᄒᆞᆫ 일을 사마[69] 디내ᄂᆞᆫ 디라. 쳐ᄌᆞ(妻子)와 붕우(朋友)를 ᄉᆡᆼ각디 아닐 날이 업소되 ᄒᆡᆼ실(行實)이 텬디(天地)예 져브려[70] ᄒᆞᆯ 아춤의 몸이 변(變)ᄒᆞ야 못쓸 즘ᄉᆡᆼ이 되야시니 사ᄅᆞᆷ의게 붓그러오미 잇ᄂᆞᆫ디라. 보디 못ᄒᆞ기롤 ᄌᆞ분(自分)ᄒᆞ엿ᄂᆞᆫ디라. 슬프다! 내 그디로 더브러 ᄒᆞᆫ 가지로 급뎨(及第)ᄒᆞ야 교되(交道ㅣ) 서ᄅᆞ 후(厚)ᄒᆞ더니 그디ᄂᆞᆫ 오ᄂᆞᆯ날 놉픈 벼슬을 ᄒᆞ야 종족(宗族)과 붕위(朋友ㅣ) 빗나거늘, 복(僕)은 몸을 수플 가온대 곰초와 기리 인간(人間)을 샤례(謝禮)ᄒᆞ니 울어러 하ᄂᆞᆯ홀 브르며 구버 싸홀 보고 울매 몸이

---

64) 땅을 짚고 걸으니.
65) 나는 것과 기는 것을 보면. 날짐승과 길짐승을 보면.
66) 문득 다 먹고 싶더니.
67) 살찐.
68) 배부르매.
69) 삼아.
70) 저버려져.

샹(傷)ㅎ야 쓰디 못홀디라. 또흔 명(命)이로다."

인(因)ㅎ야 댱탄(長歎)ㅎ고 슬허호믈 이긔디 못ㅎ야 ㅎ거늘 삼[참](傪)이 문왈(問曰),

"그디 이제 변(變)ㅎ야 즘성이 되어시되 어이 오히려 말을 ㅎᄂ뇨?"

니딩 왈(李徵曰),

"복(僕)이 비록 얼굴이 변(變)ㅎ여시나 ᄆ움은 씨ᄃᄅ미 이시니 붓그러옴과 흔(恨)ㅎ믈 다 니ᄅ기 어려온디라. 힝(幸)혀 고인(故人)은 복(僕)을 에엿비 너겨71) 무상(無狀)흔 허믈을 관셔(寬恕)ㅎ라. 그디 남방(南方)으로브터 도라올 제 힝(幸)혀 다시 만나면 일뎡(一定) 평싱(平生)을 싱각디 아니ㅎ리니 이때예 그딧 몸을 보매 플 우희 흔 고기라. 그디 또흔 방비(防備)ㅎ기를 엄(嚴)히 ㅎ야 내 죄(罪)롤 일우게 말라72). 내 그디로 더브러 진실(眞實)로 얼굴을 닛는 버디라73). 쟝ᄎᆺ(將次人) 의탁(依託)호믈 두고져 ㅎ니 가(可)ㅎ냐?"

삼[참] 왈(傪曰),

"녯날 고인(故人)이 엇디 가(可)티 아니미 이시리오? 원(願)

---

71) 어여삐 여겨. 가엾게 여겨.
72) 내가 죄를 이루게(짓게) 하지 말라.
73) 얼굴을 잊는 벗[망형지우(忘形之友)]이라. '망형지우'는 서로 허물없이 마음을 이해하는 친구.

컨대 다 니르라."

니딩 왈(李徵曰),

"처음의 역녀(逆旅)의셔 병(病)을 어더 발광(發狂)ᄒ야 뫼히[74] 드러가매, 노복(奴僕)이 내 몰을 투고 힝장(行裝)을 가지고 ᄃ라나니 쳐ᄌ(妻子)ᄂ 오히려 곽냑(虢略)의 이셔 이리 되엿ᄂ 줄을[75] 아디 못ᄒᄂ디라. 그ᄃ 도라갈 제 내 쳐ᄌ(妻子)의게 편지(便紙)ᄒ야 날을 죽다 니르고[76] 오ᄂᆯ 이룰 니르디 말라[77]. 내 인셰간(人世間)의 이실 제 가산(家産)이 업고 ᄌ식(子息)이 이시되 오히려 어려시니 진실(眞實)로 보젼(保全)ᄒ기 어려온디라. 그ᄃ 됴뎡(朝廷)의 벼슬이 놉고 본ᄃ 인의(仁義)옛 일을 힝(行)ᄒ니 녯날 졍(情)을 싱각ᄒ야 곤(困)ᄒ 거슬 건뎌내여 길희셔 주려 죽디 아니케 호미[78] ᄯ오ᄒ 큰 은혜(恩惠)라."

ᄒ고 말을 ᄆᆞᆺᄎᄆᆞ며 슬피 울거늘 삼[참](傪)이 ᄯ오ᄒ 울고 닐오ᄃ,

"삼[참](傪)이 죡하(足下)로 더브러 감고(甘苦)룰 ᄒ가지로 ᄒ던 거시니 죡하(足下)의 아돌은 곳 삼[참](傪)의 아돌이라. 맛당이 힘뼈 도라볼디니 므스 일 이대ᄃ록 넘녀(念慮)ᄒ리오[79]?"

---

74) 뫼에. 산에.

75) 이렇게 되었다는 것을.

76) 나를(내가) 죽었다고 이르고.

77) 오늘 일을 이르지(말하지) 말라.

78) 길에서 굶주려 죽지 않게 함이.

79) 무슨 일로 이토록 염려하는가?

흔대 니딩 왈(李徵曰),

"내 녯날 지은 글이 이시되 셰샹(世上)의 뎐(傳)티 못ᄒᆞ고 집의 둔 거시 다 훗터뎌 일허시니80) 그ᄃᆞ 날을 위(爲)ᄒᆞ야 ᄡᅥ 긔록(記錄)ᄒᆞ야 진실(眞實)로 사름의게 뵈고져 호미 아니라 ᄌᆞ손(子孫)의게 뎐(傳)호믈 원(願)ᄒᆞ노라."

삼[참](僣)이 즉시(卽時) 하인(下人)을 블러,

"지필(紙筆)을 가져오라."

ᄒᆞ야 그 니ᄅᆞ는 말을 드러 쓰니81) 글이 이십여 편(二十餘篇)이라. ᄀᆞ장 놉고 의ᄉᆞ(意思ㅣ) 심(甚)히 머더라. 삼[참](僣)이 보고 차탄(嗟歎)ᄒᆞ기를 마디 아니ᄒᆞ더니 니딩 왈(李徵曰),

"이거시 내의 평ᄉᆡᆼ(平生) ᄯᅳ디라. 엇디 감(敢)히 뎐(傳)ᄒᆞ기를 ᄇᆞ라리오. 그ᄃᆞ 왕명(王命)을 바다 길히 밧브거늘82) 이제 오래 머므니 하인(下人)이 두려ᄒᆞ기를 만히 ᄒᆞᄂᆞᆫ디라. 그ᄃᆞ로 더브러 영결(永訣)ᄒᆞ노니, 길히 달리 된83) 흔(恨)을 어이 다 니ᄅᆞ리오?"

ᄒᆞ거늘 삼[참](僣)이 서ᄅᆞ 더브러 니별(離別)ᄒᆞ고 오래 디뎡이다가84) 길홀 ᄯᅥ나 ᄉᆞ이 먼 후(後)의85) 말ᄒᆞ던 ᄃᆡ를 도라보니,

---

80) 흩어져 잃었으니.
81) 이르는 말을 들어(듣고) 쓰니.
82) 갈 길이 바쁘거늘.
83) 가는 길이 다르게 된.

그 범이 소리 디르고 서너 번(番)을 뛰노다가[86] 뫼흐로 올라가더라.

---

84) 지정거리다가. 지체(遲滯)하다가.
85) 사이가 멀어진 후에. 거리가 멀어진 뒤에.
86) 뛰놀다가.

| 제3화 |

신도딩뎐(申屠澄)

신도딩(申屠澄)이란 사롬이 뎡원(貞元) 구년(九年)의 복쥐 (濮州) 따히 원(員)을 ᄒ여 가다가 진부현(眞符縣) 동(東)녁히 니르러 풍셜(風雪)을 크게 만나 몰이 힝티 못ᄒ더니, 길ᄀ의 흔 초옥(草屋)이 이셔 너와[87] 블빗치 잇거놀 딩(澄)이 갈 ᄃᆡ 업서 그리 드러가니, 노옹(老翁)이 노구(老嫗)과 디(對)ᄒ야 안잣고 겻틱 흔 쳐녀(處女)를 드리고 블ᄀ의 두로 안자시니[88], 쳐녀(處女)의 나히 십ᄉ 세(十四歲)는 ᄒ더라. 비록 흰 오슬 닙고 소셰(梳洗)를 아니ᄒ여시나 슬빗치 묽고 고은 틱되(態度ㅣ) 사롬을 동(動)ᄒ이더라. 노인(老人)이 딩(澄)이 드러오믈 보고 니러 마자 닐오ᄃᆡ,

"킥(客)이 눈을 마자 치오미[89] 심(甚)ᄒ리니 원(願)컨대 블의 나아 안즈라."

딩(澄)이 드러 안잣기롤 이윽이 ᄒ매 텬ᄉᆡᆨ(天色)이 볼셔 져

---

87) 내와. 연기와.
88) 불 가에 둘러 앉아 있으니.
89) 추움이. 추위가.

믈고 풍셜(風雪)이 긋치디 아니ᄒ더니 딩(澄)이 닐오ᄃᆡ,

"예셔 현(縣)의 가기 오히려 머니 여긔셔 자믈 원(願)ᄒ노라."

노인 왈(老人曰),

"집을 더러이 너기디 아니시면90) 감(敢)히 명(命)을 밧디 아니ᄒ링잇가."

딩(澄)이 즉시(卽時) 기ᄅᆞ마ᄅᆞᆯ91) 벗기고 자리ᄅᆞᆯ 드려노ᄒ니92), 그 쳐녜(處女ㅣ) 손을 보고 다시 얼굴을 ᄭ며 단장(丹粧)을 고티고 댱(帳) ᄉᆞ이로 나오니 고은 틱되(態度ㅣ) 젼(前)의셔 더으더라93).

이윽고 노귀(老嫗ㅣ) 밧ᄭᆞ로븟터 술 ᄒᆞᆫ 병(甁)을 가지고 드러와 더여94) 손을 머기며 닐오ᄃᆡ,

"칩기ᄅᆞᆯ 념녀(念慮)ᄒ야 ᄒᆞᆫ 잔(盞)을 나오노이다95)."

딩(澄)이 ᄉᆞ양(辭讓)ᄒ야 닐오ᄃᆡ,

"쥬인(主人)이 몬져 자바든96) 내 나죵의 머그리라."

ᄒ고 ᄯ 닐오ᄃᆡ,

---

90) 더럽다고 여기지 않으시면.
91) 길마를. 안장(鞍裝)을.
92) 이부자리를 들여 놓으니.
93) 전보다 더하였다.
94) 데워.
95) 내왔습니다.
96) 먼저 (술잔을) 잡으시면.

"좌듕(座中)의 오히려 쇼낭ᄌ(小娘子)ᄭᅴ 잔(盞)이 니르디 아
녀셰라."

ᄒᆞᆫ대 노인(老人)이 닐오디,

"촌가(村家)의셔 기론 아히 엇디 존긱(尊客)을 디졉(待接)ᄒᆞ
리오?"

그 쳐녜(處女ㅣ) 즉시(卽時) 닐오디,

"술이 ᄆᆞ어시 귀(貴)ᄒᆞ관더 사ᄅᆞᆷ을 참예(參預)티 못ᄒᆞ리라
니ᄅᆞᄂᆞ뇨?"

노귀(老嫗ㅣ) ᄉᆞ매ᄅᆞᆯ 붓드러 겻ᄐᆡ 안치니[97] 딩(澄)이 그 쳐
녀(處女)의 ᄌᆡ조(才操)ᄅᆞᆯ 알고져 ᄒᆞ야 잔(盞)을 들고 닐러 ᄀᆞᆯ
오디,

"우리 녯말로 쥬령(酒令)을 ᄒᆞ야 니ᄅᆞ고 먹쟈."

ᄒᆞ고 딩(澄)이 몬져 ᄀᆞᆯ오디,

염염야음(厭厭夜飲) 블췌무긔(不醉無歸)라.

기리[98] 밤의 마시매,

취(醉)티 아니ᄒᆞ거든 도라가디 말라. [원주 : 이ᄂᆞᆫ 시뎐(詩傳)
읫 글이라.]

---

97) 소매를 붙들어 곁에 앉히니.
98) 길이. 오래도록.

쳐녜(處女ㅣ) 낯출 느즈기 ᄒ고[99] 잠싼 우어[100] 닐오디,

"하늘 빗치 이러틋ᄒ니 도라가고져 ᄒᆫ들 ᄊᆞᄒᆞᆫ 어드러[101] 가리오?"

이윽고 슌비(巡杯ㅣ) 쳐녀(處女)의게 니ᄅᆞ니 쳐녜(處女ㅣ) 잔(盞)을 들고 닐오디,

풍우여회(風雨如晦)ᄒ니 계명블이(鷄鳴不已)로다.

ᄇᆞ롬 비 어두온 듯ᄒ니,

닭이 울기롤 마디아니ᄒᆞᄂᆞᆫ도다. [원주 : 이도 시뎐(詩傳)읫 말이니 밤의 ᄉᆞ나히와 겨집이 맛난 글이라.]

딩(澄)이 놀라고 차탄(嗟歎)ᄒᆞ야 닐오디,

"쇼낭지(小娘子ㅣ) 총명(聰明)ᄒ고 민쳡(敏捷)호미 이러틋ᄒ니 내 취쳐(娶妻)롤 아니ᄒ엿ᄂᆞᆫ디라. 오늘 스스로 듕ᄆᆡ(仲媒) 되미 엇더ᄒᆞ뇨?"

노인 왈(老人曰),

"내 비록 미쳔(微賤)ᄒ나 ᄊᆞᄒᆞᆫ 조히[102] 길럿ᄂᆞᆫ디라. 이젼(以

---

99) 낯을 낮게 하고. 고개를 숙이고.

100) 웃어. 웃으며.

101) 어디로.

102) 깨끗이. 곱게.

前)의 디나가는 손둘이 금빅(金帛)으로써 구(求)ᄒ리 만흐되,
내 ᄯ러나기롤103) ᄎ마 못ᄒ야 허락(許諾)디 아녓더니 의외(意外)
예 귀긱(貴客)이 거두고져 ᄒ니 내 엇디 감(敢)히 앗기리
오104)?"

딩(澄)이 사회의 녜(禮)롤 출혀105) 힝장(行裝)을 다 ᄯ러 드
리니106), 노귀(老嫗ㅣ) ᄒ 것도 밧디 아니ᄒ고107) 닐오디,

"다만 쳔(賤)ᄒ 즈식(子息)을 ᄇ리디 아니미108) 죡(足)ᄒ디
라. 엇디 지믈(財物)을 일사므리오109)?"

이튼날 쥬인(主人)이 딩(澄)ᄃ려 닐오디,

"이 집이 외롭고 ᄆ올히 업고 ᄯ ᄀ장 더러오니 죡(足)히 오
래 머므디 못ᄒᆯ디라. ᄯᆯ이 임의 그디롤 셤기니 가(可)히 더블고
갈찌어다110)."

ᄒ고 서르 슬허 니별(離別)ᄒ니, 딩(澄)이 ᄐ던 ᄆᆯ게111) 그 겨집
을 ᄐ와 고올히 니르니 녹봉(祿俸)이 심(甚)히 박냑(薄弱)ᄒ디

---

103) 떠나는 것을. 이별하는 것을.
104) 아끼리오? 아끼겠습니까?
105) 사위의 예를 차려.
106) 다 털어 드리니.
107) 하나도 받지 아니하고.
108) 버리지 않음이. 버리지 않으면.
109) 재물을 일삼으리오? 재물 받는 것을 일삼겠습니까?
110) 데리고 갈지어다.
111) 타던 말에.

그 안해 힘을 갈진(竭盡)히 ᄒ야 손을 사괴게 ᄒ니[112] 열흘 ᄉ
이예 크게 일홈을 어든디라. 부부(夫婦)의 졍(情)이 졈졈(漸漸)
깁고 그 겨레의 후(厚)ᄒ며 종족(宗族)을 무휼(撫恤)ᄒ고 집안
노복(奴僕)의게 환[환]심(歡心)을 어덧더니 과만(瓜滿)이 ᄎ매
쟝ᄎᆺ(將次ㅅ) 도라오게 되니 블셔 아ᄃᆞᆯ ᄒ나 ᄯᆞᆯ ᄒ나흘 나하
ᄀᆞ장 총혜(聰慧)ᄒᆞᆫ디라. 딩(澄)이 더옥 ᄉᆞ랑ᄒ고 공경(恭敬)ᄒ
야 글 ᄒ나흘 지어 그 안해를 주어 ᄀᆞᆯ오디,

> 일관참미복(一官慚梅福) 삼년괴밍광(三年愧孟光)
> ᄎ졍하소유(此情何所喩) 쳔샤[샹]유원앙(川上有鴛鴦)

> ᄒᆞᆫ 벼슬은 미복(梅福)의게 핀잔젓거늘[113],
> 삼년(三年)을 밍광(孟光)의게 붓그리ᄂᆞᆫ도다[114].
> 이 졍(情)을 어디 비(譬)ᄒ야 니ᄅᆞ리오?
> 내 우희 원앙(鴛鴦)이 잇도다.

그 안해 날이 늣드록 읇퍼 과[화(和)]ᄒᄂᆞᆫ 거시 잇ᄂᆞᆫ 듯ᄒᄃᆞ
니ᄅᆞ디 아니ᄒ고 미양 딩(澄)ᄃᆞ려 닐오디,
"겨집의 도리(道理ㅣ) 글을 아디 못ᄒᆞᆯ 거시 아니어니와 만일

---

112) 손님을 사귀게 하니.
113) 부끄럽거늘.
114) 부끄럽게 하는구나.

(萬一) 다시 글을 지으면 갓나히 ᄀᆞᆺ톨디라115)."
ᄒᆞ더라.

딩(澄)이 벼슬을 ᄀᆞ라116) 진(秦)으로 도라올 시 니쥬(利州)롤
디나가 강(江)ᄀᆞ의 니르러 그 안해 믄득 슬허ᄒᆞᄂᆞᆫ 빗치 이셔
딩(澄)ᄃᆞ려 닐오디,

"젼(前)의 글을 지어 주어늘 즉시(卽時) 화(和)ᄒᆞᆫ 거시 이시
되 내여 뵈디 못ᄒᆞ엿더니 이제 이 경(景)을 디(對)ᄒᆞ야 ᄆᆞᆺ촘내
곰초디 못ᄒᆞᆯ디라117)."
ᄒᆞ고 읇퍼 ᄀᆞᆯ오디,

> 금슬졍슈듕(琴瑟情雖重) 산림지ᄉᆞ심[ᄌᆞ](山林志自深)
> 샹우시졀변(常憂時節變) 고부빅년심(辜負百年心)이라.
>
> 금슬(琴瑟)의 졍(情)이 비록 듕(重)ᄒᆞ나
> 묏수플의 ᄠᅳ디118) 스스로 기[깁]도다.
> 덧덧시119) 시졀(時節)이 변(變)ᄒᆞ야,
> 외로이 빅년(百年) ᄆᆞᄋᆞᆷ을 져ᄇᆞ릴가120) 근심ᄒᆞ노라.

---

115) 계집아이 같을 것입니다.
116) 벼슬을 갈아. 벼슬이 바뀌어.
117) 마침내 감추지 못하겠습니다.
118) 산림으로 돌아가고자 하는 뜻이.
119) 늘. 한결같이.
120) 백년해로(百年偕老)의 마음을 저버릴까.

읇기롤 파(罷)ᄒᆞ매 눈물을 흘리고 싱각호미 잇ᄂᆞᆫ 듯ᄒᆞ니, 딩
(澄)이 닐오디,

"글은 됴커니와 산림(山林)은 약(弱)ᄒᆞᆫ 직질(材質)의 싱각홀
거시 아니니 만일(萬一) 부모(父母)롤 보고져 홀딘대 머디 아
니ᄒᆞ엿ᄂᆞᆫ디라. 엇디 ᄡᅥ 슬허ᄒᆞ리오121)?"

이십여 일(二十餘日)은 디나 그 ᄯᅡ히 니르니 초옥(草屋)은
녜 ᄀᆞᆺ티 이시되 다시 사ᄅᆞᆷ은 업더라. 그 안해 싱각ᄒᆞ기롤 깁피
ᄒᆞ야 져므ᄃᆞ록 우더니 믄득 보니 ᄇᆞ롬벽(壁) 긋티 헌 옷 건 속
의 범의 가족이 이셔122) 듯글이 ᄀᆞᄃᆞᆨ 싸혓거늘123) 그 안해 보고
크게 우어 닐오디,

"이거시 그저 잇ᄂᆞᆫ 줄124) 아디 못ᄒᆞ닷다125)."

ᄒᆞ고 즉시(卽時) 떨텨니브며126) 변(變)ᄒᆞ야 ᄒᆞᆫ 범이 되야 소리
디르고 문(門)으로 뛰여 내ᄃᆞ르니, 딩(澄)이 놀라 몸을 피(避)
ᄒᆞ엿다가 두 ᄌᆞ식(子息)을 ᄃᆞ리고 그 길홀 초자 수플을 ᄇᆞ라
고127) 통곡(慟哭)ᄒᆞ고 가니라.

---

121) 어찌 그 때문에 슬퍼하리오?
122) 범의 가죽이 있어.
123) 티끌이 가득 쌓였거늘.
124) 그저 있는 것을. 그대로 있는 것을.
125) 알지 못하였다.
126) 떨쳐입으며.
127) 바라보고.

| 제4화 |

근주려뎐(勤自勵)

　쟝포(漳浦) 사룸 근주례(勤自勵ㅣ) 텬보(天寶) 시졀(時節)의
군(軍)의 샏여[128] 토번(吐蕃)을 티라 간 디[129] 십 년(十年)이로
디 도라오디 아니ᄒᆞ니, 주려(自勵)의 안해는 님시(林氏)라. 님
시(林氏)의 부뫼(父母ㅣ) 쏠의 ᄠᅳ들 아사[130] 기가(改嫁)ᄒᆞ려
ᄒᆞ야 그 싸 딘시(陳氏)의게 혼인(婚姻)을 뎡(定)ᄒᆞ엿더니 그날
나조히[131] 주례(自勵ㅣ) 도라오니, 부뫼(父母ㅣ) 안해 기가(改
嫁)ᄒᆞᄂᆞᆫ 줄을 니ᄅᆞᆫ대, 자례(自勵ㅣ) 분노(忿怒)호믈 이긔디 못
ᄒᆞ야 게셔[132] 님시(林氏) 집의 가기 십 니(十里) 남즉ᄒᆞ더라.
주례(自勵ㅣ) 토번(吐蕃) 틸 제 됴흔 칼흘 어덧더니, 그 칼흘
딥고 님시(林氏)의 집의 가다가 반(半)은 가셔 블의(不意)예
비 급(急)피 오고 하늘히 어두오니 진퇴(進退)ᄒᆞ기 어렵더니

---

128) 뽑혀. 선발(選拔)되어.
129) 치러 간 지.
130) 빼앗아.
131) 저녁에.
132) 거기서.

믄득 번게 빗치 보니 길ᄀᆞ의 큰 남기 이셔 나모 속의 굼기 너ᄅᆞ거늘 그 속의 잠깐 드러 비를 피(避)ᄒᆞ더니 이윽ᄒᆞ야 ᄒᆞᆫ 큰 범이 사룸 ᄒᆞ나흘 믈고 알ᄑᆞ로 디나 둣거늘133), ᄌᆞ례(自勵ㅣ) 딥펏던 칼흐로134) 범의 허리ᄅᆞᆯ 티니 범이 믄 사룸을 노코 허리 긋처뎌135) 죽거늘, ᄌᆞ례(自勵ㅣ) 나가 사룸을 어ᄅᆞ믄져136) 보니 겨집이로ᄃᆡ 채 죽지 아녓더라. ᄌᆞ례(自勵ㅣ) 문왈(問曰),

"그ᄃᆡ 엇던 사룸이뇨?"

그 겨집이 닐오ᄃᆡ,

"나는 님시(林氏)러니 젼(前)의 근ᄌᆞ려(勤自勵)의 안해 되엿다가 ᄌᆞ례(自勵ㅣ) 죵군(從軍)ᄒᆞ야 도라오디 아니ᄒᆞ니 부뫼(父母ㅣ) 내 졀(節)을 아사 다른 ᄃᆡ 기가(改嫁)ᄒᆞ려 ᄒᆞ야 오늘 혼인(婚姻)을 뎡(定)ᄒᆞ야 녜(禮)ᄅᆞᆯ 일오려137) ᄒᆞ거늘, 내 슈건(手巾)을 가지고 집 뒤히 나가 ᄲᅩᆼ남긔 목을 미야ᄃᆞ니138) 믄득 범의게 믈리인 배 되어 이리 오다가 힝혀 그ᄃᆡᄅᆞᆯ 만나니 심(甚)히 샹(傷)ᄒᆞᆫ ᄃᆡ 업손디라. 구(救)ᄒᆞ야 내면 서ᄅᆞ 갑프미 이시리라."

ᄌᆞ례(自勵ㅣ) 닐오ᄃᆡ,

---

133) 앞으로 지나 달리거늘.
134) 짚었던 칼로.
135) 허리가 끊어져.
136) 어루만져.
137) 예를 이루려. 성례(成禮)하려.
138) 뽕나무에 목을 매었더니.

"내 근ᄌ려(勤自勵ㅣ)라. 오늘 집의 도라오니 부뫼(父母ㅣ)
그디 긔가(改嫁)ᄒᆞᄂᆞᆫ 줄을 닐러늘 분(憤)호믈 이긔디 못ᄒᆞ야
칼홀 딥고 그디ᄭᅴ로 가더니 엇디 이에 와 만날 줄을 긔약(期約)
ᄒᆞ리오?"
ᄒᆞ고 서ᄅᆞ 븟들고 통곡(慟哭)ᄒᆞ고 비 개기ᄅᆞᆯ 기ᄃᆞ려 그 안해ᄅᆞᆯ
업고 집의 도라와 홈ᄭᅴ 늘그니라.

| 제5화 |

위고뎐(韋皐)

위괴(韋皐ㅣ) 션비 적의 검위[외](劍外)예 가 둔니며 노니 셔
천졀도ᄉ(西川節度使) 병부샹셔(兵部尙書) 댱연샹(張延賞)이
쏠로뻐 고(皐)의 쳐(妻)롤 사맛더니, 이윽고 위고(韋皐)의 낙박
(落泊)ᄒᆞᆫ 줄을 업슈이 너겨139) 염박(厭薄)ᄒᆞᆫ 마음이 날로 나타
나니, 위괴(韋皐ㅣ) 뜨들 엇디 못ᄒᆞ야 ᄣᆞ로140) 마을의141) 나와
손둘과 더브러 회포(懷抱)롤 프니 댱연샹(張延賞)이 더옥 믜이
너겨142) 위고(韋皐)ᄃᆞ려 닐오디,

"막부(幕府)의 죵ᄉ관(從事官)둘히 다 일시(一時)예 망듕(望
重)ᄒᆞᆫ 사롬둘이니 엇디 브졀업시 나둔녀143) 긔탄(忌憚)을 아니
ᄒᆞᄂᆞ뇨?"

위고(韋皐)의 쳬(妻ㅣ) 닐오디,

---

139) 업신여겨.
140) 때로. 이따금.
141) 관아(官衙)에.
142) 밉게 여겨.
143) 부질없이 나다니며.

"댱뷔(丈夫ㅣ) 진실(眞實)로 ᄉ방(四方)의 ᄠ디 잇거ᄂᆞᆯ 이제 ᄂᆞᆷ의게 쳔(賤)히 너기미 이러틋 호ᄃᆡ 아디 못ᄒᆞ고 즐겨 날을 디내니 ᄯᅩ혼 븟그럽디 아니ᄒᆞ랴. 쳡(妾)이 집을 ᄉᆞ양(辭讓)ᄒᆞ고 그ᄃᆡ롤 셤겨 아므ᄃᆞ나 초가(草家) ᄒᆞᆫ 간(間)만 짓고 ᄂᆞᄆᆞᆯ과 죽(粥)을 머거도 ᄯᅩ혼 편안(便安)홀 거시니 엇디 욕(辱)을 ᄎᆞ마 ᄂᆞᆷ의 우임이[144] 되리오?"

ᄒᆞ고 드러가 댱연샹(張延賞)의게 나갈 ᄠᅳ들 니ᄅᆞ니, 댱연샹(張延賞)이 깁 오십 필(五十疋)을 주어 보내거ᄂᆞᆯ, 부인(夫人)이 젹게 너기되 감(敢)히 니ᄅᆞ디 못ᄒᆞ엿더니 그ᄲᅢ예 무당(巫堂)이 안히 잇다가 위괴(韋臯ㅣ) 셔원(西院)으로 드러가ᄂᆞᆫ 양(樣)을 보고 부인(夫人)ᄃᆞ려 닐오ᄃᆡ,

"앗가 프른 옷 닙고 셔원(西院)으로 드러가ᄂᆞ니 긔 뉘뇨[145]?"

부인 왈(夫人曰),

"위랑(韋郎)이라."

그 무당(巫堂)이 닐오ᄃᆡ,

"이 사ᄅᆞᆷ이 극(極)히 귀(貴)ᄒᆞ니 벼슬이 진샹(宰相)의 디날 디라[146]. 그 녹(祿)이 쟝ᄎᆞᆺ(將次ㅅ) 발(發)ᄒᆞ게 되야시니 오라디 아녀셔 이 ᄯᅡ 졀도ᄉᆞ(節度使)로 나올 거시니 맛당이 후(厚)

---

144) 남의 웃음거리가.

145) 들어가는 이가 그 누구입니까?

146) 재상(장연상)보다 더 뛰어날 것입니다.

히 디졉(待接)ᄒᆞ쇼셔.”

그 연고(緣故)ᄅᆞᆯ 무ᄅᆞ니 닐오ᄃᆡ,

“귀인(貴人)의 ᄃᆞ니ᄂᆞᆫ ᄃᆡᄂᆞᆫ 반ᄃᆞ시 음병(陰兵)이 잇ᄂᆞ니 샹국(相國)끠 뫼셔 ᄃᆞ니ᄂᆞ니ᄂᆞᆫ147) 블과(不過) 스므나믄은 ᄒᆞ고148), 위랑(韋郞)의게ᄂᆞᆫ 빅(百)이 나므니149) 샹국(相國)의게셔 더 귀(貴)ᄒᆞᆫ 줄을 아노이다.”

부인(夫人)이 대희(大喜)ᄒᆞ야 댱연샹(張延賞)ᄃᆞ려 니ᄅᆞ니, 연샹(延賞)이 노왈(怒曰),

“준 거시 져그면 더 쳥(請)ᄒᆞ미 가(可)커ᄂᆞᆯ 엇디 거즛 무당(巫堂)의 말을 의탁(依託)ᄒᆞ야 날을 소기고져 ᄒᆞᄂᆞ뇨150)?”

ᄒᆞ더니, 위괴(韋皐ㅣ) 간 디 ᄃᆞᆯ남즉ᄒᆞ야151) 긔(岐) ᄯᅡ히 니ᄅᆞ니, 긔부(岐府) 쟝쉬(將帥ㅣ) 막부(幕府)에 두어 대리평ᄉᆞ(大理評事)ᄅᆞᆯ ᄒᆞ엿더니 옥(獄) 다ᄉᆞ리기ᄅᆞᆯ 잘흔다 ᄒᆞ야 감찰어ᄉᆞ(監察御史)ᄅᆞᆯ 더어152) 농쥐ᄌᆞᄉᆞ(隴州刺史)ᄅᆞᆯ ᄒᆞ여 가다가 쥬자(朱泚)의 난(亂)이 니러나 덕종(德宗)이 봉텬(奉天)의 가 ᄲᅡ엿더니153), 위괴(韋皐ㅣ) 도적을 만히 티고154) 공(功)을 크게 일워

---

147) 상국을 모시고 다니는 이는.

148) 스물 남짓하고. 20여 명이고.

149) 백 남짓하니. 100여 명이 되니.

150) 나를 속이고자 하는 것이오?

151) 한 달 남짓하여.

152) 더하여. 겸직(兼職)하여.

병부샹셔(兵部尙書)로 셔쳔졀도ᄉ(西川節度使)를 ᄒᆞ야 오니,
댱연샹(張延賞)이 듯고 칼홀 ᄲᅡ혀155) 제 눈을 디ᄅᆞ려 ᄒᆞ야156)
부인(夫人)ᄃ려 닐오디,

"내 손조 눈을 업시ᄒᆞ야157) 사ᄅᆞᆷ 몰라 본 줄을 딩계(懲戒)ᄒᆞ
렷노라158)."

ᄒᆞ더라.

---

153) 싸였더니. 포위(包圍)되었는데.
154) 많이 치고.
155) 칼을 빼어.
156) 찌르려 하면서.
157) 내가 손수 눈을 없애서.
158) 징계하려 합니다.

| 제6화 |

신비뎐(辛秘)

신비(辛秘)란 사름이 오경(五經)을 급뎨(及第)ᄒ야 혼인(婚姻)을 뎡(定)ᄒ고 긔약(期約)이 다둧거늘[159] 길흘 나 셤(陜) 짜히 니르러 나모 밋티 안자 쉬더니[160], 겻티 ᄒᆞᆫ 빌어먹는 아희 안자 오시 니를 자브며[161] 신비(辛秘)의 가는 디롤 뭇거늘, 신비(辛秘ㅣ) 디답(對答) 아니ᄒ고 즉시(卽時) 니러 길흘 가니, 그 아희 쏘ᄒᆞᆫ 니러 조차가며 뭇기를 마디아니ᄒ더니, ᄒᆞᆫ 프른 옷 니븐 사름이 뒤흐로셔 와 다ᄃᆞ르니, 신비(辛秘ㅣ) 읍(揖)ᄒ고 ᄒᆞᆫ가지로 일 리(一里)는 가더니, 녹의재(綠衣者ㅣ) 믄득 믈을 내혀 급(急)피 가거늘, 신비(辛秘ㅣ) 괴이(怪異)히 너겨 혼잣말로 닐오디,

'그 사름이 어이 그리 밧비[162] 가는고?'

ᄒ니, 그 아희 닐오디,

---

159) 정혼(定婚)한 날짜가 다다랐거늘.
160) 길을 떠나 섬(陜) 땅에 이르러 나무 밑에 앉아 쉬고 있었는데.
161) 곁에 한 거지 아이가 앉아 옷의 이를 잡으며.
162) 바삐.

"떼 다드라시니163) 엇디 제 ᄆᆞᆷ대로 ᄒᆞ리오?"

신비(辛秘ㅣ) 그 말을 슈샹(殊常)이 너겨 무로ᄃᆡ,

"떼 다드랏단 말이 어인 말이뇨?"

그 아히 닐오ᄃᆡ

"잠깐 나아가면 맛당이 알리라."

ᄒᆞ더니 쟝ᄎᆞᆺ(將次ㅅ) 뎜(店)의 미처 사ᄅᆞᆷ 스므나믄이 뎜문(店門)의 모다164) 요란(搖亂)ᄒᆞᆫ 거동(擧動)이 잇거늘, 나아가 무ᄅᆞ니, 길희 오던 녹의인(綠衣人)이 뎜(店)의 들며 죽돗더라165).

신비(辛秘ㅣ) ᄀᆞ장 괴이(怪異)히 너겨 그 후(後)브터 공경(恭敬)ᄒᆞ야 디졉(待接)ᄒᆞ고, 오ᄉᆞᆯ 버서 닙피고166) 가져가던 ᄆᆞᆯ ᄒᆞ나흘 틱오니167), 그 아히 샤례(謝禮)ᄒᆞᆫ ᄠᅳ디 업고, 길희 가며 보니 니ᄅᆞᄂᆞᆫ 말이 다 맛더라.

변(汴) 짜히 니ᄅᆞ러 신비(辛秘)ᄃᆞ려 닐오ᄃᆡ,

"나는 예ᄀᆞ지168) 오ᄂᆞᆫ디라. 그ᄃᆡ 가는 배 므스 일을 일오려 ᄒᆞᄂᆞ뇨169)?"

---

163) 때가 다다랐으니. 때가 되었는데.
164) 스물 남짓한 사람들이 주막 문에 모여.
165) 죽었더라. 죽은 것이었다.
166) 옷을 벗어 (거지 아이에게) 입히고.
167) 가져가던 말 한 필에 (거지 아이를) 태웠는데.
168) 예까지. 여기까지.
169) 그대가 가는 것은 무슨 일을 이루려는 것인가?

신비(辛秘ㅣ) 혼인(婚姻)을 니르니, 그 아히 웃고 닐오디,

"그디는 션비라, 이 힝츠(行次)롤 긋치디 아니ᄒ려니와, 그러나 그디 체(妻ㅣ) 아니니, 그디의 혼인(婚姻) 긔약(期約)은 심(甚)히 먼 디라[170]."

ᄒ고, 신비(辛秘)롤 잠깐 머믈라 ᄒ고 어드러 가더니 술 ᄒ 그ᄅ술 가지고 와 신비(辛秘)로 더브러 니별(離別)ᄒ실, 알퓌 샹국시(相國寺ㅣ)란 뎔을 ᄀᄅ쳐 닐오디,

"오늘 오시(午時)면 블이 나 다 톨 거시니, 그째 디나거든 나가라[171]."

ᄒ더니, 과연(果然) 오시(午時)예 블이 나 다 트니라. 갈 님시(臨時)예 깁으로 ᄒ 주머니 톄옛 거슬 내야 신비(辛秘)롤 주고[172] 닐오디,

"후(後)의 아모 의심(疑心)된 일이 나 잇거든 여러 보라."

ᄒ더니, 그때예 연고(緣故) 이셔 뎡(定)ᄒ 혼인(婚姻)을 못ᄒ고, 이십 년 후(二十年後)의 위람위(渭南尉) 되야 비시(裴氏)의 댱가드러[173], 비시(裴氏) 성일(生日)의 손을 모도고 잔치ᄒ더니[174], 믄득 그 아히 말을 싱각고 그 주머니롤 여러 보니 손

---

170) 매우 먼 곳이라.
171) 그때(불 탈 때)가 지나거든 나가라.
172) 떠날 때에 비단으로 만든 주머니 모양의 것을 꺼내어 신비에게 주고.
173) 배씨에게 장가들어.

바당만 흔 죠희예 써시되175),

　'신비(辛秘)의 쳐(妻)는 하동(河東) 비시(裴氏)니 아므 둘 아
므 날 나리라.'

ᄒ엿거ᄂᆞᆯ, 그 날을 샹고(詳考)ᄒ니, 그 셩일(生日)날이러라.

　신비(辛秘ㅣ) 그 아히 니별(離別)ᄒ던 날을 싱각ᄒ니, 비시
(裴氏ㅣ) 당시(當時) 나디 못ᄒ여실 ᄠᆡ러라176).

---

174) 배씨의 생일에 손님들을 모아(초청하여) 잔치를 하였는데.

175) 손바닥만 한 종이에 쓰여 있기를.

176) 태어나지 못하였을 때였다.

| 제7화 |

노패뎐(盧佩)

뎡원(貞元) 말(末)의 위람현승(渭南縣丞) 노패(盧佩)란 사롬이 셩품(性品)이 극(極)히 효도(孝道)로와 그 어미룰 극진(極盡)히 셤기더니, 그 어미 허리와 다리 병(病)드러 졈졈(漸漸)ᄒ야 상(床)의 ᄂ리디 못ᄒ연 디[177] 여러 히라. 듀야(晝夜) 알키룰 견디디 못ᄒ야 ᄒ니, 노패(盧佩ㅣ) 벼슬을 ᄇ리고 셔울 드러와 태의(太醫) 왕언빅(王彦伯) 보기룰 구(求)ᄒ니, 언빅(彦伯)이 셰(勢ㅣ) ᄀ장 듕(重)ᄒ야 날마다 쳥(請)ᄒ기룰 반(半)희룰 호ᄃ 와 보기룰 허락(許諾)디 아니ᄒ더니, 홀론 언빅(彦伯)이 닐오ᄃ,

"아므 날 평됴(平旦)의 그ᄃ 노친(老親)을 가볼 거시니 기ᄃ리라."

ᄒ여ᄂᆯ, 노패(盧佩ㅣ) 그날 아젹붓터[178] 니문(里門)의 나가 나지 되ᄃ록 기ᄃ리되[179] 긔쳑이 업거ᄂᆞᆯ, 노패(盧佩ㅣ) ᄆ음이 어

---

177) 침상에서 내리지(내려오지) 못한 지가.
178) 아침부터.
179) 낮이 되도록 기다렸으나.

즈러워 날이 져므는 줄을 씨둣디 못ᄒ니, 믄득 흰옷 니븐 겨집
이 ᄌᆞᆨ(姿色)이 ᄀᆞ장 곱고 됴흔 물을 ᄐᆞ고 겨집종 ᄒ나흘 뒤
셰고180) 셧(西ㅅ)녁크로브터 동(東)으로 디나가다가 다시 동
(東)으로브터 노패(盧佩ㅣ) 션 ᄃᆡ 니르러 패(佩)ᄃ려 닐오ᄃᆡ,

"그ᄃᆡ 얼굴을 보니 근심ᄒᆞᄂᆞᆫ 빗치 만코 ᄯᅩ 사름을 기ᄃ리ᄂᆞᆫ
ᄃᆞᆺᄒᆞ니 쳥(請)ᄒ야 뭇노라."

노패(盧佩ㅣ) 왕언빅(王彦伯) 오기ᄅᆞᆯ ᄇᆞ라노라 다른 의ᄉᆞᆺ(意
思ㅣ) 업서 그 겨집 왓ᄂᆞᆫ 줄을 씨둣디 못ᄒᆞ더니181), 두서 번(番)
무른 후(後)의야 실졍(實情)으로ᄡᅥ ᄃᆡ답(對答)ᄒᆞᆫ대, 그 겨집이
닐오ᄃᆡ,

"언빅(彦伯)은 나라 의원(醫員)이니 오기ᄅᆞᆯ 긔약(期約)디 못
ᄒᆞ려니와, 첩(妾)이 쟈근 지죄(才操ㅣ) 이셔 언빅(彦伯)의게 ᄃᆡ
디 아니ᄒᆞ니 쳥(請)컨대 ᄒᆞᆫ 번(番) 태부인(太夫人)을 보와 알
[일]뎡182) ᄒᆞ리게 ᄒᆞ리라.183)"

패(佩ㅣ) 놀라고 깃거 ᄆᆞᆯ머리예 졀ᄒᆞ고 닐오ᄃᆡ,

"진실(眞實)로 이러 ᄐᆞᆺᄒᆞ면184) 몸으로ᄡᅥ 종이 되링이다."

---

180) 계집종 하나를 뒤세우고.
181) 깨닫지 못하더니.
182) 반드시. 낙선재본에는 '일뎡'으로 되어 있음.
183) 낫게 하리라.
184) 이렇듯이 하면. 그렇게 해주면.

ᄒᆞ고 몬져 드러가 태부인(太夫人)끠 고(告)ᄒᆞ니, 그 어미 보야
ᄒᆞ로 알키ᄅᆞᆯ 견디디 못ᄒᆞ야 ᄒᆞ다가185) 그 말을 듯고 즉시(卽時)
붓들리여 안자 보기ᄅᆞᆯ 지쵹ᄒᆞ니186), 패(佩ㅣ) 그 겨집을 인(引)
ᄒᆞ야 드러간대, 그 겨집이 손을 드러 ᄆᆞᆫ지니 볼셔 다리ᄅᆞᆯ 능
(能)히 움즈기더라. 일개(一家ㅣ) 놀라고 즐겨 ᄃᆞ토와 지믈(財
物)을 가져다가 그 겨집을 주니 그 겨집이 닐오디,

"댱시(長時) ᄒᆞ리디 못ᄒᆞ야 겨신디라. 맛당이 ᄒᆞᆫ 복약(服藥)
을 나올 거시니187) ᄒᆞᆫ갓 이 병(病)만 ᄒᆞ릴 ᄲᅮᆫ 아녀188) 기리 댱슈
(長壽)ᄅᆞᆯ 누리리라."

ᄒᆞᆫ대, 그 어미 닐오디,

"늘근 겨집이 쟝ᄎᆞᆺ(將次ㅅ) 죽기ᄅᆞᆯ 기ᄃᆞ리더니 텬ᄉᆞ(天師)
ᄅᆞᆯ 만나 두 번(番) 사라나니 엇디 큰 은혜(恩惠)ᄅᆞᆯ 갑프리오?"

그 겨집이 닐오디,

"다만 쳔(賤)ᄒᆞᆫ 몸을 ᄇᆞ리디 아니ᄒᆞ시고 낭군(郎君)의 건즐
(巾櫛) 밧들믈 허락(許諾)ᄒᆞ시면 덧덧시189) 대부인(大夫人) 좌
우(左右)의 이시미 가(可)ᄒᆞ니, 엇디 감(敢)히 공(功)을 의논

---

185) 그의 어미가 바야흐로 앓기를 견디지 못하여 하다가.
186) 붙들어 앉혀놓고 보기를 재촉하니.
187) (지어) 바칠 것이니.
188) 한갓 이 병만 낫게 할 뿐이 아니라.
189) 떳떳이. 떳떳하게.

(議論)ᄒ리오?"

그 어미 닐오디,

"패(佩ㅣ) 몸으로 텬ᄉ(天師)의 종이 되믈 원(願)ᄒ거든 이제 도로혀 건즐(巾櫛)을 밧들게 호미 엇디 가(可)티 아니미 이시리오?"

그 겨집이 지비(再拜)ᄒ고, 겨집종 ᄒ야[190] '셩덕(成赤) 연모ᄅᆞᆯ[191] 가져오라.' ᄒ야 약(藥) ᄒᆞᆫ 환(丸)을 내여[192] 칼로 글거[193] 어미ᄅᆞᆯ 머기니, 여러 히 괴로이 알턴[194] 병(病)이 일시(一時)예 다 ᄒ리더라[195].

즉시(卽時) 뉵녜(六禮)ᄅᆞᆯ ᄀᆞᆺ초와[196] 안해ᄅᆞᆯ 사므니[197], 그 겨집이 됴셕(朝夕)의 싀어미ᄅᆞᆯ[198] 공경(恭敬)ᄒ고, 부도(婦道)ᄅᆞᆯ 엄(嚴)히 출히되 열홀의 ᄒᆞᆫ 번(番)식 도라가기ᄅᆞᆯ 쳥(請)ᄒ거늘, 패(佩ㅣ) 종과 술위ᄅᆞᆯ 출혀 보내려 ᄒ니[199], 그 안해 구디[200]

---

190) 계집종으로 하여금. 계집종을 시켜.

191) 연모를. '연모'는 물건을 만드는 데 쓰는 기구와 재료.

192) 환약(丸藥) 한 알을 꺼내어.

193) 칼로 긁어.

194) 여러 해 (동안) 괴롭게 앓던.

195) 일시에 다 나았다.

196) 갖추어.

197) 아내를 삼으니.

198) 조석으로 시어머니를 공경하고.

199) 종과 수레를 차려서 보내려 하니.

스양(辭讓)호고 올 제 타 온 몰과 더브러 온 죵을 드리고 나가니, 자최롤 아디 못홀러라.

　패(佩)는 뜨들 어그롯디 아니려 호야[201] 그 가는 고둘 춋디 아니호더 무움의 괴이(怪異)히 너기더니, 홀론 그 안해 나가는 때롤 기드려 フ만이 즐러가는 디롤 여어보니[202], 그 겨집이 연흥문(延興門)으로 나가니, 그 몰이 공듕(空中)으로 거러가거늘, 패(佩ㅣ) 놀라 길히 사룸드려 무르니 다 보디 못호거놀, 패(佩ㅣ) 쪼 뿔와가니[203] 셩(城) 동(東)녁 무덤 뭇는 디[204] 니르러 무당(巫堂)이 구술 호며 술을 짜히 쓰리거든,[205] 그 안해 몰게 느려[206] 그 술을 바다먹고[207], 겨집죵은 뒤히 조차[208] 지젼(紙錢)을 거두어 몰게 시르니[209], 즉시(卽時) 변(變)호야 구리돈이 되더라.

　그 안해 막대로 짜흘 그으면, 무당(巫堂)이 즉시(卽時) 그은

---

200) 굳이.

201) (아내의) 뜻을 어기지 않으려 해서.

202) 가만히(몰래) 질러가는 곳에서 엿보니.

203) 따라가니.

204) 무덤을 묻는 데(곳에).

205) 굿을 하며 술을 땅에 뿌리매(뿌리는지라).

206) 그의 아내가 말에서 내려.

207) 받아먹고.

208) 뒤를 따라.

209) 말에 실으니.

디롤 ㄱ른쳐 닐오디,

"여긔 가(可)히 사룸을 무덤 즉ᄒ다."

ᄒ고210) 싸 뎡(定)키롤 못ᄎ매211), 그 안해 즉시(卽時) 도라오거눌, 패(佩ㅣ) ᄆᆞᄋᆞᆷ의 아쳐로이 너겨212) 도라가 그 어미ᄃ려 고(告)ᄒ니 어미 닐오디,

"내 ᄇᆞᆯ셔213) 요괴(妖怪ㄴ) 줄을 아ᄂᆞ다. 이제 엇디리오214)?"

ᄒ더니 일로브터215) 그 안해 패(佩)의 집의 긋촌 ᄃᆞ시 오디 아니ᄒ니216), 패(佩ㅣ) 쏘훈 다힝(多幸)이 너기더니 이십여 일(二十餘日)이나 디난 후(後)의 패(佩ㅣ) 모쳐217) 남(南)녁 길거리로 나가다가 믄득 그 겨집을 만나니 패(佩ㅣ) 블러 닐오디,

"부인(夫人)이 엇디 오래 도라오디 아니ᄒᆞ뇨?"

그 겨집이 도라보디 아니ᄒ고 물을 둘려가더니 이튼날 겨집 종을 브려 닐오디,

"첩(妾)이 진실(眞實)로 그디 비필(配匹)이 아니라. 그디 효

---

210) 사람을 묻음 즉하다 하고.

211) 땅(무덤자리) 정하기를 마치매.

212) 노패는 마음속으로 싫게 여겨(싫어서).

213) 벌써.

214) 이제 어찌하겠느냐?

215) 이로부터.

216) 끊어진 듯이 오지 아니하니.

217) 마침.

힝(孝行)이 이시모로 내 감격(感激)히 너겨 그디 안해 되엿더
니, 이제 의심(疑心)호믈 보니 영결(永訣)ᄒ노라."
ᄒ엿거ᄂᆞᆯ, 패(佩ㅣ) 그 죵ᄃᆞ려 무로디,

 "낭지(娘子ㅣ) 이제 어디 잇ᄂᆞ뇨?"

 그 죵이 닐오디,

 "낭지(娘子ㅣ) 볼셔 니 ᄌᆞ의(李諮議)게 ᄀᆡ가(改嫁)ᄒ엿ᄂᆞ니라."
ᄒ대 패왈(佩曰),

 "낭지(娘子ㅣ) 비록 날을 ᄇᆞ리고져 ᄒᆞ나 엇디 그리 급(急)피
ᄒᆞ뇨?"

 그 죵이 닐오디,

 "낭ᄌᆞ(娘子)ᄂᆞᆫ 디신(地神)이라. 경됴부(京兆府) 삼ᄇᆡᆨ 니(三
百里) 안히 사ᄅᆞᆷ 뭇기ᄅᆞᆯ ᄀᆞ옴아ᄂᆞ니라.218) 몸은 셩듕(城中)의
이셔 산 사ᄅᆞᆷ의 안해 되야 능(能)히 복(福)을 진(進)ᄒᆞᄂᆞ니라."
ᄒ고 ᄯᅩ 닐오디,

 "낭ᄌᆞ(娘子)ᄂᆞᆫ 아므디도 됴히 디내려니와219), 그디 복(福)이
져거 낭ᄌᆞ(娘子)ᄅᆞᆯ 여ᄒᆡ니220), 낭ᄌᆞ(娘子)로 미양 안해ᄅᆞᆯ 사맛던
ᄃᆞᆯ221) 그디 집 일개(一家ㅣ) 다 디샹션(地上仙)이 될러니라222)."
ᄒ더라.

---

218) 관리(管理)하는지라.

219) 아무데서도 잘 지내려니와.

220) 그대는 복이 적어 낭자와 헤어진 것이니.

221) 매양 아내로 삼았던들.

222) 지상선이 될 것이었습니다.

| 제8화 |

왕현지뎐(王玄之)

고밀(高密) 짜 왕현지(王玄之)란 사롬이 나히 졈고 얼굴이
됴터니223), 긔츈(蘄春) 짜 원(員)을 ᄒ야 과만(瓜滿) 츤 후(後)
의224) 벼슬을 ᄀ라 고향(故鄕)의 도라오니225), 집이 셩(城) 밧
ᄭᅵ 잇ᄂᆞᆫ디라. 날이 져믈 빼예 문(門)을 의지ᄒ야 먼 디롤 ᄇ라
더니, 혼 미인(美人)이 셔(西)다히로브터 와226) 셩(城) 안흐로
드러갈ᄉᆡ227), ᄌᆞ식(姿色)이 ᄲᅡ여나 곱고228) 나히 이팔(二八)은
ᄒ더라229).

이튼날 나 셔시니230) ᄯᅩ 그 알ᄑᆞ로 디나가기ᄅᆞᆯ 사나흘을 ᄒ
거놀, 왕현지(王玄之ㅣ) 희롱(戲弄)ᄒ야 무ᄅᆞᄃᆡ,

---

223) 나이가 젊고 얼굴이 좋았는데(풍채가 빼어났는데).
224) 임기(任期)를 채운 뒤에.
225) 벼슬이 바뀌어 고향에 돌아왔는데.
226) 서쪽으로부터 와서.
227) 성 안으로 들어가기에(들어가므로).
228) 자색이 빼어나서 곱고.
229) 나이가 16세가량 되어 보였다.
230) 이튿날 나와 서 있으니.

"집이 어디 잇관디231) 날이 져믄 후(後)의 이리로 다니느뇨?"

그 미인(美人)이 쇼왈(笑曰),

"내 집이 남(南)녁 재 밋티 잇더니232) 홀 일 이셔 셩(城) 안
히 돈니노라."

현지(玄之ㅣ) 시험(試驗)ᄒ야 의ᄉ(意思)ᄅᆞᆯ 도도니233), 미인
(美人)이 깃거ᄒᄂᆞᆫ 빗치 이셔 인(因)ᄒ야 머므러 자고 이튼날
아젹의234) 집으로 도라가 이후(以後)로는 밤마다 와 ᄒᆞᆫᄃᆡ 자
니, 현지(玄之ㅣ) 졍(情)이 깁픈 후(後)의 그 미인(美人)ᄃᆞ려
무로ᄃᆡ,

"그딧 집이 예셔 갓갑다 ᄒᆞ니235) 내 ᄒᆞᆫ 번(番) 가미 엇더ᄒᆞ뇨?"

미인 왈(美人曰),

"집이 심(甚)히 좁고 더러워 손을 디졉(待接)ᄒ염즉디 아니
ᄒ고236) 쏘 주근 형(兄)의 ᄯᆞᆯ이 ᄒᆞᆫᄃᆡ 이시니237) 혐의(嫌疑ㅣ)
업디 못ᄒ리라."

ᄒᆞᆫ대, 현지(玄之ㅣ) 미더 다시 뭇디 아니ᄒ더라238).

---

231) 집이 어디에 있기에.
232) 내 집이 남쪽 고개 밑에 있는데.
233) 생각을 떠보니.
234) 아침에.
235) 여기서 가깝다고 하니.
236) 손님을 대접할 만하지 아니하고.
237) 또 죽은 오빠의 딸이 함께 있으니.

그 미인(美人)이 바느질을 잘ㅎ야 현지(玄之)의 의복(衣服)을 다 손조 지으니239) 보는 사름이 아니 긔특(奇特)이 너기리 업더라240).

흔 차환(叉鬟)을 더블고 ᄃᆞ니니241) 얼굴이 ᄯᅩ흔 ᄌᆞ식(姿色)이 잇고, 이후(以後)는 비록 나지라도 머믈어 가디 아니ᄒᆞ니242), 현지(玄之ㅣ) 닐오ᄃᆡ,

"그ᄃᆡ 형(兄)의 ᄯᆞᆯ이 혼자 이셔 그ᄃᆡ를 아니 기ᄃᆞ리랴?"

미인 왈(美人曰),

"ᄂᆞᆷ의 집 일을 구틔야 아론 톄ᄒᆞ야 므엇 ᄒᆞ리오243)?"

ᄒᆞ더니 이러틋 ᄒᆞ기ᄅᆞᆯ 흔 ᄒᆡᄅᆞᆯ 디내엿더니 ᄒᆞᄅᆞ 밤은 얼굴의 ᄀᆞ장 시름ᄒᆞᄂᆞᆫ 빗치 이셔244) 드러와 눈믈을 흘리거늘, 현지(玄之ㅣ) 연고(緣故)ᄅᆞᆯ 무른대, 그 미인(美人)이 닐오ᄃᆡ,

"ᄉᆞ랑ᄒᆞᄂᆞᆫ 은혜(恩惠)ᄅᆞᆯ 깁피 니벗더니245) 이제 ᄯᅥ나게 되야시니 엇디 슬프디 아니ᄒᆞ리오?"

---

238) 믿어서(믿고) 다시 묻지 아니하였다.

239) 다 손수 지으니.

240) 기특하게 여기지 않는 사람이 없었다.

241) 더불어(데리고) 다녔는데.

242) 비록 낮이라도 머물러 가지 아니하니.

243) 남의 집 일을 구태여 아는 체하여 무엇 하리오.

244) 얼굴에 몹시 근심하는 빛이 있어.

245) 사랑해주시는 은혜를 깊이 입었는데.

현지(玄之ㅣ) 놀라 가는 고돌 무르니[246] 미인(美人)이 닐오더,

"그더 아니 어려이 너기미 이시랴[247]? 쳡(妾)은 본더 젼 고밀녕(前高密令)의 쏠로 임시(任氏)의 안해 되엿더니, 임시(任氏ㅣ) 힝실(行實)이 업서 소박(疎薄)호믈 보니[248], 부뫼(父母ㅣ) 쳡(妾)을 에엿비 너겨 더브러 왓더니[249] 병(病)드러 이 짜 희셔 주그니, 남(南)녁 재예 초빈(草殯)ᄒᆞ엿더니, 이제 집 사룸이 상구(喪具)롤 마자 도라가니, 닉일(來日)이면 맛당이 떠나리라."

현지(玄之ㅣ) 임의 졍(情)이 듕(重)ᄒᆞ매 혐의(嫌疑)로이 너기디 아녀 서르 안자 슬허ᄒᆞ더니 이튼날 새배 떠날 때예 미인(美人)이 금(金)으로 얼근 옥잔(玉盞)과 옥지환(玉指環) ᄒᆞᆫ 쌍(雙)을 버서 주니, 현지(玄之ㅣ) 슈(繡)옷 ᄒᆞ나흘 미인(美人)을 주고 서르 손목 잡고 울며 니별(離別)ᄒᆞ엿더니, 이튼날 긔약(期約)이 니르거늘 남(南)녁 재예 가보니, 과연(果然) 젼 고밀녕(前高密令) 짓 사룸이 빙[빈]소(殯所)ᄒᆞᆫ 더 나아가 관(棺)을 여니, 신식(神色)이 변(變)티 아니ᄒᆞ엿고 셩덕(成赤)ᄒᆞᆫ 거시 녜 ᄀᆞᆺ더라[250].

---

246) 가는 곳을 물으니.

247) 어렵게 여기지 않음이 있으랴. 어렵게 여길 것이라는 뜻임.

248) 소박을 당하였는데.

249) 부모님이 저를 불쌍히 여겨 데리고 왔는데.

슈(繡)옷 ㅎ나히 관(棺)의 녀히엿고[251], 젼(前)의 녀헛던 금
비(金杯)와 옥환(玉環)이 간 디 업스니, 그 집 사룸돌이 ᄀᆞ장
슈샹(殊常)이 너기거눌, 왕현지(王玄之ㅣ) 나아가 그 ᄉᆞ실(事
實)을 ᄌᆞ시(仔細ㅣ) 니ᄅᆞ고 금비(金杯) 옥환(玉環)을 내야 뵈
니, 모다 븟들고 슬허ᄒᆞ더니[252], 현지(玄之ㅣ) 무로디,

"형(兄)의 ᄯᅩᆯ이 ᄒᆞ디 잇다 ᄒᆞ더니 그는 누고고?"

모다 닐오디,

"과연(果然) 열 술 머근 족해 그 ᄣᅢ예 죽거눌 그 겻티 ᄒᆞᆫ가지
로 셩빈(成殯)ᄒᆞ엿ᄂᆞ니라."

ᄒᆞ고 그 차환(叉鬟)도 댱(帳) 안히 두엇는 목노비(木奴婢)로디,
얼굴이 젼(前)의 보더니과 ᄀᆞᆺ더라[253].

---

250) 화장한 얼굴이 옛 모습과 같았다.

251) 수놓은 옷 한 벌이 관 속에 넣어져 있고.

252) 모두 붙들고 슬퍼하다가.

253) 얼굴(생김)이 전에 보던 사람과 같았다.

| 제9화 |

남셔ᄉ인뎐(南徐士人)

송(宋) 시졀(時節)의 남셔(南徐) 짜히 흔 션비 이셔 화산(華山)으로조차 운양(雲陽)으로 가다가 긱샤(客舍)의 흔 겨집을 보니, 나히 십팔(十八)은 흔디라. 모옴의 됴히 너기되 인연(因緣)ᄒ야 볼 길히 업서 인(因)ᄒ야 도라가 병(病)이 드니, 그 어미 연고(緣故)ᄅᆞᆯ 무론대, 병(病)든 ᄉ연(事緣)을 ᄌᆞ시(仔細ㅣ) 니르니, 그 어미 화산(華山) 운양(雲陽)의 가 그 겨집을 ᄎᆞ자보고 아ᄃᆞᆯ 병(病)든 연고(緣故)ᄅᆞᆯ 니론대, 그 겨집이 듯고 늣겨254) 폐슬(蔽膝)을 글러주며255) 닐오디,

"ᄀᆞ만이 누은 돗 아래 녀허두면256) 병(病)이 ᄒᆞ리리라."

ᄒᆞ거늘, 그 어미 가져다가 녀흐니257) 과연(果然) 두어 날 만의 병(病)이 ᄒᆞ렷더니, 믄득 돗ᄭᆞᆯ 드러258) 폐슬(蔽膝)을 보고 우다

---

254) 그 계집이 듣고 느껴서(감동해서).
255) 끌러주며.
256) 누워 있는 돗자리 아래 몰래 넣어 두면.
257) 그 어미가 가져다가 넣으니.
258) 돗자리를 들어.

가 긔운(氣運)이 긋처디고져 ᄒᆞ야259) 어미ᄃᆞ려 닐오ᄃᆡ,

 "나 주근 후(後)의 무들 제 화산(華山)을 디나라."

ᄒᆞ고 죽거늘, 어미 ᄠᅳᆮ 조차260) 화산(華山)으로 디나가더니 그 겨집의 문(門) 알ᄑᆡ 니ᄅᆞ러 관(棺)이 므거워 움즈기디 아니 ᄒᆞ더니, 이윽고 그 겨집이 목욕(沐浴)ᄒᆞ고 소장(素粧)을 셩(盛) 히 ᄒᆞ고 나와 노래 블러 ᄀᆞᆯ오ᄃᆡ,

 화산긔(華山畿)

 군(君)이 임의 날을 위(爲)ᄒᆞ야 주그니,
 내 혼자 사라 눌을261) 위(爲)ᄒᆞ야 베프리오.
 만일(萬一) 싱각ᄒᆞ거든,
 관(棺)이 날을 위(爲)ᄒᆞ야 열리라.
 華山畿 君旣爲儂死 獨活爲誰施 君若見憐時 棺木爲儂開

 말이 ᄆᆞᆺᄎᆞ며 믄득 관(棺)이 열리이거늘, 그 겨집이 관(棺)의 ᄠᅱ여드니 인(因)ᄒᆞ야 합장(合葬)ᄒᆞ다.

---

259) 기운이 끊어지려고 하여.

260) 어미가 (아들의) 뜻을 따라.

261) 누구를.

| 제10화 |

경소경홍뎐(曹惠)

무덕(武德) 시졀(時節)의 조혜(曹惠)란 사룸이 댱[강]쥐(江州) 참군(參軍)을 ᄒᆞ엿더니 관샤(官舍) 뒤히 블당(佛堂)이 잇고, 블당(佛堂) 안히 남그로 민든[262] 사룸 둘히 이셔 기리 흔 자흔 ᄒᆞ고[263], 사긴 거시[264] 심(甚)히 공교(工巧)로오ᄃᆡ 치식(彩色)이 다 ᄲᅥ러덧거ᄂᆞᆯ, 조혜(曹惠ㅣ) 가져다가 아희돌을 주어 노더니, 후(後)의 가진 아히 ᄯᅥᆨ을 먹노라 ᄒᆞ니 나모사룸이 손을 벌겨[265],

"ᄯᅥᆨ을 달라."

ᄒᆞ거ᄂᆞᆯ, 그 아히 놀라 혜(惠)ᄃᆞ려 니ᄅᆞ니, 혜(惠ㅣ) 괴이(怪異)히 너겨,

"나모사룸을 가져오라."

ᄒᆞ니, 그거시 스스로 말을 ᄒᆞ야 닐오ᄃᆡ,

---

262) 나무로 만든.
263) 길이가 한 자가량 되고.
264) 새긴 것이.
265) 나무사람[목우(木偶)]이 손을 벌려.

"우리 일홈은 경소(輕素)와 경홍(輕紅)이니 엇디 나모사룸
이라 브루ᄂ뇨?"

ᄒ고 눈을 ᄡ며 두로 보며 거러 ᄃᄂ니기룰266) 사룸과 다루디 아니
ᄒ거늘, 조혜(曹惠ㅣ) 무러 굴오디,

"네 어늬 제 ᄆᆞᆫᄃᆞᆫ 거시완디267) 능(能)히 요괴(妖怪ㅣ) 되엿
ᄂ뇨?"

경쇠(輕素ㅣ) 경홍(輕紅)으로 더브러 닐오디,

"우리ᄂ 션셩 태슈(宣城太守) 샤가(謝家)의 짓268) 용(俑)이
라. [원주 : 용(俑)은 목노비(木奴婢)라.] 그ᄢᅢ예 공교(工巧)롭
기 심은후(沈隱侯) 짓 늘근 종(從) 효튱(孝忠)의게 밋츠리 업
더니269), 우리 다 효튱(孝忠)의 ᄆᆞᆫᄃᆞᆫ 배라. 은휘(隱侯ㅣ) 샤 션
싱(謝先生)의 상ᄉ(喪事)룰 슬피 너겨 영장(永葬)ᄒ던 날의 우
리룰 ᄒᆞᆫᄃᆡ270) 보내니, 우리 광듕(壙中)의셔 믈을 데여271) 낙 부
인(樂夫人)으로 더브러 발 싯더니 믄득 밧ᄶᅩ로셔 병잠[장]기
(兵仗器)룰 가지고 블의(不意)예 드러오리272) 잇거늘, 부인(夫

---

266) 걸어 다니기를.
267) 너는 어느 때에 만든 것이기에.
268) 집.
269) (목각하는 솜씨가) 효충에게 미칠 사람이 없었는데.
270) 한데(로). 한곳(으로).
271) 물을 데워(덥혀).
272) 들어오는 사람이.

人)이 두려273) 즉시(卽時) 화(化)ᄒ야 흰 개야미 되고 이윽ᄒ
야274) 두 도적(盜賊)이 홰롤 혀고 드러와275) 직믈(財物)을 다
노략(擄掠)ᄒ고 샤 션싱(謝先生)의 니븐 거술276) 다 벗겨 가고,
도적(盜賊)이 우리롤 블빗치 보고 닐오디,

‘두 목노비(木奴婢ㅣ) 보디 슬티 아니ᄒ니277) 쟈근 아히 노
롬노리홀 거술278) 사므리로다.’

ᄒ고 인(因)ᄒ야 가져 내야오니, 그ᄢ 텬평(天平) 이년(二年)이라.

일로브터279) 두어 집의 뉴락(流落)ᄒ엿더니, 딘(陳) 시졀(時
節)의 믹텰댱(麥鐵杖)의 족해 우리롤 가져다가 이에 니르럿ᄂ
니라280).”

혜(惠ㅣ) ᄯ 닐오디,

“젼(前)의 드르니 샤강(謝康)이 왕경측[측](王敬則)의 ᄯᆞᆯ을
안해 사맛다 ᄒ더니 엇디 낙 부인(樂夫人)이라 니르ᄂ뇨?”

경쇠(輕素ㅣ) 왈(曰),

---

273) 두려워하여.
274) 얼마 있다가. 한참 후에.
275) 횃불을 켜고 들어와.
276) 입은 것을.
277) 보기에 싫지 아니하니.
278) 어린아이들이 놀이할 것을. 어린아이들의 장난감으로.
279) 이로부터. 이때부터.
280) 여기에 이르렀습니다.

"왕시(王氏)는 싱젼(生前) 안해오, 낙시(樂氏)는 디하(地下) 안해라. 왕시(王氏) 본디 도고(屠酤)의 ᄌ손(子孫)이라. 셩(性) 이 사오납고 힘긔(氣) 만하[281] 디하(地下)의 가도 오히려 션셩 (宣城)과 화목(和睦)디 못ᄒ니, 션셩(宣城)이 ᄀ만이 텬뎨(天 帝)끠 알외고 내티니 두 ᄯ롤과 ᄒᆫ 아ᄃ리 어미롤 조차 나가니라. 두 번(番)재 낙은부[언보](樂彦輔) 여ᄃᆲ재 ᄯ롤 취(娶)ᄒ니 ᄌ 질(才質)이 아ᄅᆷ답고 글을 잘ᄒ고 거믄고 놀기롤 됴히 너기며, 동양(東陽) 은즁문(殷仲文)과 샤형쥐(謝荊州) 회부인(晦夫人) 으로 더브러 날마다 서ᄅ 왕ᄂ(往來)ᄒ고, 션셩(宣城)도 시방 (時方) 남군[조](南曹) 뎐젼낭(典銓郎)을 ᄒ야 됴혼 몰과[282] 가 비야온 오ᄉ 닙고[283] 귀(貴)ᄒ미 싱젼(生前)의셔 빅비(百倍) 나ᄒ니라."

혜(惠ㅣ) 쏘 무ᄅ로디,

"너희 녕(靈)호미 이러ᄐᆺᄒ니 내 너롤 ᄇ리고져 ᄒ니 엇더 ᄒ뇨?"

경쇠 왈(輕素ㅣ 曰),

"우리롤 내티디 아니시면 ᄆᆺ춤내 도망(逃亡)티 못ᄒ려니와 이제 노홀 ᄡ디 이시니[284], 노[여]산신(廬山神)이 우리롤 어더

---

281) 성품이 사납고 기운이 세서.

282) 좋은 말과.

283) 가벼운 옷을 입고.

춤추는 겨집을 삼고져 ᄒ연 디 오란디라[285]. 이제 하딕(下直)
ᄒ고 뎌긔 가[286] 영화(榮華)ᄅᆞᆯ 밧고져 ᄒ노이다. 그더 능(能)히
은혜(恩惠)ᄅᆞᆯ 못ᄎᆞᆷ내 베프려 ᄒ면 화원(畵員)을 명(命)ᄒ야 분
디(粉黛)ᄅᆞᆯ 고티라."

조혜(曹惠ㅣ) 즉시(卽時) 화원(畵員)을 블러 얼굴을 다시 그
리고 비단(緋緞)으로 ᄡᅵ리니[287], 웃고 닐오디,

"이제야 엇디 춤추는 겨집이 되믈 의논(議論)ᄒ리오? ᄯᅩᄒᆞᆫ
뎌의 부인(夫人)을 당(當)호리라. 그디ᄭᅴ 갑플 일이 업ᄉᆞ니 원
(願)컨대 미(微)ᄒᆞᆫ 말ᄉᆞᆷ[288]으로 니별(離別)을 머믈오리라."
ᄒ고 글 너덧 귀(句)ᄅᆞᆯ 쓰되, 혜아라 보디 못ᄒᆞ야 여러 고디 무
로디[289] 아므도 알 리 업더니, 듕셔령(中書令) 줌문분[본](㟒文
本)이 세 귀(句)ᄅᆞᆯ 아라보되 ᄯᅩᄒᆞᆫ 사ᄅᆞᆷ드려 니르디 아니터라.

그 후(後)의 사ᄅᆞᆷ이 노[여]산신(廬山神)의게 빌 리 잇더니,
무당(巫堂)이 닐오디,

"신군(神君)이 새로 두 쳡(妾)을 어더 프른 빈혀와[290] 화줌

---

284) 놓아줄 뜻이 있으니.
285) 우리를 얻어 춤추는 계집을 삼고자 한 지 오래인지라.
286) 저기에(여산신에게) 가서.
287) 감싸니.
288) 은밀(隱密)한 말씀.
289) 헤아려보지 못하여 여러 곳에 물었으나.
290) 푸른 비녀와.

(花簪)을 엇고져 ᄒᆞ니 그룰 어더 드리면 복녹(福祿)을 ᄂᆞ리오
리라[291]."

흔대, 비는 사룸이 두 가지룰 어더 쇼화(燒火)ᄒᆞ니 제 원(願)대
로 일우니라.

| 제11화 |

빅의인뎐(白衣人)

송(宋) 적 변경(汴京) 싸히 흔 사롬이 이시니, 셩(姓)은 금(琴)이오, 명(名)은 유휘(裕厚ㅣ)라. 평생(平生)의 셩(性)이 탐닌(貪吝)ᄒ고 가뫼(家道ㅣ) ᄯ혼 유여(裕餘)티 못ᄒ더라.

신후(身後)의 계규[교](計巧)롤 듀야(晝夜)의 넘녀(念慮)ᄒ야 은(銀)을 뫼화292) 빅 냥(百兩)이 츠면 디워293) 큰 덩이롤 민ᄃ라 블근 실로 허리롤 미야 침샹(寢牀)의 두고 됴셕(朝夕)으로 어ᄅ만지니, 일싱(一生) 뫼호매 이 ᄀᆞᆺ튼니 여ᄃᆲ 덩이러라.

유휘(裕厚ㅣ) 네 아ᄃᆞᆯ이 잇고, 나히 칠십(七十)이 나믄디라294). 싱일(生日)이 다ᄃᆞᆺ거눌295) 네 아ᄃᆞᆯ이 샹슈(上壽)홀시, 유휘(裕厚ㅣ) ᄉᆞᄌᆞ(四子)의 댱셩(長成)호믈 보고 ᄆᆞ음의 깃거 ᄉᆞᄌᆞ(四子)롤 블러 나아오라 ᄒ야 닐오디,

"내 황텬(皇天)의 복비(福庇)ᄒ시믈 니버 너히롤 거ᄂᆞ려 일

---

292) 모아.

293) (쇠붙이를) 녹여 부어. 주조(鑄造)하여.

294) 나이가 70여 세가 된지라.

295) 생일이 다다랐거늘.

싱(一生)을 간고(艱苦)히 디내디 아니코 내 평일(平日)의 뉴심(留心)ᄒᆞᆫ 배 은(銀) 여둛 뎡이 잇ᄂᆞᆫᄃᆞ라. 튁일(擇日)ᄒᆞ야 너희를 둘식 분(分)ᄒᆞ야 줄 거시니 가(可)히 ᄡᅥ 뎐가(傳家)의 보빅를 사므라."

ᄒᆞᆫ대, ᄉᆞ지(四子ㅣ) 대희(大喜)ᄒᆞ야 믈러나다. 이 날 밤의 유휘(裕厚ㅣ) 술을 취(醉)ᄒᆞ야 상상(床上)의 누어셔 은(銀)을 ᄆᆞᆫ지고 자더니 밤이 반(半)인제 졍(正)히 ᄃᆞ르니, 상젼(床前)의 거롬소리²⁹⁶⁾ 잇거늘 도젹(盜賊)이 잇ᄂᆞᆫ가 ᄒᆞ야 ᄌᆞ시(仔細ㅣ) ᄃᆞ르니 서르 읍양(揖讓)ᄒᆞ야 나아오는 거동(擧動)이러라.

잔등(殘燈)이 명멸(明滅)ᄒᆞ매 댱(帳)을 드러 보니 여둛 사름이 몸의 흰 오슬 닙고 블근 ᄯᅴ를 ᄯᅴ고 읍(揖)ᄒᆞ고 나아와 닐오ᄃᆡ,

"우리 형뎨(兄弟ㅣ) 하늘히 보내시믈 니버 맛당이 그ᄃᆡ 집의 이시나 아옹(阿翁)의 ᄉᆞ랑ᄒᆞ시믈 니버 사름이 되매 아옹(阿翁)의 빅셰(百歲) 후(後)를 기ᄃᆞ려 아므드러나²⁹⁷⁾ 가려ᄒᆞ더니, 이제 ᄃᆞ르니 아옹(阿翁)이 쟝ᄎᆞ(將次ㅅ) 우리를 분(分)ᄒᆞ야 모든 낭군(郎君)을 주려 ᄒᆞ시니, 우리 등(等)이 낭군(郎君)으로 더브러 본ᄃᆡ 연분(緣分)이 업ᄉᆞᆫᄃᆞ라. 이런 고(故)로 몬져 와 니별(離別)ᄒᆞ고 아므 현(縣) 아므 촌(村) 왕가(王哥)의게 가노니,

---

296) 발걸음소리.
297) 아무데로나. 아무 곳이든.

이후(以後)의 아옹(阿翁)과 인연(因緣)이 진(盡)티 아넛는디
라298). 흔 번(番) 보미 이시리라."

ᄒ고 몸을 도로혀299) 가거늘, 유휘(裕厚ㅣ) 그 연고(緣故)롤 아
디 못ᄒ야 대경(大驚)ᄒ야 몸을 두로혀300) 상(床)의 ᄂ려 멀리
브라보니 여듧 사롬이 문(門)으로 나가거늘 급(急)피 ᄯᆞ라가더
니 디방의 거텨 업더디거늘301) 놀라 씨니 흔 ᄭᅮᆷ이라. 니러 안
자302) 등잔(燈盞)을 도도고303) 은(銀)을 어ᄅ몬져 보니304) 여
듧 덩이 다 간 디 업거늘, 몽듕(夢中) 말을 싱각고 탄(嘆)ᄒ야
ᄀᆞᆯ오디,

"내 일싱(一生) 이 은(銀)을 고로이 뫼화305) 신후(身後)의 계
규[교](計巧)롤 ᄒ야 ᄌ손(子孫)을 ᄂ화 주려 ᄒ엿더니306) 이
제 니ᄅ러 타인(他人)의 둔 배307) 될 줄을 엇디 알리오?"

ᄒ고 ᄆᆞ옴이 황홀(恍惚)ᄒ야 ᄌᆞᆷ을 자디 아니ᄒ고 이튼날 ᄉᆞ즈

298) 아니하였는지라.
299) 돌이켜.
300) 돌이켜.
301) 문지방에 걸려 엎어지거늘.
302) 일어나 앉아.
303) 등잔을 돋우고.
304) 어루만져 보니.
305) 괴로이(힘들게) 모아.
306) 자손에게 나누어 주려 하였더니.
307) 타인이 (보관해)둔 바가.

(四子)두려 쑴 일을 즛시(仔細ㅣ) 니론대, 스직(四子ㅣ) 싱각ᄒᆞ디,

'대인(大人)이 취중(醉中)의 그 은(銀)을 허(許)ᄒᆞ고 씐 후(後)의 뉘우처 반ᄃᆞ시 이런 요괴(妖怪)로온 말을 ᄒᆞᄂᆞ니라.'

ᄒᆞ야 밋디 아니ᄒᆞ거늘, 유휘(裕厚ㅣ) 몽듕(夢中) 말을 긔록(記錄)ᄒᆞ야 급(急)피 왕가(王哥)의 집을 ᄎᆞ자간대, 왕개(王哥ㅣ) 졍(正)히 삼싱(三牲) 복믈(福物)을 ᄀᆞ초아 귀신(鬼神)을 공양(供養)ᄒᆞ더라.

쥬인(主人)이 나 마자[308] 닐오디,

"존군(尊君)이 더러온 디[309] 오시니 므슴 일이 잇ᄂᆞ닝잇가?"

유휘 왈(裕厚ㅣ 왈),

"노뷔(老父ㅣ) ᄒᆞᆫ 의혹(疑惑)ᄒᆞᆫ 일이 이셔 믄득 퇴샹(宅上)의 와 쇼식(消息)을 뭇더니 이제 퇴샹(宅上)의셔 므스 일을 디내ᄂᆞ뇨[310]? 반ᄃᆞ시 연괴(緣故ㅣ) 이실 거시니 붉기 뵈시믈[311] 쳥(請)ᄒᆞ노이다."

ᄒᆞᆫ대 쥬인 왈(主人曰),

"복(僕)이 요ᄉᆞ이 쳔쳬(賤妻ㅣ) 병(病)이 듕(重)ᄒᆞ매 병(病)을 인(因)ᄒᆞ야 매복 션싱(賣卜先生)의게 무론대, 션싱(先生)이

---

308) 나와 맞아.

309) 더러운 데. 누추한 곳에.

310) 무슨 일을 겪으셨나요?

311) 밝게 보여주시기를.

닐오디,

'상(床)을 옴기면312) 즉시(卽時) 됴흐리라.'

흐더니 어제 밤의 천체(賤妻ㅣ) 병듕(病中)의 황홀(恍惚)히 보니, 여듧 빅의인(白衣人)이 허리의 블근 씌룰 씌고 천쳐(賤妻)룰 디(對)흐야 닐오디,

'우리 등(等)이 본디 금가(琴哥)의 집의 잇더니 이제 인연(因緣)이 진(盡)흐매 와 틱샹(宅上)의 투탁(投託)흐노라.'

흐고 말을 뭇츠며 상(床)으로 들거눌, 천체(賤妻ㅣ) 놀라 씨드르니 일로브터 천체(賤妻ㅣ) 병(病)이 흐리고313) 밋314) 상(床)을 옴기매 은(銀) 여듧 덩이 이시되 블근 실로 허리룰 미야시니 아므드러셔315) 온 줄을 아디 못흐거니와, 이거시 다 텬신(天神)의 보우(保佑)흐신 거시니, 이런 고(故)로 셩녜(聖禮)룰 궃초와 텬신(天神)을 샤(謝)흐더니, 이제 존군(尊君)이 와 무르시니316) 아니 이룰 아르시닝잇가317)?"

유휘(裕厚ㅣ) 발 구로며318) 닐오디,

---

312) 옮기면.

313) 병이 낫고.

314) 및. 그리고. 또한.

315) 아무데에서. 어느 곳에서.

316) 물으시니.

317) 이를 아시는 것이 아닙니까?

318) 발을 구르며.

"이는 노부(老父)의 일싱(一生) 모흔 배라. 젼일(前日) 흔 꿈을 우고 인(因)ᄒ야 보디 못ᄒ더 존군(尊君)의 셩명(姓名)과 거듀(居住)ᄅᆞᆯ ᄌᆞ셔(仔細)히 니르던 고(故)로 ᄎᆞ자왓거니와 이제 텬쉬(天數ㅣ) 임의 뎡(定)ᄒ엿ᄂᆞᆫ디라. 노뷔(老父ㅣ) 원(怨)홀 배 업스니 다만 흔 번(番) 보와 노부(老父)의 의혹(疑惑)흔 ᄆᆞ옴을 플미 엇더ᄒ뇨?"

쥬인(主人)이 쇼왈(笑曰),

"ᄀᆞ장 쉽다."

ᄒ고 즉시(卽時) 네 아ᄒᆡ(兒孩)ᄅᆞᆯ 블러 반(盤)의 두 덩이식 다 마내야 오니[319], 유휘(裕厚ㅣ) 대경(大驚)ᄒ야 눈믈 나ᄂᆞᆫ 줄을 ᄭᆡᄃᆞᆮ디 못ᄒ야 어ᄅᆞ만지며 닐오ᄃᆡ,

"노부(老父)의 헐복(歇福)호미 이러ᄐᆞᆺ ᄒᆞᆯ샤[320]!"

쥬인(主人)이 아ᄒᆡ(兒孩)ᄅᆞᆯ 블러,

"도로 드려가라[321]."

ᄒ고 유후(裕厚)의 슬허호믈 보고 블상이 너겨[322] 석 냥(兩)을 버혀 유후(裕厚)ᄅᆞᆯ 준대, ᄉᆞ양(辭讓)ᄒ야 닐오ᄃᆡ,

"노뷔(老父ㅣ) 복(福)이 업서 지믈(財物)을 딕희디 못ᄒ미[323]

---

319) 두 덩이씩 담아내어 오니.

320) 이렇듯 하구나!

321) 도로 들여가라.

322) 슬퍼함을 보고 불쌍히 여겨.

이러툿 ᄒ니 엇디 반ᄃ시 가져가리오?”

쥬인(主人)이 권(勸)ᄒ야 ᄉ매예 녀혼대324) 유휘(裕厚ㅣ) 지삼(再三) ᄉ양(辭讓)ᄒ다가 쥬인(主人)의 ᄀ쳥(懇請)호믈 니버 쥬인(主人)을 니별(離別)ᄒ고 집의 도라와 ᄉᄌ(四子)롤 보와 ᄌ시(仔細ㅣ) 니ᄅ고, 또 닐오디,

“은(銀)이 ᄉ매예 잇다.”

ᄒ고 믄득 어드되 보디 못ᄒ니325), 유휘(裕厚ㅣ) 왕가(王哥)의셔 ᄉ양(辭讓)홀 ᄢᆡ예 쥬인(主人)이 그릇 웃옷 ᄉ매예 녀흐니326), 그 ᄉ매 죠고만 굼기 잇던디라327). 그 은(銀)이 굼그로 ᄲᅡ디되 유후(裕厚)는 모ᄅ고 가니 ᄆᆞᆺ촘내 왕가(王哥)의 어든 배 되니라.

---

323) 지키지 못함이.

324) 소매에 넣었는데.

325) 얻었으나 보지 못하였는데.

326) 그릇(잘못) 윗옷 소매에 넣으니.

327) 그 소매에 조그만 구멍이 있었는지라.

| 제12화 |

왕환지[지환]뎐(王之渙)

당(唐) 명황(明皇) 기원(開元) 시졀(時節)의 시(詩)ᄒᆞᄂᆞᆫ 사
롬 왕창녕(王昌齡)·고뎍(高適)·왕환지[지환](王之渙) 세 사
롬이 일시(一時)예 졔명(齊名)ᄒᆞ더 ᄠᅢ롤 만나디 못ᄒᆞ야 풍딘
(風塵)의 곤(困)히 ᄃᆞ니더니, 홀론 하늘히 ᄎᆞ고 미(微)ᄒᆞᆫ 눈이
ᄲᅳ리ᄂᆞᆫ ᄠᅢ예328) 세 사롬이 ᄒᆞᆫ 가지로 긔뎡(旗亭)의 모다 술을
사 먹더니 믄득 니원(梨園) 녕관(伶官) 여라믄이329) 누(樓)희
올라와 잔치 ᄒᆞ려 ᄒᆞ거ᄂᆞᆯ, 세 사롬이 좌(座)를 피(避)ᄒᆞ야 ᄇᆞ롬
뒤히 안자330) 거동(擧動)을 보더니, 이윽ᄒᆞ야 고은 겨집 다여
시331) 드러오니 얼굴이 졀ᄉᆡᆨ(絶色)이오, 의복(衣服)이 화려(華
麗)ᄒᆞ니 다 그ᄠᅢ예 유명(有名)ᄒᆞᆫ 풍뉴(風流)ᄒᆞᄂᆞᆫ 녀기(女妓)둘
히러라.

왕창녕(王昌齡)이 벗둘ᄃᆞ려332) 닐오ᄃᆡ,

---

328) 날씨가 쌀쌀하고 눈이 조금 뿌리는(내리는) 때에.
329) 여남은이. 10여 명이.
330) 바람벽 뒤에 앉아.
331) 대여섯이. 5~6명이.

"우리 각각(各各) 시(詩)ᄒᆞᄂᆞᆫ 일홈이 나타나되 서ᄅᆞ 아믜 나
은 줄을 뎡(定)티 못ᄒᆞ니333) 오늘 뎌 겨집들의 브르ᄂᆞᆫ 가ᄉᆞ(歌
詞)ᄅᆞᆯ 드러보와 우리 지은 글 듕(中)의 만히 브르ᄂᆞ니ᄅᆞᆯ334) 웃
듬을335) 삼쟈."
ᄒᆞ더니, 이윽고 ᄒᆞᆫ 녕관(伶官)이 왕챵녕(王昌齡)의 글을 읇프
니 그 시(詩)에 ᄀᆞᆯ오디,

　　한우년강야입오(寒雨連江夜入吳)　평명송긱초산고(平明送客
　楚山孤)ㅣ라.
　　낙양친우여샹문(洛陽親友如相問)　일편빙심직옥호(一片冰心
　在玉壺)ㅣ라.

　　춘 비 강(江)믈을 년(連)ᄒᆞ야 밤의 오(吳)나라히 드러오니,
　　평명(平明)의 손을 보내매 초(楚)나라 뫼히 외로왓도다.
　　낙양(洛陽)의 친(親)ᄒᆞᆫ 버디 만일(萬一) 서ᄅᆞ 뭇거든,
　　ᄒᆞᆫ 조각 어름 ᄀᆞᄐᆞᆫ ᄆᆞ음이 옥병(玉甁)의 잇다 ᄒᆞ라.

　왕챵녕(王昌齡)이 손으로 벽샹(壁上)의 그어336) 닐오디,

───────────────

332) 벗들에게.
333) 서로 아무가(누가) 나은 것인지 정하지 못하였으니.
334) 많이 부르는 이를(사람을).
335) 으뜸을. 으뜸으로.
336) 벽 위에 (줄을) 긋고.

"내 글이 ᄒ나히라."
ᄒ더니 ᄯ 흔 녕관(伶官)이 가ᄉ(歌詞) ᄒ나흘 읇프니 그 시
(詩)예 ᄀᆞᆯ오ᄃᆡ,

　기협누텸억(開篋淚沾臆) 견군젼일셔(見君前日書)ㅣ라.
　야ᄃᆡ하젹막(夜臺何寂寞) 유시ᄌ운거(猶是子云居)ㅣ라.

　샹ᄌ(箱子)ᄅᆞᆯ 여니 눈믈이 가슴의 젓ᄂᆞᆫᄃᆡ라,
　그ᄃᆡ 젼일(前日) 글을 보ᄂᆞᆫ도다.
　야ᄃᆡ(夜臺) ᄌᆞ못 젹막(寂寞)ᄒ니, [원주 : 야ᄃᆡ(夜臺)ᄂᆞᆫ 분묘
(墳墓) 속이라.]
　오히려 이 ᄌ운(子雲)의 사ᄂᆞᆫ ᄃᆡ로다.

고뎍(高適)이 손으로 벽샹(壁上)의 그어 닐오ᄃᆡ,
"내 글이 ᄒ나히라."
ᄒ더니 ᄯ 흔 녕관(伶官)이 읇프니 그 시(詩)예 ᄀᆞᆯ오ᄃᆡ,

　봉츄평명금뎐기(奉帚平明金殿開) 강쟝단션공비회(强將團扇
共徘徊)라.
　옥안블급한아싁(玉顔不及寒鴉色) 유ᄃᆡ쇼양일영ᄂᆡ(猶帶昭陽
日影來)로다.

　뷔롤[337] 평명(平明)의 지브매[338] 금뎐(金殿)이 열리니,

　　강잉(强仍)ᄒ야 둥그런 부체롤 가지고[339] ᄒ가지로 비회(徘

徊)ᄒᄂᆞᆫ도다.

　　옥(玉) ᄀᆞᆺᄐᆞᆫ 얼굴이 ᄎᆞᆫ가마괴 빗만 밋디 못ᄒᄃᆞ라[340],

　　오히려 쇼양궁(昭陽宮)의 ᄒᆡᆫ빗츨 ᄠᅴ고 오ᄂᆞᆫ도다.

　왕챵녕(王昌齡)이 ᄯᅩ 손으로 벽샹(壁上)의 그어 닐ᄋᆞ디,

　"내 글이 ᄯᅩ ᄒᆞ나히라."

ᄒᆞᆫ대, 왕환지[지환](王之渙ㅣ) 닐ᄋᆞ디,

　"내 시명(詩名)이 난디 오라거든[341] 내 글이 엇디 너희게 디

리오[342]? 뎌 녕관(伶官)의 브ᄅᆞᄂᆞᆫ 거시[343] 다 셰속(世俗)의 샹

글이니[344], 뎌`겨집 듕(中)의 차환(叉鬟)ᄒᆞᆫ 졀식(絶色)의 아히

브ᄅᆞ기롤 기ᄃᆞ려 내 글이 아니어든 내 죵신(終身)ᄐᆞ록 그ᄃᆡ과

결오디 아니ᄒᆞ고[345] 힝(幸)혀 내 글이면 그ᄃᆡ 다 내게 졀ᄒᆞ야

스승을 사ᄆᆞ라."

ᄒᆞ더니 이윽고 그 차환(叉鬟)이 과연(果然) 왕환지[지환](王之

---

337) 비(빗자루)를.

338) 집으매.

339) 둥근 부채를 가지고.

340) 까마귀 빛에도 미치지 못하는지라.

341) 오래거든. 오래되었는데.

342) 너희에게 지리오(질 것인가)?

343) 부르는 것이.

344) 다 세속의 상스러운 글이니.

345) 그대들과 겨루지 아니하고.

渙)의 글을 읇프니 그 시(詩)예 ᄀᆞᆯ오디,

황하원샹빅운간(黃河遠上白雲間) 일편고셩만읭[인]산(一片孤
城萬仞山)이라.
강덕하슈원양뉴(羌笛何須怨楊柳) 츈풍블도옥문관(春風不度
玉門關)이라.

황하쉬(黃河水ㅣ) 멀리 흰 구롬 스이예 올라시니,
흔 조각 외로온 셩(城)이 일만(一萬) 길이나 흔346) 뫼히로다.
오랑캐 뎌는347) 엇디 버들을 원(怨)ᄒᆞᄂᆞ뇨?
봄ᄇᆞ롬이 옥문관(玉門關)의 건너디 아니ᄒᆞᄂᆞᆫ도다.

왕환지[지환](王之渙ㅣ) 깃거 널오디,
"내 말이 거즛말가348)?"
ᄒᆞ고 모다 대쇼(大笑)ᄒᆞ니 모든 녕관(伶官)돌히 괴이(怪異)히
너겨 나와 무로디,
"모든 낭군(郎君)이 엇디 게 가 안자 웃ᄂᆞ뇨349)?"
왕챵녕(王昌齡) 등(等)이 그 연고(緣故)를 니ᄅᆞ니350), 모든

---

346) 일만 길이나 되는. 매우 높다는 뜻임.
347) 오랑캐가 부는 젓대(피리).
348) 거짓말인가?
349) 어찌 그곳에 가서 앉아 웃는 것입니까?
350) 그 연고를 이르니. 그 까닭을 말하니.

녕관(伶官)이 다 놀라 드토와351) 절ᄒ며 닐오디,

"셰쇽(世俗) 눈이 신션(神仙)이 와 겨신 줄을 아디 못ᄒ닷다352)."

ᄒ고 쳥(請)ᄒ야 드려 샹좌(上座)의 안치고 잔치ᄅᆞᆯ 다시 ᄒ야 져믄 후(後)의 파(罷)ᄒ니라.

---

351) 다투어.

352) 신선이 와 계신 것을 알지 못하더라.

| 제13화 |

셜쇼뎐(張雲容)

당(唐) 원화(元和) 시졀(時節)의 셜쇼(薛昭ㅣ)란 사룸이 평
뉵위(平陸尉)란 벼슬을 ᄒᆞ야 옥(獄)을 딕희엿더니[353], ᄒᆞᆫ 죄인
(罪人)이 어미롤 위(爲)ᄒᆞ야 원슈(怨讎) 갑노라[354] 사룸을 주
기고 가텻거놀[355] 셜쇼(薛昭ㅣ) 에엿비 너겨 ᄀᆞ만이[356] 금(金)
을 주고 노하 드라나게 ᄒᆞ니[357] 고올셔 알고[358] 나라히 엿줍
고[359] 벼슬을 파(罷)ᄒᆞ고 ᄒᆡ동(海東)으로 귀향 보내니, 쇼(昭
ㅣ) 가산(家産)을 ᄇᆞ리고 즉시(卽時) 길홀 나가더니, 그ᄢᅢ예 뎐
산쉬(田山叟ㅣ)란 손이 이셔, 나히 여러 빅셰(百歲)라 ᄒᆞ고 놈
돌이 니ᄅᆞᆫ는디라.

상해[360] 셜쇼(薛昭)과 ᄀᆞ장 친(親)ᄒᆞ더니, 뎐산쉬(田山叟ㅣ)

---

353) 지키고 있었는데.
354) 원수를 갚느라고.
355) 사람을 죽이고 갇혔거늘.
356) 가만히. 남모르게. 몰래.
357) 놓아(주어) 달아나게 하니.
358) 고을(관아)에서 알고.
359) 나라에 여쭙고.

술을 가지고 길히 가 전송(餞送)ᄒ다가 쇼(昭)ᄃ려 닐오디,

"그디ᄂ 의(義)옛 사ᄅᆞᆷ이라361). 남의 화(禍)를 벗기고 몸소 당ᄒ야 죄(罪)를 니브니362), 내 맛당이 그디를 조차가리라363)."

ᄒ고 수삼일(數三日)을 ᄯᆞᆯ와가셔364) 밤의 다ᄃ라 뎐산쉬(田山叟ㅣ) 오ᄉᆞᆯ 버서 술을 사 대취(大醉)ᄒ고 좌우(左右) 사ᄅᆞᆷ을 칙오고365) 쇼(昭)ᄃ려 닐오디,

"예셔 가(可)히 ᄃ라나라366)."

ᄒ고 약(藥) ᄒ 환(丸)을 주며 닐오디,

"이 곳 머그면367) 밥을 아니 머거도 비 고프디 아니ᄒ리라."

ᄒ고 ᄯᅩ 닐오디,

"이리 가다가 븍(北)다히로368) 깁픈 수플이 잇거든 드러 수므면369) 익(厄)도 면(免)ᄒ고 ᄯᅩ 미인(美人)을 어드리라."

ᄒ고 게셔370) 니별(離別)ᄒ고 홋터디니371), 셜쇼(薛昭ㅣ) 혼자

---

360) 평소에.
361) 의로운 사람이라.
362) 죄를 입으니.
363) 내가 마땅히 그대를 따라가리라.
364) 따라가서.
365) 주변 사람들을 물리치고.
366) 여기서 달아나라.
367) 이것을 곧 먹으면.
368) 북쪽으로.
369) 들어가 숨으면.

가다가 길ㄱ의 남[난]창궁(蘭昌宮)으로 디나니 녯 나모과 긴 대 네 녁ㅋ로 우거덧거놀372), 쇠(昭ㅣ) 담을 너머 수플 스이예 수머시니373) 뿔오는 쟤(者ㅣ)374) 동셔(東西)로 분주(奔走)ᄒ야 어드되 간 고돌 아디 못ᄒ더라375).

쇠(昭ㅣ) ᄀ만이 녯 뎐(殿) 셧녁희 가 쉬더니376) 밤 들게 야377) ᄇᄅᆷ이 묽고 둘이 붉그며 홀연(忽然) 계하(階下)의 미인 (美人) 세히378) 서ᄅ 웃고 말ᄒ며 니ᄅ러 읍(揖)ᄒ고 돗긔379) 올라셔 각비(角盃)예 술을 브어380) 닐오되,

"됴흔 사롬을 서ᄅ 만나고 사오나온 사롬을381) 서ᄅ 피(避) ᄒ라."

흔 미인(美人)이 닐오되,

"됴흔 밤의 술을 브으니 비록 됴흔 사롬이 이시나 엇디 수이

---

370) 그곳에서.
371) 흩어지니.
372) 고목(古木)과 수죽(脩竹)이 사방으로 우거졌거늘.
373) 수풀 사이에 숨어 있으니.
374) 따라오는 자들이.
375) 찾았으나 간 곳을 알지 못하였다.
376) 옛 궁전의 서쪽에 가서 쉬는데.
377) 밤이 들어서야. 밤이 되어서야.
378) 셋이.
379) 돗자리에. 연석(宴席)에.
380) 술을 부으며(따르며).
381) 사나운 사람을.

만나리오382)?"

쇼(昭ㅣ) 창(窓) 틈의셔 듯고383) 또 뎐산수(田山叟)의 말을 싱각고 즉시(卽時) 창(窓)을 열고 내드라384) 닐오디,

"마줌385) 미인(美人)의 말을 드르니, '됴흔 사롬을 엇디 수이 만나리오?'ᄒ니, 쇼(昭ㅣ) 비록 지죄(才操ㅣ) 업스나 원(願)ᄒ야 됴흔 사롬 수(數)의 ᄀᆞ초고져386) ᄒ노라."

ᄒ대, 세 미인(美人)이 놀라 닐오디,

"그디 엇던 사롬이완디387) 예 와 수멋ᄂᆞ뇨388)?"

쇼(昭ㅣ) 스셜(辭說)을 ᄌᆞ셔(仔細)히 니르니, 이에 돗글 펴389) 서ᄅᆞ 디(對)ᄒ야 좌(坐)ᄅᆞᆯ 뎡(定)ᄒ야ᄂᆞᆯ, 쇼(昭ㅣ) 그 셩명(姓名)을 무ᄅᆞ니, 흔 미인(美人)이 닐오디,

"쳡(妾)은 운용(雲容) 댱시(張氏)오, 뎌 흔 미인(美人)은 봉디(鳳臺) 쇼시(蕭氏)오, 뎌 ᄒ나흔 난요[교](蘭翹) 뉴시(劉氏)라."

ᄒ고 인(因)ᄒ야 술을 서ᄅᆞ 권(勸)ᄒ더니 난외[교](蘭翹ㅣ) 닐

---

382) 어찌 쉽게 만나랴?
383) 창틈에서(으로) 듣고.
384) 달려 나가.
385) 마침.
386) 좋은 사람의 수에 갖추고자(채우고자)
387) 어떤 사람이관데(사람이기에).
388) 여기에 와서 숨었는가?
389) 돗자리를 펴서.

오디,

"오늘 아롬다온 손이 서르 모다시니390) 모로미391) 비필(配
匹)이 이시리라."

ᄒᆞ고,

"ᄉᆞ아ᄅᆞᆯ 더뎌 이긔ᄂᆞ니로 손을 뫼오라392)."

ᄒᆞ고 이에 ᄉᆞ아ᄅᆞᆯ 더디더니 운용(雲容)이 이긘대, 난쇠[괴](蘭
翹 ㅣ) 닐오디,

"셜랑(薛郎)은 운용(雲容)의 겻티 안ᄌᆞ라."

ᄒᆞ고 잔(盞) 둘흘 가져다가 술을 브어 닐오디,

"이 진짓393) 동뇌연(同牢宴)이로다."

쇠(昭ㅣ) 샤례(謝禮)ᄒᆞ고 운용(雲容)ᄃᆞ려 무로디,

"미인(美人)은 엇던 사ᄅᆞᆷ이며, 엇디 이에 니ᄅᆞᆫ뇨?"

운용(雲容)이 디왈(對曰),

"쳡(妾)은 기원(開元)적 양귀비(楊貴妃)의 시녜(侍女ㅣ)러
니, 귀비(貴妃ㅣ) 쳡(妾)을 심(甚)히 ᄉᆞ랑ᄒᆞ야 미양 예샹곡(霓
裳曲)을 슈령궁(繡嶺宮)의셔 추이고394), 명황(明皇)이 금익비

390) 아름다운 손님이 서로 모였으니.
391) 모름지기.
392) 사아(주사위)를 던져 이기는 이(사람으)로 손님을 모시게 합시다.
393) 이야말로 참으로.
394) (춤)추게 하고.

(金抳臂)란 노리개롤 샹(賞)으로 주어 겨시더니395), 훌론 명황
(明皇)이 신 텬亽(申天師)과 도(道)롤 의논(議論)ᄒ시거놀, 첩
(妾)이 귀비(貴妃)과 ᄀ만이 듯고 잇다감396) 신 텬亽(申天師)
롤 뫼왓다가397) 한가(閑暇)ᄒ 빼예 텬亽(天師)의게,

　‘약(藥)을 어더지라398).’

ᄒ니 신 텬싀(申天師ㅣ) 닐오디,

　‘약(藥)을 앗기는 거시 아니어니와399) 네 인간(人間)의 오라
디400) 못홀 거시니 엇디ᄒ료?’

　첩(妾)이 닐오디,

　‘아춤의 도(道)롤 듯고 져녁의 주거도 흔(恨)이 업다 ᄒ니, 흔
환(丸)을 머그믈401) 비노라.’

ᄒ대, 텬싀(天師ㅣ) 이에 강셜단(絳雪丹)이란 약(藥) 흔 환(丸)
을 주고 닐오디,

　‘이롤 머그면 주거도 석디 아니홀 거시니402) 관(棺)을 크게

---

395) 계시더니.
396) 이따금.
397) 모시고 있다가.
398) 얻고 싶습니다.
399) 아끼는 것이 아니거니와.
400) 오래지. 오래 있지(살지).
401) 먹음을. 먹기를.
402) 죽어도 썩지 않을 것이니.

ᄒᆞ고 ᄯᅡ흘 너르게 ᄑᆞ고[403] 진짓 옥(玉)을 머굼고[404] 소통(疏通)케 ᄒᆞ야 ᄇᆞ롬이 들게 ᄒᆞ면 혼빅(魂魄)이 훗터디디 아니ᄒᆞ야 빅년(百年) 후(後)의 산 사ᄅᆞᆷ으로 합(合)ᄒᆞ면 혹(或) 지ᄉᆡᆼ(再生)ᄒᆞ야 디션(地仙)이 되리라.'

ᄒᆞ야ᄂᆞᆯ, 첩(妾)이 남[난]챵궁(蘭昌宮)의셔 주글 제 그 말을 귀비(貴妃)ᄃᆞ려 니ᄅᆞ니, 귀비(貴妃ㅣ) 에엿비 너겨 듕귀인(中貴人) 딘현(陳玄)으로 첩(妾)을 장(葬)ᄒᆞ더 텬ᄉᆞ(天師)의 니ᄅᆞ던 대로 ᄒᆞ엿더니, 이제 볼셔 빅년(百年)이라. 오ᄂᆞᆯ 됴히 모드미[405] ᄯᅩᄒᆞᆫ 뎡(定)ᄒᆞᆫ 인연(因緣)이니 위연(偶然)ᄒᆞ미 아니로다."

ᄒᆞ니, 쇠(昭ㅣ) 놀라 신 텬ᄉᆞ(申天師)의 얼굴을 ᄌᆞ셔(仔細)히 무ᄅᆞ니, 이 뎐산수(田山叟)의 거동(擧動)이러라. 쇠(昭ㅣ) 대경(大驚)ᄒᆞ야 닐오ᄃᆡ,

"뎐산쉬(田山叟ㅣ) 일뎡(一定) 신 텬싀(申天師ㅣ)랏다. 그러티 아니ᄒᆞ면 엇디 날을 권(勸)ᄒᆞ야 이리로 보내리오? ᄯᅩ 난요[교](蘭翹)과 봉ᄃᆡ(鳳臺)ᄂᆞᆫ 엇던 사ᄅᆞᆷ고?"

운용 왈(雲容曰),

"이도 그ᄢᅢ예 ᄒᆞᆫ 궁인(宮人)으로 구션완[원](九仙媛)의 새온 배 되야[406] 독(毒)을 머거 주그니 첩(妾)의 겻ᄐᆡ 무더 됴셕(朝

---

403) 땅을 넓게 파고.
404) 머금고.
405) 오늘의 좋은 모임이.

夕)의 흔더셔 노는디라."

봉디(鳳臺ㅣ) 쳥(請)ᄒ야 돗글 티고407) 셜쇼(薛昭)의게과 운용(雲容)의게 술을 보내고 노래롤 브르니 그 노래에 굴오디,

보죠개 곳치 픠디 아니ᄒ고 멋 번(番)이나 그윽ᄒ 거슬 머구멋는고408)?
오늘 나죄409) 봄을 만나 ᄀ올홀 밧고도다.
나는 외로온 등잔(燈盞)을 딕희고410) 힛빗치 업스니,
츤 구롬 ᄭ인 속의셔 다시 시롬을 더으는도다411).

臉花不綻幾含幽　今夕陽春獨換秋
我守孤燈無白日　寒雲隴上更添愁

난외[괴](蘭翹ㅣ) 화답(和答)ᄒ야 굴오디,

그윽ᄒ 골의 우는 괴쏘리 지츨 바르게 ᄒ니412),
세(犀ㅣ) 줌기이고 옥(玉)이 츤디 스스로 기리 한숨 디는도다.

---

406) 시새운 바 되어. 시샘을 받아.
407) 돗자리를 펼치고.
408) 그윽한 것을 머금었는가?
409) 오늘 저녁.
410) 지키고.
411) 시름을 더하는구나.
412) 깃을 바르게 하니.

둘빗치 구천문(九泉門)을 추마 닷디 못ᄒ니,

이슬이 솔가지예 ᄠᅥ러디고 ᄒᆞᄅᆞ밤이 추도다.

幽谷啼鶯整羽翰　犀沉玉冷自長歎

月華不忍局泉戶　露滴松枝一夜寒

운용(雲容)이 화(和)ᄒ야 ᄀᆞᆯ오디,

봄빗ᄎᆯ 보디 못ᄒ고 듯글이413) 될가 ᄒᆞ엿더니,

일즙414) 금단(金丹)을 머그매 믄득 신(神)이 잇도다.

블의(不意)예 셜랑(薛郞)이 녯 눌(律)을 부니,

그윽ᄒᆞᆫ 골의 ᄒᆞᆫ 가지 봄을 여럿도다.

韶光不見分成塵　曾餌金丹忽有神

不意薛生携舊律　獨開幽谷一枝春

셜쇼(薛昭ㅣ) 화(和)ᄒ야 ᄀᆞᆯ오디,

그릇415) 궁(宮) 담을 너머 사름을 피(避)ᄒ야시니,

둘빗치 옥계(玉階)예 듯글을 졍(靜)히 시섯도다416).

_____

413) 티끌이.

414) 일찍이.

415) 그릇되게. 잘못하여.

416) 티끌을 고요히 씻었구나.

스스로 봉니궁(蓬萊宮)의 느라왓는가 의심(疑心)ᄒ노니,
구슬 세 가지[417] 반야(半夜)의 봄이로다.

誤入宮垣漏網人　月華靜洗玉階塵
自疑飛到蓬萊頂　瓊艷三枝半夜春

ᄒ엿더라.

　시(詩)롤 뭇ᄎ매[418] 이윽고 둘긔 소리[419] 나니 세 미인(美人)
이 굴오ᄃᆡ,

　"가(可)히 집으로 도라갈디라."

　쇠(昭ㅣ) 그 오술 잡고 ᄒᆞᆫ 가지로 가니 처음은 문(門)이 쟈근
듯ᄒ더니[420] 깁피 드러가ᄂᆞᆫ[421] 졈졈(漸漸) 너르더라.

　난요[교](蘭翹) 봉디(鳳臺ㅣ) 서르 니별(離別)ᄒ고 각각(各
各) 다른 ᄃᆡ로 가니 등쵹(燈燭)이 빗나고 시녜(侍女ㅣ) 버러 셔
고 댱(帳)이며 위의(威儀ㅣ) 귀쳑(貴戚)의 집 ᄀᆞᆺ더라. 쇠(昭ㅣ)
운용(雲容)과 ᄒᆞᆫᄃᆡ 자고 심(甚)히 깃거 두어 날을 머므니 어두
오며 붉근 줄을 모롤러라[422]. 운용 왈(雲容曰),

---

417) '구슬처럼 아름다운 꽃 세 가지'라는 뜻으로 장운용·소봉대·유난교 등을
　　비유적으로 나타낸 것임.

418) 마치매.

419) 닭의 소리. 닭 우는소리.

420) 작은 듯하더니.

421) 깊이 들어가서는.

"첩(妾)의 몸이 불셔423) 싱긔(生氣ㅣ) 이시되 의복(衣服)이 오라니424) 새 의복(衣服)을 어더 오면 가(可)히 니러나리라. 젼(前)의 어든 금읶비(金扼臂ㅣ) 이시니 이롤 가져다가 져제425) 가 새 의복(衣服)을 사 오라."

쇠(昭ㅣ) 고올 드러가 새 의복(衣服)을 사 오니, 자던 집은 업고 남[난]창궁(蘭昌宮) 동산 우희 분묘(墳墓) ᄒ나히 이시되 굼기426) 크게 낫거눌, 쇠(昭ㅣ) 분묘(墳墓)롤 헤티고 관(棺)을 여니 운용(雲容)의 얼굴이 사랏는 듯ᄒ고 몸이 더오디427) 말을 못ᄒ거눌 입의 믈을 치고 쥐믈러 ᄢᅵ오니428) 사라 니러 안ᄌ되429) 얼굴이 밤의 볼 적도곤430) 곱더라.

겻티 두 분뫼(墳墓ㅣ) 이시니 이는 난요[교](蘭翹)와 봉디(鳳臺)의 무든 디오431). 목노비(木奴婢ㅣ) 버러시니432) 밤의 보던

---

423) 벌써.
424) 오래되었으니.
425) 저자에. 시장(市場)에.
426) 구멍이.
427) 몸이 더웠으나. 몸에 온기가 있었으나.
428) 입에 물을 끼얹고 주물러서 깨우니.
429) 살아 일어나 앉았으나.
430) 밤에 볼 때보다.
431) 묻은 데(곳이)요.
432) 설치해 놓았으니.

시네(侍女ㅣ)러라. 금옥보패(金玉寶貝ㅣ) 만히 노혓거늘 보긔
(寶器)만 가지고 흔가지로 금능(金陵) 싸히 와 사니라.

　오라되 얼굴이 늙디 아니ᄒ고 빙[빈]발(鬂髮)이 쇠(衰)티 아
니ᄒ니 신 텬ᄉ(申天師)의 약(藥) 머근 효험(效驗)이러라.

| 제14화 |

협고[구]도ᄉ뎐(峽口道士)

기원(開元) 시졀(時節)의 협괴[귀](峽口ㅣ)란 따히 범이 만히 이셔[433] 왕ᄂᆡ(往來)ᄒ는 빗사롬이 다 샹(傷)히오믈 니브니, 그 후(後)브터 비 디나갈 적이면 그 듕(中)의 사롬 ᄒ나흘 내여[434] 범을 주고 가야 환(患)이 업고 그리 아니면 빗사롬이 다 샹(傷)ᄒ더니, 홀론 댱ᄉ의 비 디나되[435] 비예 오론 사롬이 다 ᄒ뉘(類ㅣ)오, 그 듕(中)의 ᄒ나히[436] 고단(孤單)ᄒ매 모다 자바내야 언덕의 ᄂᆞ리티고[437] 비롤 뼈히거놀[438] 그 사롬이 닐오ᄃᆡ,

"내 고단(孤單)ᄒ고 가난ᄒ니 오늘 맛당이 주그려니와 다만 ᄒᆞᆫ 청(請)홀 일이 이시니 모다 드롤다[439]?"

모든 사롬이 닐오ᄃᆡ,

---

433) 범(호랑이)이 많이 있어서.
434) 사람 하나를(한 사람을) 내어.
435) 상인(商人)들이 탄 배가 지나가되.
436) 그 중의 하나가(한 사람이).
437) 모두들 (그를) 잡아내어 (강)언덕에 내리게 하고.
438) 배를 저어 나가거늘.
439) 듣겠느냐?

"원(願)컨대 드러지라[440]."

흔대 그 사롬이 닐오디,

"내 이제 뫼흐로 드러가[441] 범의 자최롤 츠자 주연(自然)이 홀 일이 이실 거시니 날을 위(爲)ᄒ야 비롤 여흘 아래 머므로고[442] 오후(午後)만ᄒ야[443] 오디 아니ᄒ거든 비롤 뼈혀 가라."

ᄒ니 모다 허락(許諾)ᄒ거눌, 그 사롬이 도치[444] ᄒ나흘 들고 뫼흐로 드러가니 인젹(人跡)은 보디 못ᄒ고 수플이 ᄀ장 깁픈 디 범의 자최 만히 잇거눌 반니(半里)는 드러가니 큰 셕실(石室)이 잇고 그 가온대 셕상(石床)이 잇눈디 상(床) 우희 흔 도시(道士ㅣ) 누어 줌을 니기 드럿고[445] 겻티 범의 가족 ᄒ나흘 거럿거눌[446], 그 사롬이 도치롤 들고 상(床)의 올라 가족을 아사[447] 제 몸의 닙고 겻티 셔시니[448], 그 도시(道士ㅣ) 놀라 씨드라[449] 닐오디,

---

440) 듣고 싶다.
441) 산으로 들어가.
442) 배를 여울 아래 머물러 두고.
443) 오후쯤 되어서도.
444) 도끼.
445) 잠이 깊이 들었고,
446) 곁에 범의 가죽 하나를 걸어놓았거늘.
447) 빼앗아.
448) 제 몸에 입고(걸치고) 곁에 서 있으니.
449) 놀라 잠이 깨어서.

"내 너롤 오눌 응당(應當)이 머글러니450), 네 엇디 내 가족을 도적(盜賊)ᄒ엿ᄂᆫ다?"

그 사ᄅᆞᆷ이 닐오ᄃᆡ,

"내 너롤 머글 거시니451) 엇디 이런 말을 ᄒᆞᄂᆫ다?"

둘히 서ᄅᆞ 결오기롤452) 이시(移時)ᄐᆞ록 마디 아니ᄒᆞ야453) 도시(道士ㅣ) 말이 막히어 이에 닐러 골오ᄃᆡ,

"내 샹뎨(上帝)ᄭᅴ 죄(罪)롤 니버 여긔 귀향 와454) 범이 되야 일쳔(一千) 사ᄅᆞᆷ을 먹게 ᄒᆞ엿더니 볼셔 머근거시455) 구ᄇᆡᆨ구십구귀(九百九十九ㅣ)니 너 곳 ᄆᆞ자 머그면456) 그 쉬(數ㅣ) 출러니457), 블ᄒᆡᆼ(不幸)ᄒᆞ야 네게 가족을 아이니458) 이제 주디 아니ᄒᆞ면 범이 되야 쏘 일쳔(一千)을 머글 거시니, 이제 ᄒᆞᆫ 계귀(計巧ㅣ) 이시니 둘히게 다 됴ᄒᆞᆯ디라459), 엇더ᄒᆞ뇨?"

그 사ᄅᆞᆷ이 닐오ᄃᆡ,

---

450) 먹으려는데.
451) 먹을 것인데.
452) 둘이 서로 겨루기를.
453) 한참이 되도록 마지아니하여.
454) 죄를 입고 여기에 귀양 와서.
455) 벌써 (잡아)먹은 것이.
456) 너를 곧 마저 (잡아)먹으면.
457) 그 수가 찰 것인데.
458) 가죽을 빼앗기니.
459) 둘에게 다 좋을 것인지라.

"니르라."

혼대 도시(道士ㅣ) 닐오디,

"네 내 가족으란 가지고 비예 도라가[460] 네 머리털과 슈염(鬚髥)과 슈죡(手足)을 버히고[461] 몸의 피롤 죠곰 내여 닙던 오시 싸 가졋다가[462] 내 가(거)든 가족을 날을 주고 그디 오슬 내티면[463] 내 너롤 머근 쟉이나 다르디 아닐 거시니[464] 언약(言約)대로 ᄒ라."

그 사름이 가족을 가지고 비로 도라가니 모든 사름이 놀나 뭇거놀, 그 스셜(辭說)을 ᄌ시(仔細ㅣ) 니르고, 도ᄉ(道士) 니르던 대로 ᄒ야 두고 기드리더니, 이윽ᄒ야 도시(道士ㅣ) 볼셔 믈ᄀᆞ의 왓거놀, 가족을 내티니 도시(道士ㅣ) 가족을 닙고 소리 디르고 뛰노니 큰 범이 되거놀 그 오슬 내티니, 범이 오슬 바다 즛너흘고[465] 가니, 그 후(後)브터는 범이 일졀(一切) 업더라.

---

460) 네가 내 가죽을 가지고 배에(로) 돌아가.

461) 베고. 자르고.

462) 입던 옷에 싸서 가지고 있다가.

463) 그대의 옷을 내치면(내던지면).

464) 내가 너를 먹은 것이나 다르지 않을 것이니.

465) 옷을 받아 짓씹고.

| 제15화 |

손격[각]뎐(孫恪)

　　손격[각](孫恪)이란 션빅 급뎨(及第) 디고466) 셔울셔 두로
노더니 위왕디(魏王池)란 묘[못]ᄭᅴ 니르니 믄득 큰 집이 묘
[못]ᄭᅴ 이시니, 길희 사룸이 ᄀᆞᄅᆞ쳐 닐오디,

　　"이는 원시(袁氏)의 집이라."

ᄒᆞ여늘, 격[각](恪)이 드러가 문(門)을 두드리되 디답(對答)ᄒᆞ
리 업고, 문(門) 겻티 쟈근 방(房)이 이셔 자리와 댱(帳)이 조커
놀467),

　　'일뎡(一定) 손 디졉(待接)ᄒᆞ는 집이로다.'

ᄒᆞ고 발을 들고 드러 안자 쉬더니 이윽고 문(門) 여ᄂᆞ니 잇거늘
여어보니468) ᄒᆞᆫ 녀ᄌᆞ(女子ㅣ) 얼굴이 졀식(絶色)이오 의복(衣
服)이 빗나더라.

　　뜰히 훤초(萱草)ᄅᆞᆯ 썻그며469) 글을 읇더니 발을 드러 손격

---

466) 과거에 떨어지고.
467) 깨끗하거늘.
468) 엿보니.
469) 뜰에서 원추리 꽃을 꺾으며.

[각](孫恪)을 보고 놀라 드러가 차환(叉鬟)을 블러 꾸지저 닐오디,

"그디 엇던 손이완디470) 이리 깁픈 디 드러왓느뇨?"

격[각]왈(恪曰),

"모쳐471) 디나가다가 알픠 인개(人家ㅣ) 업손디라472). 잠깐 드러 쉬더니 낭즈(娘子)롤 놀래니 황괴(惶愧)ᄒᆞ야 ᄒᆞ노니, 이 쁘들 쇼랑즈(小娘子)의 통(通)ᄒᆞ라."

그 차환(叉鬟)이 드러가더니 즉시(卽時) 나와 낭즈(娘子)의 말을 뎐(傳)ᄒᆞ야 닐오디,

"더러온 얼굴을 임의 다 보아시니 엇디 다시 피(避)ᄒᆞ리오? 낭군(郎君)은 잠깐 머믈라. 소셰(梳洗)롤 ᄆᆞᆺ츤473) 후(後)의 나가 보오리라."

흔대, 격[각](恪)이 대희과망(大喜過望)ᄒᆞ야 그 차환(叉鬟)ᄃᆞ려 문왈(問曰),

"낭즈(娘子)는 뉘 짓 녀진(女子ㅣ)뇨?"

디왈(對曰),

"원 댱관(袁長官)의 똘이니 일474) 냥친(兩親)을 여희고 외로

---

470) 그대는 어떤 손님이기에.
471) 마침.
472) 앞에 인가가 없는지라.
473) 마친.

이 되야 종족(宗族)이 업고 다만 우리 서너흘 더블고⁴⁷⁵⁾ 이 집
의셔 살고 보야흐로⁴⁷⁶⁾ 혼인(婚姻)을 구(求)호디 엇디 못ᄒ엿
ᄂ니라."

ᄒ더라. 이윽고 낭지(娘子ㅣ) 나오니, 고은 티되(態度ㅣ) 처음
볼 적도곤⁴⁷⁷⁾ 더옥 빗나더라. 시비(侍婢)를 명(命)ᄒ야 차(茶)
를 드리라 ᄒ고 닐오디,

"낭군(郎君)이 집이 업거든 낭탁(囊槖)을 여긔 머믈오고, 쁠
거시 업거든 이 시비(侍婢)드려 니ᄅ면 맛당이 닐위리라⁴⁷⁸⁾."
ᄒ대 격[각](恪)이 ᄀ장 샤례(謝禮)ᄒ고 인(因)ᄒ야 머므더니,
격[각](恪)이 취쳐(娶妻)를 아녓ᄂ디라⁴⁷⁹⁾ 그 녀ᄌ(女子)의 졀
식(絶色)을 보고 듕미(中媒)를 어더,

"드러가 혼인(婚姻)을 청(請)ᄒ라."
ᄒ니 낭지(娘子ㅣ) ᄯ호 깃거 허락(許諾)ᄒ거늘 나와 격[각]
(恪)드려 니ᄅ니, 격[각](恪)이 크게 깃거 틱일(擇日)ᄒ야 혼녜
(婚禮)를 일오니⁴⁸⁰⁾ 그 집이 가음여러⁴⁸¹⁾ 지믈(財物)이 만ᄒ니,

---

474) 일찍이.
475) 우리 세넷과 더불어(함께).
476) 바야흐로.
477) 처음 볼 때보다.
478) 이루리라.
479) 아니하였는지라.
480) 이루었는데.

격[각](恪)이 곤궁(困窮)ᄒ다가 거마(車馬)와 의복(衣服)이 일시(一時)예 빗나니, 붕위(朋友ㅣ) 다 의심(疑心)ᄒ야 무로디 긔이고 니ᄅ디 아니ᄒ더라482).

인(因)ᄒ야 ᄆᆞᆷ의 교만(驕慢)ᄒᆫ 뜨들 두어 벼슬을 구(求)티 아니ᄒ고 날로 호긔(豪貴)옛 사ᄅᆞᆷ들로 더브러 술 먹고 노롬노리만483) ᄒ더니, 두어 히 디난 후(後)의 ᄉᆞ촌형(四寸兄) 댱한(운) 쳐ᄉᆞ(張閒雲處士)ᄅᆞᆯ 만나니 격[각](恪)이 닐오디,

"오래 뼈낫다가 만나시니 오늘 밤을 ᄒᆞᆫ디셔 자며 말을 종용(從容)히 ᄒᆞ쟈."

ᄒᆞᆫ대, 댱ᄉᆡᆼ(張生)이 격[각](恪)의 집의 가 ᄒᆞᆫ가지로 말ᄒ더니 밤 든 후(後)의 댱ᄉᆡᆼ(張生)이 격[각](恪)의 손목을 잡고 ᄀᆞ만이 닐오디,

"내 도문(道門)의 공뷔(工夫ㅣ) 잇더니, 그디 얼굴을 보니 요괴(妖怪)옛 긔운(氣運)이 만ᄒ니 므스 일이 잇ᄂᆞ냐? 날ᄃᆞ려 긔이디 말고484) ᄌᆞ시(仔細ㅣ) 니ᄅᆞ라."

격[각](恪)이 긔이고 바ᄅᆞ485) 니ᄅᆞ디 아니ᄒ니 댱ᄉᆡᆼ 왈(張

---

481) 부유(富裕)하여.
482) 친구들이 다 의심하여 물었으나 속이고 말하지 아니하였다.
483) 놀음놀이만.
484) 나에게 속이지 말고.
485) 바로. 곧게.

生日),

"그디 얼굴의 졍신(精神)이 젹고 진익(津液)이 업서가니 일뎡(一定) 요긔(妖鬼)게 어리온 배[486] 되엿ᄂᆞ니라. 피(避)티 아니ᄒᆞ면 홰(禍ㅣ) ᄀᆞ라디 아니홀 거시니 엇디 날을 긔이ᄂᆞ뇨?"

격[각](恪)이 대경(大驚)ᄒᆞ야 ᄶᅵᄃᆞ라 혼인(婚姻)ᄒᆞ던 말을 ᄌᆞ시(仔細ㅣ) 니ᄅᆞ니, 댱ᄉᆡᆼ(張生)이 놀라 골오디,

"일로 인(因)ᄒᆞ야 그러ᄒᆞ도다. 엇디 ᄒᆡᄂᆡ(海內)예 결리 업슨[487] 원시(袁氏ㅣ) 이시리오? 내게 ᄒᆞᆫ 보검(寶劍)이 이셔 젼(前)브터 효험(效驗)이 이시니, 내 그디롤 빌릴 거시니[488] 깁픈 방(房)의 셰워 두라. 일뎡(一定) 슬히 너길 일이[489] 이시리라." ᄒᆞ거ᄂᆞᆯ, 격[각](恪)이 바다 방(房)안희 두고 싱각ᄒᆞ디,

'내 오래 곤(困)히 ᄃᆞᆫ니다가 혼인(婚姻)ᄒᆞᆫ 후(後)의 가업(家業)이 족(足)ᄒᆞ여시니 엇디 ᄎᆞ마 은혜(恩惠)롤 져ᄇᆞ리리오?' ᄒᆞ고 ᄀᆞ장 어려워 ᄒᆞᄂᆞᆫ 빗치 잇더니, 원시(袁氏ㅣ) 볼셔 그 일을 알고 대로(大怒)ᄒᆞ야 격[각](恪)을 ᄭᅮ지저 닐오디,

"그디 궁곤(窮困)히 ᄃᆞᆫ니다가 쳡(妾)으로 ᄒᆞ야 시룸ᄒᆞᄂᆞᆫ ᄆᆞ음을 프러ᄇᆞ렷거ᄂᆞᆯ[490] 오늘날 엇디 이런 사오나온 노ᄅᆞ술 ᄒᆞ

---

486) 홀린 바가.
487) 겨레가(친척이) 없는.
488) 그대에게 빌려줄 것이니.
489) 싫게 여길 일이.

ᄂᆞ뇨491)?"

격[각](恪)이 고두(叩頭)ᄒ고 붓그려492) 닐오디,

"내 ᄉᆞ촌형(四寸兄)이 시긴493) 일이오, 내 ᄆᆞ옴이 아니라. 원(願)컨대 밍셰ᄒᆞ야 다룬 ᄠᅳ들 두디 아니ᄒ오리라."

ᄒᆞᆫ대 원시(袁氏ㅣ) 그 칼홀 뛰여 어더 낫낫치 긋쳐ᄇᆞ리니494), 격[각](恪)이 더옥 두려ᄒᆞᆫ대 원시(袁氏ㅣ) 쇼왈(笑曰),

"댱ᄉᆡᆼ(張生)이 그 아올495) 의(義)로 ᄀᆞᄅ치디 아니ᄒ고 흉(凶)ᄒᆞᆫ 노ᄅᆞᆺ슬 시기니 다시 오면 내 반ᄃᆞ시 욕(辱)ᄒ오리라. 그디와 ᄒᆞᆫ가지로 사란 디 불셔 두어 ᄒᆡ라496). 그디 엇디 의심(疑心)ᄒᆞᄂᆞ뇨?"

격[각](恪)이 져기 프러497) 두어 날 후(後)의 댱ᄉᆡᆼ(張生)을 만나 이 ᄉᆞ셜(辭說)을 니ᄅᆞ니, 댱ᄉᆡᆼ(張生)이 놀라 닐오디,

"이ᄂᆞᆫ 내 알 배 아니로다."

ᄒᆞ고 두려 다시 오디 아니터라.

---

490) 시름하는 마음을 풀어버렸거늘.

491) 이런 사나운(나쁜) 노릇을 하는가?

492) 부끄러워하며.

493) 시킨.

494) 그 칼을 뒤져 얻어(찾아내어) 낱낱이 끊어버리니.

495) 아우를. 동생을.

496) 그대와 함께 살아온 지 벌써 두어 해라.

497) 적이(좀) 풀어져(안심하여).

격[각](恪)이 원시(袁氏)과 여라믄 히룰 흔듸셔 사라498) 두 아둘을 나코 집 다스리기룰 ᄀᆞ장 엄(嚴)히 ᄒᆞ더니 그 후(後)의 강남(江南) ᄯᅡ히 판관(判官)을 ᄒᆞ야 일가(一家)룰 거느리고 부임(赴任)ᄒᆞ라 갈시 길히 놉픈 뫼와 프른 솔을 만나면 원시(袁氏ㅣ) 미양 심듕(心中)의 슬허ᄒᆞᄂᆞᆫ 듯ᄒᆞ더니 단쥐(端州) ᄯᅡ히 니르러 원시(袁氏ㅣ) 닐오듸,

"이 압 반뎡(半程) 강(江)ᄭᅴ의 협산시(峽山寺ㅣ)란 뎔이 이시니 내 권당(眷黨)이 즁이 되야 이 뎔의셔 사ᄂᆞᆫ디라. 니별(離別)ᄒᆞ연 디 이십여 년(二十餘年)이러니 드러가 ᄒᆞᆫ 번(番) 보고 겸(兼)ᄒᆞ야 부텨끠499) 복(福)을 빌 거시라."

흔대 격[각](恪)이 직(齋)룰 쟝만ᄒᆞ야 뎔로 가니, 원시(袁氏ㅣ) ᄀᆞ장 즐겨 셩덕(盛赤)을 다시 ᄒᆞ고 오슬 ᄀᆞ라닙고500) 두 아둘을 더블고 늘근 즁의 집으로 바ᄅᆞ 드러가되 길히 ᄀᆞ장 닉거눌501) 격[각](恪)이 ᄆᆞᄋᆞᆷ의 슈샹(殊常)이 너기더니, 원시(袁氏ㅣ) 옥(玉)골회룰502) 가져다가 즁의게 드리고 닐오듸,

"이ᄂᆞᆫ 원듕(院中) 녯 거시라."

---

498) 여남은 해를 한 곳에서 살면서.
499) 부처께.
500) 옷을 갈아입고.
501) 길이 매우 익숙하므로.
502) 옥고리를. '고리'는 목걸이나 귀걸이처럼 둥글게 만든 물건을 이르는 말.

ᄒ니, 그 중도 아디 못ᄒ야 ᄒ더니 지(齋)를 파(罷)ᄒ매 들진납이[503] 스므나믄이 풀홀 서ᄅ 겻고[504] 놉픈 솔로 ᄂᆞ려와 슬피 브ᄅ적시며[브ᄅ지지며][505] 츩덩울을 헤티고 뛰노니[506], 원시(袁氏ㅣ) ᄀᆞ장 셜워ᄒᄂ는 빗치 잇더니[507], 부들[508] 가져다가 뎔 ᄇ롬벽(壁)의 글을 지어 써 ᄀᆞ오ᄃᆡ,

강피은졍역ᄎ심(剛被恩情役此心) 무단변화긔인팀(無端變化幾湮沉)
블여튝반귀산디(不如逐伴歸山去) 댱쇼일셩연무심(長嘯一聲烟霧深)

구틔여 은졍(恩情)을 니버 이 ᄆᆞ음을 고(苦)롭게 ᄒ니,
무단(無端)이 변화(變化)ᄒ야 언머나[509] 인간(人間)의 ᄲᅡ딘고[510].
버들 조차 뫼흐로 도라감만 ᄀᆞᆺ디 못ᄒ디라[511],

---

503) 들 잔나비. 야생 원숭이.
504) 팔을 서로 걸고. 어깨동무를 하고.
505) 울부짖으며.
506) 칡넝쿨을 헤치고 뛰노니.
507) 몹시 서러워하는 빛이 있더니.
508) 붓을.
509) 얼마나.
510) 빠졌는가.
511) 벗을 따라 산으로 돌아감만 같지 못한지라.

기리 포람 부는512) 흔 소릭예 너 깁도다.

이에 부들 싸히 브리고 두 아들을 어르몬지며 두어 소릭룰
슬피 울고 격[각](恪)드려 닐오디,

"됴히 이시라513). 내 맛당이 영결(永訣)호노라."

호고 오술 쯔저브리고514) 변(變)호야 늘근 진납이 되야 들진납
을 뽈와 깁픈 뫼흐로 드러가며 즈로 도라보니515), 격[각](恪)이
놀라고 셜워호더니 이윽호야 무옴을 덩(定)호야 중드려 무론
디, 중이 그제야 씨드라 닐오디,

"이 진납이 내 샹재(上佐) 적의 기르던 거시러니 키원(開元)
적의 고력시(高力士ㅣ) 디나가다가 혜힐(慧黠)흔 줄을 보고 깁
을516) 주고 사다가 텬즈(天子)끠 드럿더니, 그뼤예 고력시(高力士
ㅣ) 오면 그 영매(英邁)흔 줄을 니르고517) 샹해 샹양궁(上陽宮)의
두고 질드리더니518), 안록산(安祿山)의 난(亂)의 간 고둘 아디 못
호엿더니, 슬프다! 오늘날 다시 그 괴이(怪異)호믈 볼와519). 옥환

---

512) 휘파람 부는.
513) 잘 있으라.
514) 옷을 찢어버리고.
515) 자주 돌아보니.
516) 비단을.
517) 이르고. 일컫고.
518) 길들이더니.
519) 그 괴이함을 보는구나!

(玉環)은 본디 가릉(訶陵) 호인(胡人)의게 어든 거시러니, 그때예 진납의 목의 미이여520) 갓더니 이제야 씨돗과라521)."

ᄒ거늘 격[갹](愙)이 더옥 슬피 너겨 비를 무터 다히고522) 여닐 웨를 무거523) 두 아들을 ᄃ리고 도로 집으로 가니라.

---

520) 잔나비의 목에 매여(묶이어).

521) 깨닫도다!

522) 배를 뭍에 대고(정박하고).

523) 6~7일을 묵고는.

| 제16화 |

오군산뎐(烏君山)

오군산(烏君山)은 건안(建安)의 유명(有名)호 뫼히라. 현셔
(縣西) 빅니(百里) 밧끠 이시니, 그 짜히 도스(道士) 셔듕산(徐
仲山)이란 사룸이 이시되 져머셔브터[524] 신션(神仙) 구(求)호
기룰 호야 히 오라도록 뜨디 더옥 굿더니[525], 홀론 그 뫼흐로
다니가다가 블의(不意)예 급(急)호 비룰 만나 아득호야 길흘
일헛더니, 번게 빗 가온대 호 집이 뵈되 관샤(官舍) ㄳ거늘 비
룰 피(避)호노라 문(門)의 니르니 호 비단(緋緞)옷 니븐 사룸이
이셔 듕산(仲山)을 보고 닐오디,

"이 짜히 잇는 도시(道士ㅣ)로라."

호대 듕산(仲山)이 비샤(拜謝)호고 인(因)호야 풍우(風雨)룰
피(避)호고져 호는 뜨들 니르니, 기인(其人)이 절호고 닐오디,

"나는 감문스쟈(監門使者) 쇼형(蕭衡)이로라."

호고 마자 드리거늘[526], 듕산(仲山)이 문왈(問曰),

---

524) 젊어서부터.
525) 해가 오래될수록 뜻이 더욱 굳어지더니.
526) 맞아들이거늘.

"이 짜히 젼(前)브터 보와도 이런 집이 업더니 어인 관뷔(官府ㅣ) 졸연(猝然)히 지이엿느뇨527)?"

쇼형(蕭衡)이 딕왈(對曰),

"이는 신션(神仙) 잇는 고디니528), 나는 곳 감문(監門) 관원(官員)이라."

ᄒᆞ더니, 이윽고 녀랑(女郎) ᄒᆞ나히 나오니 홍샹치의(紅裳彩衣)ᄅᆞᆯ 닙고 왼손의 치번(綵幡)을 자바 뎐(傳)ᄒᆞ야 닐오디,

"ᄉᆞ재(使者ㅣ) 밧끠셔 엇던 사롬과 서르 통(通)ᄒᆞ고 안히 와 니ᄅᆞ디 아니ᄒᆞ느뇨?"

ᄉᆞ재(使者ㅣ) 대왈(對曰),

"이 짜히 잇는 도ᄉᆞ(道士) 셔듕산(徐仲山)이라."

ᄒᆞᆫ대 이윽고 ᄯᅩ 뎐(傳)ᄒᆞ야 닐오디,

"션관(仙官)이 셔듕산(徐仲山)을 블러 드러오라 ᄒᆞ신다."

ᄒᆞ고 처엄의 나왓던 녀랑(女郎)이 듕산(仲山)을 인(引)ᄒᆞ야 듕당(中堂)의 드러가니 ᄒᆞᆫ 댱뷔(丈夫ㅣ) 안자시되 나히 오십(五十)은 ᄒᆞ고 슐빗치 묽고 나로지529) 다 희더라. 듕산(仲山)ᄃᆞ려 닐오디,

"경(卿)이 여러 ᄒᆡᄅᆞᆯ 도(道)ᄅᆞᆯ 닷가 세쇽(世俗)의 뛰여난 줄

527) 지어졌는가?
528) 여기는 신선들이 사는 곳이니.
529) 나룻이. 수염(鬚髯)이.

을 아노니 내게 쟈근 ᄯᆞᆯ이 이셔 ᄌᆞ못530) 도교(道敎)를 니겻ᄂᆞ
디라531). 경(卿)으로 더브러 슉연(宿緣)이 잇ᄂᆞᆫ디라. 오ᄂᆞᆯ이 졍
(正)히 길일(吉日)이니 칭[친]영지녜(親迎之禮)를 ᄒᆡᆼ(行)ᄒᆞ라.”
ᄒᆞ니 듕산(仲山)이 ᄂᆞ려 ᄇᆡ샤(拜謝)ᄒᆞᆫ대, 션관(仙官)이 말려 닐
오디,

"내 샹쳐(喪妻)ᄒᆞ연 디 볼셔 닐굽 ᄒᆡ라532). 아홉 ᄌᆞ식(子息)
이 이시니, 아ᄃᆞᆯ이 세히오 ᄯᆞᆯ이 여ᄉᆞ시니533), 그더 안해 되리
ᄂᆞᆫ534) ᄀᆞ장 쟈근 ᄯᆞᆯ이라.”

ᄒᆞ고 후당(後堂)을 명(命)ᄒᆞ야 쥬식(酒食)을 ᄀᆞ초와 듕산(仲
山)을 관디(款待)ᄒᆞ야 셜연(設宴)ᄒᆞ더니 밤이 졈졈(漸漸) 깁고
패옥(佩玉)소리 들리더니 이윽고 긔이(奇異)ᄒᆞᆫ 향(香)내 좌듕
(座中)의 ᄡᅬ이고535) 등촉(燈燭)이 ᄀᆞ장 빗나더니, 듕산(仲山)
을 인(引)ᄒᆞ야 별당(別堂)의 드려가 혼녜(婚禮)를 ᄆᆞᆾ촌 후(後)
의 사흘을 머므니, 듕산(仲山)이 ᄆᆞ음의 극(極)히 됴히 너겨 집
안흘 두로 도라보더니, 셧(西ㅅ)녁크로 향(向)ᄒᆞ야 ᄒᆞᆫ 너른 집
의 니ᄅᆞ니 즘승의 짓출 겁질의 도돈 재(者ㅣ) 드라시니536), 열

---

530) 자못. 생각보다 훨씬.
531) 익혔는지라.
532) 내가 상처한 지 벌써 일곱 해라.
533) 아들이 셋이요, 딸이 여섯인데.
534) 될 이(사람)는.
535) 쐬고. (기이한 향내가 좌중에 퍼져) 느껴지고.

네 낫촌 프른 겁질이오537), 그 밧슨 다 가마괴 겁질이러라538).
가마괴 겁질 듕(中)의 ㅎ나흔539) 흰 가마괴 겁질이러라. 쏘 셔
남간(西南間)으로 가니 짓 마은아홉을 ᄃ라시되540) 다 옷밤이
어늘541) 듕산(仲山)이 안 ᄆ옴의542) 괴이(怪異)히 너겨 제 잇던
방(房)으로 도라오니 그 안해 문왈(問曰),

"그디 앗가 나가셔 므어슬 보관디543) 안식(顔色)이 변(變)ㅎ
엿ᄂ뇨?"

듕산(仲山)이 디답(對答)디 못ᄒ야셔 그 안해 닐러 ᄀᆞ오디,

"신션(神仙)이 가비야이 놀기는544) 다 우익(羽翼)을 드러 ᄒ
ᄂ 거시니, 그러티 아니면 엇디 잠싼 ᄉ이예 만리(萬里)를 가
리오?"

듕산 왈(仲山曰),

"가마괴 지츤 뉘 거시뇨?"

그 쳬왈(妻ㅣ曰),

---

536) (날)짐승의 깃이 껍질(가죽)에 돋은 것이 달려(걸려) 있었는데.
537) 열네 낱(개)는 푸른 껍질(가죽)이요.
538) 그밖은(나머지는) 다 까마귀 껍질이었다.
539) 하나는.
540) 깃 마흔아홉을 달아놓았으되.
541) 올빼미거늘.
542) 속마음에.
543) 그대는 아까 나가서 무엇을 보았기에.
544) 가볍게 나는 것은.

"이는 대인(大人)의 오시라."

쏘 무로디,

"프른 오순 뉘 거시뇨?"

"샹해 브리는 시비(侍婢)의 오시라."

"나믄 가마괴 짓촌545) 뉘 거시뇨?"

"이는 우리 형뎨(兄弟)의 닙는 오시라."

쏘 무로디,

"옷밤의 지촌 뉘 거시뇨?"

그 체왈(妻曰),

"이는 경뎜(更點)을 ᄀ음아라546) 밤을 슬피는 쟈(者)의 오시니, 감문(監門) 쇼형(蕭衡)의 뉘(類ㅣ)라."

말이 뭇디 못ᄒ야셔 홀연(忽然) 놀라 드레거눌547), 그 연고(緣故)룰 무르니 그 체왈(妻ㅣ曰),

"촌(村)사롬이 산영ᄒ노라548) 블을 노하 뫼흘 븟틴다549)." ᄒ더니 이윽고 모다 닐오디,

"셔랑(徐郎)을 오슬 민드라 닙피디 못ᄒ니 오늘 니별(離別)

---

545) 남은 까마귀의 깃은.
546) 관리(管理)하여.
547) 떠들거늘.
548) 사냥하느라고.
549) 불을 놓아 산을 불태운다.

이 가(可)히 홀홀타[550] 니르리로다."

ᄒ고 각각(各各) 둘리인 지츨 가져다가[551] 몸의 언즈며[552] ᄉ면(四面)으로 ᄂᆞ라가니 그 집이 ᄒ나토 업고[553] 빈 묏기슭이러라[554].

---

550) 훌훌하다고. '훌훌'은 걷잡을 사이 없이 갑작스러움.

551) 달려 있는(걸어놓은) 깃을 가져다가.

552) 몸에 얹으며.

553) 하나도 없고.

554) 빈 산 기슭이었다.

| 제17화 |

셔좌경뎐(涂佐卿)

당(唐) 현종(玄宗) 텬보(天寶) 십삼 년(十三年) 듕양일(重陽
日)의 사원(沙苑)의 가 산영ᄒ더니555), 구롬 ᄉ이예 외로온 학
(鶴)이 ᄂᆞ라들거늘, 현종(玄宗)이 친(親)히 살홀 ᄡᅡ혀556) 그 학
(鶴)을 마치니, 그 학(鶴)이 살홀 ᄯᅴ고 ᄯᅡ히 ᄒ마557) ᄠᅥ러디게
되엿다가 도로 ᄂᆞ라 올라 셔남(西南)다히로 ᄂᆞ려가니, 모든 사
ᄅᆞ미 가는 ᄃᆡ롤 ᄇᆞ라보와 ᄀᆞ장 오란 후(後)의야 업서디너라.

익쥐(益州ㅣ) 셧(西ㅅ)녁히 ᄒᆞᆫ 도관(道觀)이 이시니, 뫼흘 의
지(依支)ᄒ고 믈을 님(臨)ᄒ야 솔과 계슈(桂樹ㅣ) 깁고 고요ᄒ
니, 도ᄉ(道士)ᄃᆞᆯ히 공뷔(工夫ㅣ) 이디 못ᄒᄂ니ᄂᆞᆫ558) 감(敢)히
잇디 못ᄒ더라.

그 도관(道觀) 동(東)녁 뎨일원(第一院)이 더옥 그윽ᄒ다라.
쳥셩산(靑城山) 도ᄉ(道士) 셔좌경(徐佐卿)이 되(道ㅣ) 닑고

---

555) 사냥하였는데.
556) 화살을 빼어.
557) 장차(將次). 이미. 벌써.
558) 공부를 이루지 못하는 이(사람)는.

쁘디 놉파 ᄒᆞᆫ 희예 서너 번(番)식이나 오니, 관(觀)의 잇ᄂᆞᆫ 어른 도ᄉᆞ(道士)ᄃᆞᆯ이 그 졍당(正堂)을 븨워 미양 그 오기ᄅᆞᆯ 기ᄃᆞ리더니, 좌경(佐卿)이 니ᄅᆞ면 혹(或) 오뉵 일(五六日)식 십여 일(十餘日)식 머므더라.

홀론 좌경(佐卿)이 믄득 밧ᄭᅩ로셔 드러와559) 안식(顔色)의 깃거 아녀560) 원듕(院中) 사ᄅᆞᆷᄃᆞᆯᄃᆞ려 닐러 ᄀᆞ로디,

"내 산듕(山中)의 가 ᄃᆞ니다가 모쳐 ᄂᆞᄂᆞᆫ 살홀 마즈니561), 몸이 샹(傷)ᄒᆞᆫ 디ᄂᆞᆫ 업거니와 이 살혼 인간(人間)의 둔 거시 아니라 내 ᄇᆞ롬벽(壁)의 머믈오노니, 후(後)의 살 님재 여긔 니ᄅᆞᆯ 거시니 즉시(卽時) 내여주고 삼가 일티 말라."

인(因)ᄒᆞ야 벽샹(壁上)의 긔록(記錄)ᄒᆞ야 ᄀᆞ로디,

'살 머므로ᄂᆞᆫ ᄠᅢᄂᆞᆫ 텬보(天寶) 십삼년(十三年) 구월(九月) 구일(九日)이라.'

ᄒᆞ엿더니, 현종(玄宗)이 피란(避亂)ᄒᆞ야 쵹(蜀)의 드러가신 후(後)의 한가(閑暇)ᄒᆞ신 날 모쳐 이 관(觀)의 니ᄅᆞ러 그윽ᄒᆞᆫ 경(境)을 됴히 너기샤 집 안홀 두로 보시더니 믄득 벽샹(壁上)의 곳치인 살홀 보시고562) 시신(侍臣)을 명(命)ᄒᆞ야 가져오니 진

---

559) 밖으로부터(에서) 들어와.
560) 안색이 즐겁지 아니하여.
561) 마침 날아오는 화살을 맞았는데.
562) 벽상에 꽂힌 화살을 보시고.

짓563) 어젼(御箭)이러라.

  ᄀᆞ장 괴이(怪異)히 너기샤 관(觀)의 잇ᄂᆞᆫ 모든 도ᄉᆞ(道士)ᄃ려 무ᄅᆞ시니, 그 ᄉᆞ셜(辭說)을 ᄌᆞ셔(仔細)히 고(告)ᄒᆞᆫ대, 좌경(佐卿)의 쓴 거슬 보니 젼(前)의 사원(沙苑)의 가 산영ᄒᆞ던 살히오, 좌경(佐卿)은 그날 살 마즌 학(鶴)이롯더라. 현종(玄宗)이 크게 긔특(奇特)이 너기샤 그 살홀 거두어 보비ᄅᆞᆯ 사ᄆᆞ시다.

  이후(以後)의 쵹(蜀) 사ᄅᆞᆷ이 다시 좌경(佐卿)을 만난 쟤(者ㅣ) 업더라.

---

563) 참으로.

| 제18화 |

니위공뎐(李衛公)

소쥐(蘇州ㅣ) 샹숙현(常熟縣) 원양관(元陽觀)의 단 도시(單
道士ㅣ) 이시니, 법명(法名)은 이쳥(以淸)이라.

대력(大曆) 듕(中)의 가홍(嘉興)으로 가다가 비예 오르니 긔
이(奇異)흔 향(香)내 나거늘 의심(疑心)ᄒᆞ야 쥬듕(舟中)의 잇
ᄂᆞᆫ 사ᄅᆞᆷ을 도라보니 다 댱ᄉᆞ의 무리오564). 빗머리예 흔 사ᄅᆞᆷ이
안자시되 얼굴이 슈샹(殊常)ᄒᆞ거늘 단군(單君)이 방셕(方席)
을 갓가이 ᄒᆞ야 여러 날 친근(親近)이 ᄒᆞ니 향긔(香氣ㅣ) 더옥
심(甚)ᄒᆞ거늘 은근(慇懃)히 무르니 디답(對答)ᄒᆞ야 닐오디,

"내 본디 이 ᄯᅡ 사ᄅᆞᆷ이러니 져머셔565) 대풍창(大風瘡)이란
병(病)을 ᄒᆞ야 눈썹이 다 ᄠᅥ러디고 얼굴이 졈졈(漸漸) 흉(凶)ᄒᆞ
야 가니 내 ᄆᆞᄋᆞᆷ의도 심(甚)히 보디 슬ᄒᆞ야566) 스스로 깁픈 뫼
히 도망(逃亡)ᄒᆞ야 호표(虎豹)의게 죽고져 ᄒᆞ야 두어 날 길흘
드러가니 산뇌(山路ㅣ) 졈졈(漸漸) 깁고 인젹(人跡)이 업더니,

---

564) 모두 장사꾼의 무리들이요.

565) 젊어서.

566) 내 마음에도 심히 보기 싫어서.

믄득 흔 노인(老人)을 만나니 날두려 무로디,

　'네 엇던 사룸이완디 멀리 산곡(山谷)의 드러왓느다?'

ᄒᆞ야늘 내 ᄠᅳ들 다 니ᄅᆞ니, 노인(老人)이 슬피 너겨 닐오디,

　'날을 ᄯᆞ와오라' '

ᄒᆞ야늘 노인(老人)을 조차 십여 리(十餘里)를 드러가니 흔 시
내 잇고 믈을 건너 여라믄 거룹은 디나니567) ᄯᅡ히 너르고 초당
(草堂)두어 간(間)이 잇더라. 노인 왈(老人曰),

　'네 이 집의셔 흔 둘만 머믈라. 내 다시 와 보리라.'

ᄒᆞ고 약(藥) 흔 환(丸)을 주어 머기고 ᄯᅩ 닐오디,

　'황정(黃精)과 마와 대조(大棗)와 밤이 만히 이시니 머글 대
로 머그라.'

ᄒᆞ고 노인(老人)이 뫼 안흐로 드러가거늘, 인(因)ᄒᆞ야 초당(草
堂) 안히 드러 약(藥) 머근 후(後)로븟터 비고프며 목ᄆᆞ른 줄을
모ᄅᆞ고 다만 몸이 졈졈(漸漸) 가비얍더니 두 둘은 디난 후(後)
의 노인(老人)이 와 보고 우어568) 닐오디,

　'그디 그저 이시니 가(可)히 유신[심](有心)ᄒᆞ다 니ᄅᆞ리로다.
그디 병(病)이 볼셔 ᄒᆞ려시니 그디 아는다569)?'

ᄒᆞ거늘,

---

567) 여남은 걸음을 걸어 들어가니.

568) 웃으며.

569) 그대의 병이 벌써 나았는데, 그대는 아는가?

'내 아디 못ᄒ노라.'

ᄒ니 노인(老人)이 닐오디,

'믈의 가 비최여 보라.'

ᄒ여늘 즉시(卽時) 믈의 가 얼굴을 비최여 보니 눈섭이 다 나고 얼굴과 빗치 아힛 적 ᄀᆞᆺ더라. 노인(老人)이 닐오디,

'그디 예 오래 잇디 못ᄒ홀 거시니, 임의 내 약(藥)을 머거시니 혼갓 병(病)이 ᄒ릴 뿐아니라 인간(人間)의 댱싱블ᄉᆞ(長生不死)홀 거시니 힝실(行實)과 도(道)롤 닷그라. 이십 년(二十年) 후(後)의 그디로 더브러 긔약(期約)호리라.'

ᄒ거늘, 내 하딕(下直)ᄒ고 무로디,

'션싱(先生)의 셩명(姓名)을 알고져 ᄒ노이다.'

노인(老人)이 닐오디,

'그디 당(唐) 적 위공(衛公) 니졍(李靖)을 듯디 아녓는다? 이 몸이 곳 긔(其)라.'

ᄒ더라. 그 노인(老人)은 당(唐) 적 니위공(李衛公)이라. 내 뫼히셔 나온 후(後)의 도(道) 닷근 일은 업거니와 년훈(年限)이 쟝ᄎᆞ(將次ㅅ) 밋처시니570) 다시 뫼히 드러가 스스로 ᄎᆞ즈려 ᄒ노라."

ᄒ더라.

---

570) 연한이 장차 미쳤으니. 장차 연한이 차게 되었으니.

| 제19화 |

민약옹뎐(賣藥翁)

민약옹(賣藥翁)은 그 셩명(姓名)을 아디 못ᄒ니 눔이 무르면,

"민약옹(賣藥翁)이 내 셩명(姓名)이라."

ᄒ더라.

아힛 적브터[571] 본 사롬이 늙ᄃ록 보와도 그 얼굴이 변(變)티 아니ᄒ더라. 샹해 죠롱박[572] ᄒ나흘 가지고 약(藥)을 푸니 사롬이,

"병(病)이 이셰라."

ᄒ고 약(藥)을 구(求)ᄒ면 돈을 주나 아니 주나 다 내야주니, 약(藥) 곳 머그면 신긔(神奇)로온 효험(效驗)이 나고 병(病)이 업시셔[573] 희롱(戲弄)ᄒ야 약(藥)을 구(求)ᄒ면 어드며 즉시(卽時) 일허ᄇ리니[574], 사롬이 감(敢)히 망녕되이 구(求)티 못ᄒ더라.

---

571) 아이 적부터. 어릴 때부터.

572) 조롱박.

573) 없으면서.

574) 얻으면서 즉시 잃어버리니.

상해 져제쩌리예575) 가 췌(醉)ᄒ야 돈을 어드면 가난ᄒᆫ 사ᄅᆷ
을 다 주고 혹(或) 희롱(戱弄)ᄒ야 무로ᄃᆡ,

"대환단(大還丹)이 잇거든 사쟈."

ᄒ면 닐오ᄃᆡ,

"ᄒᆫ 낫치 이시니576), 돈 일천 관(一千貫)을 주면 폴렷노라577)."
ᄒ니 사ᄅᆷ이 다 밋치다578) ᄒ더라.

길거리로 ᄃᆞ니며 사ᄅᆷ을 우으며 꾸지저579) 닐오ᄃᆡ,

"돈을 주고 약(藥)을 사먹디 아니ᄒ니 다 흙만둬580) 되ᄂᆞᆫ도
다."ᄒ니 사ᄅᆷ이 그 ᄠᅳ들 아디 못ᄒ야 더옥 웃더니, 후(後)의
댱안(長安)ᄒᆡ셔 약(藥)을 ᄑᆞ니, 약(藥) 살 사ᄅᆷ이 ᄀ장 만히 모
닷더니581), 박을 ᄡᅩᄃᆞ니582) 박이 븨엿고 다만 ᄒᆫ 환(丸)이 이시
니 극(極)히 크고 빗나더라. 손바당583) 우희 올려노코 탄(嘆)ᄒ
야 닐오ᄃᆡ,

"빅여 년(百餘年)을 인간(人間)의셔 약(藥)을 폴매 억됴인

---

575) 저잣거리에. 장터에.
576) 한 낱이 있으니. 한 알이 있으니.
577) 팔련다. 팔겠다.
578) 미쳤다고.
579) 웃으며 꾸짖어.
580) 흙 만두가.
581) 매우 많이 모였는데.
582) 쏟으니.
583) 손바닥.

(億兆人)을 디내되584) 흔 사룸도 돈을 가져와 약(藥)을 사 머그
리 업스니585) 가(可)히 슬프도다."

ᄒ고 그 약(藥)을 스스로 머그니 입의 드러가며 발 아래로셔
오식(五色) 구롬과 향긔(香氣)로운 ᄇ룸이 니러나며 공듕(空
中)으로 올라가더라.

---

584) 지냈으되. 겪었으되.
585) 사서 먹을 사람이 없으니.

| 제20화 |

왕ᄉ랑뎐(王四郞)

낙양위(洛陽尉) 왕게(王琚ㅣ) 얼(孽)족해 이셔586) 일홈을 ᄉ
랑(四郞)이라 ᄒ더니, 그 어미 기가(改嫁)ᄒ야 나가니 제 어미
ᄅᆞᆯ 조차 가 열 ᄒᆡ예 ᄒᆞᆫ 번(番)식, 다ᄉᆞᆺ ᄒᆡ예 ᄒᆞᆫ 번(番)식이나
오면 왕시(王氏)의 ᄂᆡ외(內外) 결레 혜디 아녀587) 디졉(待接)
디 아니ᄒ더라.

왕게(王琚ㅣ) 벼슬을 구(求)ᄒ라 셔울 가다가 텬진교(天津
橋)ᄅᆞᆯ 디나노라 ᄒ니, ᄉ랑(四郞)이 믄득 몰 알픠셔 졀ᄒ야 뵈
니 뵈옷과588) ᄑᆞᆯ로 ᄒᆞᆫ 신을589) 신고 얼굴이 산야(山野) 거동(擧
動)이어늘 왕게(王琚ㅣ) 아라보디 못ᄒ야 팀음(沈吟)ᄒ거늘,
ᄉ랑(四郞)이 제 일홈을 니ᄅᆞ니 왕게(王琚ㅣ) 그제야 알고 반
기며 에엿비 너기더라.

ᄉ랑(四郞)이 닐오ᄃᆡ,

---

586) 서출(庶出)의 조카가 있어.
587) 헤아리지 아니하여.
588) 베옷[布衣]과.
589) 풀로 엮은 신[草履]을.

"슉뷔(叔父 l) 이제 벼슬을 구(求)ᄒ라 가신다 ᄒ니 셔울 가
쁠 거시 얼머나 ᄒ면 브죡(不足)디 아닐고? 내게 죠고만 거시
잇더니 밧드러 드려 허비(虛費)ᄒ실 거슬 돕ᄂ이다."
ᄒ고 품 가온대로셔 금(金) 오냥(五兩)을 내니 빗치 둙의 볏 ᄀ
타야 샹해 금(金)과 다ᄅ더라. 인(因)ᄒ야 닐오디,

"이ᄂᆞᆫ 샹해 갑과 ᄀ티 밧디 못홀 거시니590), 셔울 드러가셔
져재 가591) 댱봉지(張蓬子 l)란 사ᄅᆞᆷ을 ᄎ자 맛디시면592) 맛당
이 이빅쳔(二百千)을 바드링이다593)."

왕게(王琚 l) 괴이(怪異)히 너겨 닐오디,

"네 젼(前)의 어디 이시며 이제 어드러594) 가ᄂᆞᆫ다?"

디왈(對曰),

"젼(前)의 왕옥산(王屋山) 아래 잇더니 이제 아미산(峨嵋山)
으로 가다가 슉뷔(叔父 l) 이에 니ᄅᆞᆫ 줄 알고 와 뵈노이다."

ᄯ 무로디,

"이제 어ᄂᆞ 고디 머므럿ᄂᆞ뇨?"

디왈(對曰),

---

590) 평상시의 값과 같이 받지 못할 것이니.
591) 저자[市場]에 가서.
592) 맡기시면.
593) 받을 것입니다.
594) 어느 곳으로. 어디로.

"듕규[교]역녀(中橋逆旅) 셕시(席氏)의 집이라."

그때예 잠간(暫間) 비 오더니, 왕게(王琚ㅣ) 우장(雨裝)을 아녓는디라 닐오디,

"내 이제 네 쥬인(主人)으로 바르 가 머믈리라."

ᄉ랑(四郎)이 절ᄒ고 닐오디,

"길 가기595) 긔약(期約)이 이시니 기드리디 못홀가 ᄒ노이다."

ᄒ고 몬져 가거늘, 왕게(王琚ㅣ) 오슬 ᄀ라닙고 셕시(席氏)의 집의 츠자가니, ᄉ랑(四郎)이 볼셔 가고 업더라. 셕시(席氏)ᄃ려 무르니 닐오디,

"희쳡(姬妾) 너더ᄉ술596) 거ᄂ려시되 다 인간(人間)의 업슨 졀식(絶色)이오, 의복(衣服)과 인매(人馬ㅣ) ᄀ장 빗나 심샹(尋常)티 아니코, 왕ᄉ랑(王四郎)은 교ᄌ(轎子)ᄅᆞᆯ 트고 검남(劍南)으로 가노라 ᄒ더이다."

ᄒ대 왕게(王琚ㅣ) 긔특(奇特)이 너기나 그려도 밋디 아니ᄒ더니, 셔울 니르러 믈개(物價ㅣ) ᄀ장 등용(騰踊)ᄒ야 쓸 거시 업서디거늘 ᄉ랑(四郎)의 금(金)을 내야 죵(從)을 맛디고 댱봉ᄌ(張蓬子)ᄅᆞᆯ 츠ᄌ니 과연(果然) 댱봉지(張蓬子ㅣ) 잇거늘 금(金)을 내야 뵈니 봉지(蓬子ㅣ) 놀라고 깃거 머리ᄅᆞᆯ 두드리고

---

595) 길 가는. 길 떠나는.

596) 네댓을.

닐오디,

"어디 가 이룰 어드며597) 얼머룰 바드려 ᄒᆞᄂ다598)?"

닐오디,

"이빅쳔(二百千)을 바드려 ᄒᆞ노라."

봉지(蓬子ㅣ) 즉시(卽時) 쥬식(酒食)을 머기고 그 갑슬 일일(一一)히 내여주고 닐오디,

"힝(幸)혀 ᄯᅩ 잇거든 다시 가져오라."

왕게(王琚ㅣ) 그 말을 듯고 크게 괴이(怪異)히 너겨 이튼날 봉ᄌᆞ(蓬子)룰 가보고 무로니 봉지 왈(蓬子ㅣ曰),

"이ᄂᆞᆫ 왕ᄉᆞ랑(王四郎)의 화(化)ᄒᆞᆫ 금(金)이니 셔역(西域) 샹호(商胡)들이 이 금(金)을 어더 사고져 ᄒᆞ야 예 와 기드리ᄂᆞᆫ이도 여러히라599). 본디 뎡(定)ᄒᆞᆫ 갑시 업ᄉᆞ되 ᄉᆞ랑(四郎)이 이 수(數)룰 뎡(定)ᄒᆞ엿ᄂᆞ니라."

왕게(王琚ㅣ) 그제야 긔특(奇特)이 너겨 아뭇됴로나600) 다시 어더 보고져 ᄒᆞ되 못ᄎᆞᆷ내 만나디 못ᄒᆞ니라.

_____

597) 어디 가서 이를 얻었으며.

598) 얼마를 받으려 하는가?

599) 여기 와서 기다리는 사람도 여럿이라.

600) 아무쪼록.

| 제21화 |

황초평뎐(皇初平)[601]

"이 어디 잇ᄂ뇨?"

초평(初平)이 디답(對答)ᄒ디,

"이 뫼 동(東)녁히 노핫ᄂ느니라."

초긔(初起ㅣ) 가보니 양(羊)은 보디 못ᄒ고 흰 돌만 버럿거
늘[602], 초긔(初起ㅣ) 도라와 닐오디,

"뫼히 잇는 거시 양(羊)이 아니러라."

ᄒ대 평왈(平曰),

"양(羊)이 잇거늘 형(兄)이 보디 못ᄒ도다."

ᄒ고 초긔(初起)ᄅᆞᆯ ᄃ리고 가 소리 딜러 닐오디,

"양(羊)이 닐라[603]."

ᄒ니, 흰 돌이 변(變)ᄒ야 다 양(羊)이 되니, 수만(數萬)이나 ᄒ
더라. 초긔(初起ㅣ) 놀라 닐오디,

"아이[604] 홀로 도(道)ᄅᆞᆯ 어더시니 날을 어이 아니 ᄀᆞᄅ치리?"

---

601) 언해본(멱남본)의 이 이야기 앞부분이 낙장(落張)된 듯하다.

602) 벌여져 있거늘.

603) 일어나라.

ᄒᆞ고 쳐ᄌ(妻子)ᄅᆞᆯ ᄇᆞ리고 ᄒᆞᆫ가지로 머므러 숑지(松脂)와 북녕
(茯苓)을 먹고 후(後)의 ᄒᆞᆫ가지로 집의 도라오니, 원근(遠近) 친
쳑(親戚)들히 ᄒᆞ나토 잇ᄂᆞ니 업거늘, 드러간 ᄒᆡᄅᆞᆯ 혜여보니 그
ᄉᆞ이 오ᄇᆡᆨ 년(五百年)이러라.

---

604) 아우가.

| 제22화 |

비싱뎐(裴沆)

비싱(裴生)이란 션비 뎡쥐(鄭州)로 가더니 두어 날 길홀 녀여[605] 새배 가노라 흐니[606] 길희셔 사롬의 알른 소리[607] 잇거놀 플을 헤티고 츳즈니 가시 덩울[608] 속의 병(病)든 학(鶴)이 이셔 놀개롤 디오고 고개롤 싸디오고[609] 잇거놀 짓츨 드러보니[610] 놀개 아래 슬히 허러 털히 업고[611] 알른 소리 긔이(奇異) 흐더니, 믄득 흔 노인(老人)이 몸의 빅의(白衣)롤 닙고 막대롤 딥고 거러와 닐오디,

"낭군(郎君)이 나히 져믄다라, 엇디 이 학(鶴) 슬허흐는[612] 줄을 알리오? 만일(萬一) 사롬의 피롤 어더 흔 번(番) 브르

---

605) 2~3일 길을 가다가.
606) 새벽에 가노라니.
607) 앓는 소리.
608) 가시덩굴.
609) 날개를 늘어뜨리고 고개(목)를 빼물고.
610) 깃을 들어 보니.
611) 날개 아래 살이 헐어 털이 없고.
612) 슬퍼하는.

면613) 능(能)히 놀리라.”

싱(生)이 믄득 닐오디,

“내 이 풀홀 딜러 피롤 내기614) 므어시 어려오리오?”

흔대 노인(老人)이 쇼왈(笑曰),

“낭군(郞君)의 ᄠᅳ디 ᄀᆞ장 놉거니와 그러나 반ᄃᆞ시 년(連)ᄒᆞ야 세 디(代)롤 사롬 되어 난 피롤 뽈 거시로디 낭군(郞君)은 젼싱(前生)의 사롬이 아니라, 오직 낙듕(洛中) 호로싱(胡盧生)이 삼셰(三世) 사롬이라. 낭군(郞君)이 이번 힝ᄎᆡ(行次 ㅣ) 급(急)흔 일이 업거든 능(能)히 낙듕(洛中)의 가 호로싱(胡盧生)을 ᄎᆞ줄소냐615)?”

싱(生)이 흔연(欣然)히 물을 도로혀616) 낙듕(洛中)의 니ᄅᆞ러 호로싱(胡盧生)을 ᄎᆞ자 그 일을 ᄌᆞ셔(仔細)히 니ᄅᆞ고 인(因)ᄒᆞ야 절ᄒᆞ고 피롤 비니, 호로싱(胡盧生)이 ᄃᆡ답(對答)을 아니ᄒᆞ고 보홀617) 여러 돌합618) ᄒᆞ나홀 내니 크기 두 손가락 들만ᄒᆞ더라619). 침(針)으로 풀홀 ᄲᅵᆯ러 피롤 흘려 돌합의 ᄎᆞ거눌 비생(裴

---

613) 피를 얻어 한 번 바르면.
614) 팔을 찔러 피를 내는 것이.
615) 찾을 것인가?
616) 말을 돌이켜. 말머리를 돌려.
617) 보자기를.
618) 석합(石合). 돌로 만든 그릇.
619) 크기가 두 손가락이 들어갈 정도였다.

生)을 주어 닐오디,

　"여러 말 말고 밧비620) 가라."

　싱(生)이 셕합(石合)을 가지고 학(鶴)의 고디 니르니621) 노인(老人)이 불셔 니르러 희왈(喜曰),

　"진실(眞實)로 신시(信士ㅣ)로다."

ᄒ고 합(合)을 여러 학(鶴)의게 ᄇ르니, 학(鶴)이 즉시(卽時) ᄒ려622) 하늘로 ᄂ라가거눌 노인 왈(老人曰),

　"내 잇는 디 머디 아니ᄒ니 잠깐 ᄒᆫ 가지로 가 머므쟈."

ᄒ고 두어 니(里)는 가 ᄒᆫ 집의 드니 대로 ᄒᆫ 바죄623) 쇼쇄(瀟灑)ᄒ고 초당(草堂)이 ᄀ장 졍(淨)ᄒ더라.

　싱(生)이 목을 물라 믈 머그믈 구(求)ᄒ니 노인(老人)이 ᄒᆫ 토감(土龕)을 ᄀ르쳐 닐오디,

　"이 가온대 믈이 잇ᄂ니라."

　싱(生)이 드러가 보니 술고삐 ᄒᆫ 짝이624) 이시되 크기 갓만 ᄒ고 믈이 가득 담기여시되 빗치 ᄀ장 회거눌 드러 마시니 다시 주리며 갈(渴)ᄒᆫ 긔운(氣運)이 업더라.

---

620) 바삐.
621) 학이 있는 곳에 이르니.
622) 나아.
623) 바자[笆子]가.
624) 살구씨 한 쪽이.

싱(生)이 노인(老人)의 긔특(奇特)흔 줄을 알고,

"머므러 흔디 잇거지라625)."

청(請)흔대 노인 왈(老人曰),

"그디 셰간(世間)의 미(微)흔 녹(祿)이 이시니 오래 머므디 못ᄒ리라. 그디 삼촌(三寸)으로 더브러 오래 노더니, 그디는 아 디 못ᄒ려니와 이제 흔 신(信)을626) 주어 그디씌 븟텨 보내고 져627) ᄒ노라."

ᄒ고 흔 보 ᄲᆫ 거슬 내야주니628) 쟈근 합(合)만ᄒ더라. 경계(警戒)ᄒ디,

"싱심(生心)도 여러 보디 말라. 그디 앗가 힝쟝(杏漿)을 머거 시니 슈흔(壽限)이 기러 구족(九族) 죽는 양(樣)을 다 보리라."

싱(生)이 바다 가지고629) 낙양(洛陽)으로 도라오다가 듕노 (中路)의셔 보흘 열려 ᄒ니 네 귀예 각각(各各) 블근 비얌이 이 셔 머리롤 내미러시니630) 여러 보디 못ᄒ고 그 삼촌(三寸)의게 뎐(傳)ᄒ니 ᄆ론 보리밥 흔 되남즉은 ᄒ더라.

후(後)의 왕옥산(王屋山)의 가 노라 내죵을631) 아디 못ᄒ고,

---

625) 머물러 함께 있고 싶습니다.
626) 서신(書信)을. 편지를.
627) 그대에게 부쳐 보내고자.
628) 한 보자기에 싼 것을 내어주니.
629) 받아 가지고.
630) 붉은 뱀이 있어 머리를 내밀었으므로.

비싱(裴生)도 나히 아흔닐굽이로더 쇠(衰)흔 긔운(氣運)이 업
더라.

---

631) 나중을. 그 뒤의 일을.

| 제23화 |

묘녀뎐 (妙女)[632]

태종[대중](大中) 시졀(時節)의 태빅(太白)[633]과 윤즈혜(尹子虛ㅣ) 서르 버디 되야[634] 슝산(嵩山) 회[화]산(華山) 두 봉(峰)의 노라 숑지(松脂)과 복녕(茯苓) 킈기를 일삼더니, 홀론 큰 숑님(松林) 아래 가 술을 가지고 먹더니, 솔가지 우희셔 손바당을[635] 두드리고 웃는 소리 나거늘, 이인(二人)이 닐러 골오디,

"아니 신션(神仙)이신가? 잠싼 느려 술 흔 잔(盞)을 마시미 엇더ᄒᆞ뇨?"

기인 왈(其人曰),

"우리는 신션(神仙)도 아니오, 초목(草木)의 졍녕(精靈)도 아니라. 그디 술 긔운(氣運)을 맛고[636] 흔 번(番) 취(醉)키롤 싱

---

632) 제목이 <묘녀뎐>으로 되어 있으나 이야기 내용은 《태평광기》권40.의 <도윤이군(陶尹二君)>임.

633) 원문에는 도태빅(陶太白)으로 되어 있음.

634) 서로 벗이 되어.

635) 손바닥을.

636) 그대들의 술 냄새를 맡고.

각호디, 얼굴이 변(變)호엿고 터럭이 괴이(怪異)호니 그디네 놀랄가 두려 즉시(卽時) 느리디 못호노니, 그디 날을 기드리면 맛당이 잇던 디 도라가 오슬 닙고 올 거시니 날을 부리고 가디 말라."

두 사롬이 디답(對答)호디,

"삼가 명(命)대로 호리라."

호고 오래 기드리더니 믄득 솔 아래로셔 흔 댱뷔(丈夫ㅣ) 녯 졔도(制度)로 지은 오슬 닙고 흔 겨집은 머리롤 조지고637) 비단(緋緞) 오슬 닙고 흔가지로 나오니 이인(二人)이 비왈(拜曰),

"신션(神仙)은 어디 사롬이며, 어이 이에 니르럿느뇨? 임의 뫼오믈 어더시니638) 아득흔 무음이 씨둣기롤 원(願)호노이다639)."

댱뷔(丈夫ㅣ) 닐오디,

"나는 진(秦) 시졀(時節) 역뷔(役夫ㅣ)라. 아힛 적의640) 진시황뎨(秦始皇帝ㅣ) 신션(神仙)을 됴히 너겨 블〻(不死)호는 약(藥)을 구(求)호매 셔복(徐福)의게 혹(惑)흔 배 되야 동남동녀(童男童女) 일쳔(一千)을 보내니, 동남(童男)의 샌이니641), 다

---

637) 쪽찌고. 틀어 매고.

638) 이미 모실 수 있게 되었으니.

639) 아득한(흐리멍덩한) 마음이 깨닫기를 원합니다.

640) 아이 적에. 어릴 적에.

641) 동남으로 뽑혔는데.

만 보니 고래믈결[鯨濤]은 뫼깃티 니러나고 죠개누[蜃樓]혼 공
듕(空中)의 다핫고642) 셕교(石橋)드리는 기우러뎌 위티(危殆)
ᄒᆞ얏고, 봉니(蓬萊)의 닌 긔운(氣運)은 아ᄋᆞ라 ᄒᆞ여시니643) 어
복(魚腹) 속의 무티일가644) ᄒᆞ야 어려온 가온대 혼 긔특(奇特)
혼 계규(計巧)를 내여 이 화(禍)를 면(免)ᄒᆞ고 셩(姓)을 고텨
션비 노릇술 ᄒᆞ더니645) 두어 히 못ᄒᆞ야셔 또 시황(始皇)이 셔
칙(書冊)을 블디르고 션비를 뭇딜러 주김을 만나니646), 이ᄢᅢ예
내 또 그 뉴(類)의 드러647) 위티(危殆)혼 가온대 혼 긔특(奇特)
혼 계규(計巧)를 내여 이 괴로오믈 면(免)ᄒᆞ고 또 셩(姓)을 고
텨 흙 ᄡᆞᄂᆞᆫ648) 쟝인(匠人)이 되엿더니 또 시황(始皇)이 요망(妖
妄)혼 말을 미더 댱셩(長城)의 역ᄉᆞ(役事)를 닐위니649) 셧(西
ㅅ)녁크로 님됴(臨洮)의 닐위여650) 동(東)녁크로 ᄒᆡ곡(海曲)의
다ᄒᆞ니651), 농샹(隴上) 기력이는 나죄 슬허ᄒᆞ고652) 시변(塞邊)

---

642) 신기루(蜃氣樓)는 공중에 닿았고.
643) 아득하였으니.
644) 묻힐까.
645) 선비 노릇을 하더니.
646) 무찔러 죽임을 만났는데.
647) 그 무리에 들어.
648) 흙을 쌓는.
649) 일으키니.
650) 일으켜. 시작하여.
651) 닿으니. 이르니.

구롬은 뷘 더 몌여시니653), 향관(鄕關)을 싱각ᄒ매 넉시 나픗
기고654) 사셕(沙石)의 슈고로오매655) 힘이 갈(竭)ᄒ야 발이 뻐
러디매 ᄲᅨ 샹(傷)ᄒ고656), 눈을 불오며 어롬의 딜리이니657), 이
ᄣᅢ예 내 역뷔(役夫ㅣ) 되야 그 뉴(類)의 드럿다가 슈고로온 가
온대 ᄒᆫ 긔특(奇特)ᄒᆫ 계규(計巧)를 내여 어려온 거슬 버서나
ᄶᅩ 셩명(姓名)을 고티고 쟝인(匠人) 노ᄅᆞᆨ슬 비호더니658), 진시
황(秦始皇)이 주그매 녀산(驪山)을 파 크게 분묘(墳墓)를 닷그
니659) 옥셤과660) 구슬 나모과661) 비단 뎐(緋緞殿)과662) 구롬
누(樓)홀663) 믿둘고 모든 공쟝(工匠)둘홀 다 광듕(壙中)의 다
드니664), 내 그ᄣᅢ예 공쟝(工匠) 뉴(類)의 드럿더니 ᄒᆫ 계규(計
巧)를 내여 큰 화(禍)를 버서나나 셰샹을 만나디 못홀 줄 알고

---

652) 기러기는 저녁에 슬퍼하고.
653) 구름은 허공에 목 메였으니.
654) 넋이 나부끼고.
655) 모래와 돌을 나르느라 수고로워서.
656) 발이 떨어져서 뼈가 상하고.
657) 눈을 밟으며 어름에 찔리니.
658) 배우더니.
659) 닦으니. 수축(修築)하니.
660) 옥으로 만든 섬돌과.
661) 구슬로 장식한 나무와.
662) 비단처럼 화려하게 꾸민 궁전과.
663) 구름 위로 솟아나게 높이 지은 누각을.
664) 닫으니. 유폐(幽閉)하니.

이 뫼히 드라나와665) 나모 여름을666) 먹고 인(因)ᄒ야 댱ᄉ(長生)ᄒᄂᆫ 도(道)를 어드니, 이 겨집은 진(秦) 적 궁인(宮人)으로셔 슌장(殉葬)ᄒᄂᆫ 디 드럿다가 날과 ᄒᆞᄢᅴ 녀산(驪山) 화(禍)를 면(免)ᄒ야 이 뫼히 ᄒᆞᆫ가지로 수므니 아디 못게라, 이제 몃 갑지(甲子ㅣ)나 디낫ᄂᆞᆫ고?"

이인 왈(二人曰),

"진(秦)으로붓터 졍통(正統) 니은 재(者ㅣ) 아홉 디(代)예 쳔여 년(千餘年)이 되야시니 그 ᄉᆞ이 흥망(興亡)의 일은 니ᄅᆞ 혜디667) 못ᄒ리라. 우리 쇼지(小子ㅣ) 힝(幸)혀 대셩(大聖)을 만나니 금단(金丹)과 대약(大藥)은 가(可)히 어더 드ᄅᆞ링잇가668)?"

댱뷔 왈(丈夫ㅣ曰),

"내 본디 녜ᄉ(例事) 사름으로셔 다만 셰샹(世上) 념녀(念慮)를 긋처 ᄇᆞ리고 나모 여름을 머거 인(因)ᄒ야 구룸을 ᄐᆞ고 뷘 디룰 불와669) ᄃᆞ니 깁고 ᄒᆡ 오라매670) 몸의 터럭이 나고 빗치 프르러, 살며 주금과671) 셰샹(世上)과 신션(神仙)을 ᄭᅵᆺ디

---

665) 이 산으로 달아나서.
666) 나무 열매를.
667) 이루 헤아리지.
668) 얻어 들을 수 있겠습니까?
669) 빈 데를 밟아. 허공을 밟아.
670) 달이 깊고 해가 오래 되매. 수많은 세월이 흐르매.
671) 살고 죽음과. 생사(生死)와.

못ᄒᆞ야 됴슈(鳥獸)로 ᄆᆞ올을 삼고672) 원후(猿猴)로 더브러 즐
기믈 ᄀᆞᆺ티 ᄒᆞ야 구롬이 서ᄅᆞ ᄲᅮ오고 얼굴 업손 ᄃᆡ 얼굴을 어드
니673), 금단(金丹)과 대약(大藥)이 므어신디 아디 못ᄒᆞ노라."

이인 왈(二人曰),

"대션(大仙)의 나모 여롬 머그시던 법(法)을 가(可)히 어더
드ᄅᆞ링잇가?"

댱뷔 왈(丈夫ㅣ 曰),

"처음의 빅ᄌᆞ(柏子)ᄅᆞᆯ 먹고 나죵의 숑지(松脂)ᄅᆞᆯ 머그니 온
몸이 두로 헐고 빗속이 미양 알히더니674) ᄒᆞᆫ 둘 디난 후(後)의
술빗치 믯그럽고675) 터력이 빗나며 일이 년(一二年) 디난 후
(後)는 공듕(空中)의 오ᄅᆞ기 ᄃᆞ리 노흔 듯676), 험(險)ᄒᆞᆫ ᄃᆡ 거ᄅᆞ
매 평디(平地)ᄅᆞᆯ ᄇᆞᆲᄂᆞᆫ 듯ᄒᆞ야677) 표표(飄飄)히 ᄇᆞ롬을 슌(順)
히 놀고 호호(皓皓)히 구롬을 조차 올라 졍신(精神)을 거두매
졍신(精神)이 서늘ᄒᆞ고 긔운(氣運)을 치매678) 긔운(氣運)이 몰
그며, 틱근(胎根)을 딕희고679) 명디(命帶)ᄅᆞᆯ 간슈(看守)ᄒᆞ니

---

672) 새와 짐승으로 이웃을 삼고.
673) 형체가 없는 곳에 형체를 얻으니.
674) 뱃속이 항상 아리더니(아프더니).
675) 살빛이(피부가) 미끄럽고.
676) 공중에 오르는 것이 사다리를 놓은 듯.
677) 험한 곳을 걷는 것이 평지를 밟는 듯하여.
678) 기운을 기르매.

일월(日月)도 오히려 볼그며 어둡고 산쳔(山川)도 오히려 믈허디며 여외되680) 내 몸은 능(能)히 믈허디게 못ᄒᆞ리라."

이인(二人)이 재배 왈(再拜曰),

"공경(恭敬)ᄒᆞ야 명(命)을 듯노이다. 술이 쟝ᄎᆞᆺ(將次ㅅ) 진(盡)ᄒᆞ매 댱뷔(丈夫ㅣ) 솔가지를 껏거681) 옥병(玉瓶)을 두드리고 노래 블러 골오ᄃᆡ,

> 빅ᄌᆞ(柏子)를 머그매 몸이 암셕(巖石) ᄉᆞ이예 가ᄇᆡ야오니682),
> 시비(是非ㅣ) 인간(人間)의 니론 ᄠᅳ디 업도다.
> 관가(官家) 오슬 잠깐(暫間) ᄀᆞᆺ초와 셰샹(世上)을
> 의논(議論)ᄒᆞ고,
> 벽낙(碧落) ᄉᆞ이예 구롬을 노니놋다683).
> 餌栢身輕疊嶂間　是非無意到塵寰
> 冠裳暫備論浮世　一餉雲遊碧落間

그 겨집이 니어 블러 골오ᄃᆡ,

뉘 네 올흐며 이제 그론 줄을684) 알리오?

---

679) 지키고.
680) 무너지며 여위되. 산이 무너지고 강이 마르게 되어도.
681) 소나무 가지를 꺾어.
682) 가벼우니.
683) 노니는구나.

한가(閑暇)로이 프른 안개롤 볼오니[685] 취미(翠微)의 머도다.

진(秦)나라 누(樓) 우희 쇼댱[관](簫管)이 벅벅이[686] 고요즈
녹ᄒ니[687],

빗난 구롬이 쇽졀업시 짓 오시[688] 니ᄂ도다[689].

誰知古是與今非　閑躡靑霞遠翠微

簫管秦樓應寂寂　綵雲空惹薛蘿衣

댱뷔(丈夫ㅣ) 닐오디,

"그디로 더브러 반가이 서ᄅ 만나니 엇디 졍(情)이 업스리
오? 내게 만셰(萬歲) 숑지(松脂)와 쳔년(千年) 빅지(柏子ㅣ)
이시니 그디 각각(各各) 논화[690] 머그라."

두 사롬이 졀ᄒ고 바다 술의 ᄲᅡ 머그니[691], 이션(二仙)이 글
오디,

"우리 맛당이 영영(永永) 니별(離別)ᄒ노라. 그디네 잘 스스
로 쳐[692] 신긔(神氣)롤 누셜(漏泄)티 말라."

---

684) 옛날이 옳으며 지금이 그른 것을.

685) 밝으니.

686) 틀림없이 그러리라는 짐작을 나타내는 말.

687) 고요하고 조용해지니.

688) 깃옷에. 날짐승의 깃으로 만든 옷에.

689) 이는구나. 일어나는구나.

690) 나누어.

691) 절하고 받아서 술에 타서 먹으니.

692) 잘 스스로 길러. 스스로 잘 수양하여.

ᄒ고 니러나 가니, 표연(飄然)히 자최ᄅᆞᆯ 아디 못ᄒᆞᆯ러라.

이윽고 니벗던 오시 ᄇᆞᄅᆞᆷ의 부쳐693) 화(化)ᄒ야 곳 조각과 나비 ᄂᆞᆯ개 되야694) 공듕(空中)의셔 나ᄑᆞ기더라. 두 사ᄅᆞᆷ이 년화봉(蓮花峰) 우ᄒᆡ 이셔 얼굴 빗치 븕고 머리 터럭이 다 프르며 말을 ᄒᆞ면 향긔(香氣)로온 내695) 입의 ᄀᆞ득ᄒᆞ더니, 운ᄃᆡ관(雲臺觀) 도ᄉᆞ(道士)ᄃᆞᆯ이 잇다감696) 만나보더라.

---

693) 입었던 옷이 바람에 불려(날려).
694) 꽃 조각과 나비 날개가 되어.
695) 냄새가.
696) 이따금.

| 제24화 |

쇼총뎐(蕭總)

쇼총(蕭總)의 주(字)는 언션(彦先)이니 (남)제(南齊) 태조(太祖)의 족해라. 원후(元徽) 스이예 시졀(時節)이 어즈러오믈 피(避)ᄒᆞ야 명월협(明月峽)의 가 노라 풍경(風景)을 스랑ᄒᆞ야 여러 ᄒᆡ롤 머므더니, 홀론 봄이 느저 가고 믈식(物色)이 아롬답거늘 쳔셕(泉石) 스이예셔 혼자 ᄃᆞ니더니 믄득 수플 아래셔 쇼총(蕭總)을 브롤 소리[697] 잇거늘 놀라 도라보니, ᄒᆞᆫ 미인(美人)이 곳출 썻거 쥐고 총(總)을 브르니, 나히 계유 열여닐굽은 ᄒᆞ고[698] 니븐 의복(衣服)과 고은 얼굴이 인셰(人世) 사롬이 아니러라. 총(總)을 블러 글오ᄃᆡ,

"쇼랑(蕭郎)이 이에 머므되 만나디 못ᄒᆞ엿더니 오늘 모쳐 됴ᄒᆞᆫ ᄠᅢ롤 만나니[699] 일뎡(一定) ᄒᆞᆫ 연분(緣分)이 이시미라."

총(總)이 황홀(恍惚)ᄒᆞ야 십여 리(十餘里)롤 나아가니 시내 우희 궁궐(宮闕)과 디뎐(臺殿)이 이시되 ᄀᆞ장 거룩ᄒᆞ더라. 궁

---

697) 부르는 소리.
698) 나이가 겨우 열예닐곱(16~17세)쯤 되고.
699) 오늘 마침 좋은 때를 만났으니.

문(宮門) 좌우(左右)의 시녀(侍女) 이십(二十)이 이시니 다 나
히 십삼ᄉᆞ(十三四)는 ᄒᆞ되 신션(神仙)의 지질(才質)이오, 보
[포]딘(鋪陳)과 긔귀(器具ㅣ) 셰간(世間)의 업슨 거시러라[700].
기야(其夜)의 서ᄅᆞ 즐기더니 뫼새 울고 시내 소리 들리거늘 문
(門)을 여러 녯 길흘 여어보니[701] 닉과 구롬이 어리엿고[702] 잔
(殘)ᄒᆞᆫ ᄃᆞᆯ은 셧(西ㅅ)녁희 잇더라[703].

그 미인(美人)이 총(總)의 손을 잡고 닐오디,

"인간(人間) 사ᄅᆞᆷ과 산듕(山中) 겨집이 이날 못는 거시[704]
만년(萬年)의 ᄒᆞᆫ 뻬로다[705]."

총왈(總曰),

"산듕(山中) 녀랑(女娘)을 엇디 인간(人間)의 덧덧디 ᄇᆞ랄
배리오[706]?"

그 미인(美人)이 닐오디,

"쳡(妾)은 실(實)로 이 뫼 신(神)이러니, 옥뎨(玉帝ㅣ) 이 벼
슬 ᄒᆞ이시기ᄅᆞᆯ[707] 삼빅 년(三百年)만의 ᄒᆞᆫ 번(番)식 교뎨(交

---

700) 세간에 없는 것이었다.
701) 문을 열고 옛 길을 엿보니.
702) 연기와 구름이 내려 깔리었고.
703) 지는 달은 서쪽 하늘에 걸려 있었다.
704) 이날 모인 것이.
705) 만년에 한 번 있는 일이로다.
706) 떳떳이 바랄 것이랴?

替)룰 ᄒᆞ시니 닉년(來年)의 흔(限)이 ᄎᆞᄂᆞᆫ디라[708]. 이후(以後)
의ᄂᆞᆫ 다ᄅᆞᆫ 고ᄃᆡ 날 거시니, 낭군(郎君)으로 더브러 모드미[709]
쏘흔 인연(因緣)이 잇ᄂᆞᆫ디라. 그 연고(緣故)룰 어이 ᄌᆞ셔(仔細)
히 베프리오?"

말이 ᄆᆞᆾᄎᆞ며 서ᄅᆞ 니별(離別)ᄒᆞ니, 신녜(神女ㅣ) 옥환(玉環)
ᄒᆞ나흘 버서 주며 닐오ᄃᆡ,

"이거슨 쳡(妾)이 일즉 ᄉᆞ랑ᄒᆞ야 손의 ᄯᅥ나디 아니ᄒᆞ엿더니
이제 그ᄃᆡ룰 영별(永別)ᄒᆞ니 ᄆᆞᄋᆞᆷ을 표(表)홀 거시 업손디라,
이거슬 밧ᄃᆞ노니 원(願)컨대 낭군(郎君)은 손의 ᄯᅥ 두고 날 본
ᄃᆞᆺ 반기고 서ᄅᆞ 닛디 말라[710]."

춍(總)이 ᄃᆡ왈(對曰),

"ᄒᆡᆼ(幸)혀 도라보몰 니브니 감격(感激)흔 졍(情)이 깁픈디라.
이롤 가져 속의 푸머 몸이 ᄆᆞᆺ도록 보비롤 사므리라[711]."

ᄒᆞ고 하늘히 졈졈(漸漸) 붉거놀 손목을 잡고 문(門)을 나와 길
흘 님(臨)ᄒᆞ야 서ᄅᆞ ᄯᅥ나 뫼히 ᄂᆞ려와 두어 거롬을 거러 자던
고들 도라보니 완연(宛然)히 무산션녀(巫山仙女)의 ᄉᆞ당(祠

---

707) 이 벼슬을 시키시기를.
708) 내년에 기한이(임기가) 차는지라.
709) 낭군과 더불어 모인 것이.
710) 서로 잊지 맙시다.
711) 몸이 마치도록(죽을 때까지) 보배를 삼으리라.

堂)이러라.

후(後)의 건압[업](建鄴) 짜히 니르러 옥환(玉環)을 가지고 댱경산(張景山)드려 니르니, 경산(景山)이 놀라 닐오디,

"내 젼(前)의 무산(巫山)의 가 노라 션녀(仙女)롤 보니 신녀(神女)의 손가락의 옥환(玉環)을 분명(分明)히 씨이엿던 줄을712) 싱각ᄒ노니 셰샹(世上) 사롬이 뎐(傳)ᄒ더 진 문뎨(晉文帝)의 니시(李氏ㅣ) 일즉 꿈의 무산(巫山)의 가 노다가 신녀(神女)롤 보니, 신녜(神女ㅣ) 니시(李氏)의게 옥환(玉環)을 빌거늘 꿈을 씨야 뎨(帝)쯰 주(奏)ᄒ니, 뎨(帝ㅣ) 스신(使臣)을 보내야 신녀(神女)의게 옥환(玉環)을 씨우다 ᄒ더니713) 그디 이거술 어더시니 긔특(奇特)ᄒᆫ 사롬이로다."

ᄒ더라.

총(總)이 후(後)의 티셔 어스(治書御史)롤 ᄒ야 강능(江陵)으로 가다가 비 가온대셔 홀연(忽然)히 신녀(神女)롤 싱각고 표[초]연(悄然)히 즐기디 아니ᄒ야 글을 지어 ᄀᆞᆯ오디,

네 바회 아래 손이,
연[완]연(宛然)히 고금(古今)이 이럿도다.
ᄒᆞᆫ갓 명월(明月)읫 사롬을 싱각ᄒ니,

---

712) 끼워져 있던 것을.
713) 끼워주었다고 하였는데.

무산(巫山) 비 저즈믈 원(願)ᄒ노라.

昔年巖下客 宛似成今古 徒思明月人 願濕巫山雨

글을 이리 짓고 심(甚)히 깃거 아니ᄒ더라[714].

---

714) 기뻐하지 않았다.

| 제25화 |

한히신뎐(瀚海神)

병쥐(幷州ㅣ) 북(北)녁 칠십 니(七十里)의 흔 고통(古塚)이 잇더니, 뎡관 초(貞觀初)의 미양 나죄 겻티면[715] 귀병(鬼兵) 만여 인(萬餘人)이 긔후[번](旗旛)를 빗나게 ᄒᆞ야 이 무덤을 두로 ᄡᆞ면[716] 고통(古塚) 가온대로셔 귀병(鬼兵) 수천(數千)이 무덤 밧ᄭᅴ 와 서ᄅᆞ 싸호다가 밤이면 믈러가기를 흔 둘이나 ᄒᆞ더니, 홀론 귀병(鬼兵)이 북(北)으로브터 와 고통(古塚) 두어 니(里) 밧ᄭᅴ 나아 딘(陣) 티거늘 밧 가는 사ᄅᆞᆷ이 보고 놀라 ᄃᆞ라나니, 귀쟝(鬼將)이 여라믄 군ᄉᆞ(軍士)로 ᄯᆞ라와 자바다가 닐오디[717], "너는 두려 말라. 나는 히신(海神)이러니, 내 쟈근 쟝슈(將帥ㅣ) 수랑ᄒᆞ는 첩(妾)을 도적(盜賊)ᄒᆞ야 이 무덤 가온대 ᄃᆞ라나와시니, 이 무덤 님자 댱공(張公)이 군ᄉᆞ(軍士)를 빌려 날과 결워 싸호니[718], 내 한히(瀚海)를 ᄯᅥ나완 디 둘이 나믄디라. 이 도

---

715) 저녁 무렵이면.
716) 둘러싸면.
717) 여남은 군사로 따라와 잡아다가 이르기를.
718) 나와 겨루어 싸우니.

적(盜賊)을 당(當)티 못ᄒ야 ᄀ장 분(憤)ᄒ야 ᄒ노니 날 위(爲)
ᄒ야 이 무덤의 가 댱공(張公)ᄃ려 닐오ᄃᆡ,

'내 스스로 와 반쟝(叛將)을 자ᄇ니 엇디 무덤 가온대 곰초고
인병(隣兵)을 빌려 날을 막ᄌᆞᄅᆞᄂᆞ뇨[719]? ᄲᆞ리 내여보내디 아니
면 못ᄎᆞᆷ내 너ᄅᆞᆯ 주기리라.

ᄒ라."

ᄒ고 군ᄉ(軍士) 일ᄇᆞᆨ 명(一百名)을 거ᄂᆞ려 보내니, 경인(耕人)
이 고튱(古塚) 알ᄑᆡ 가 소리ᄅᆞᆯ 미이[720] ᄒ야 말을 뎐(傳)ᄒ니,
이윽고 고튱(古塚) 안흐로셔 군ᄉ(軍士)ᄅᆞᆯ 내여 딘(陣) 티고
두 쟝쉬(將帥ㅣ) 물을 ᄀᆞ족이 ᄒ야[721] 큰 긔(旗) 알ᄑᆡ 나셔니
좌우(左右)의 검극(劍戟)이 수플 ᄀᆞ티 버럿더라. 기인(其人)을
블러 닐오ᄃᆡ,

"내 사라실 제 눌란[722] 쟝슈(將帥) 되기ᄅᆞᆯ 삼십여 년(三十餘
年)을 ᄒ야시니 주거 여긔 무텨실디라도 날을 조ᄎᆞᆫ 재(者ㅣ)[723]
보긔(步騎) 아오라[724] 오쳔여 명(五千餘名)이 다 졍강(精彊)ᄒ

---

719) 나를 막지르는가? '막지르다'는 어떤 일을 못하도록 앞질러 가로막는 것을
     말함.
720) 몹시. 매우.
721) 말을 가지런히(나란히) 하여.
722) 날랜. 날카로운.
723) 나를 좇는(따르는) 자들이.
724) 아울러.

디라. 네 쟈근 쟝슈(將帥ㅣ) 과연(果然) 내게 왓거늘 볼셔 버드
로 사괴야시니 아니 돕디 못홀디라. 브디725) 날과 싸호려 ᄒᆞ면
뭇춤내 너룰 파(破)ᄒᆞ야 한ᄒᆡ(瀚海)로 도라가게 못홀 거시니
벼술을 보젼(保존)ᄒᆞ야 살고져 ᄒᆞ거든 샐리 도라가라."
ᄒᆞ고,

"뎐(傳)ᄒᆞ야 니르라."

ᄒᆞᆫ대 기인(其人)이 ᄯᅩ 한ᄒᆡ신(瀚海神)의게 뎐(傳)ᄒᆞ니 ᄒᆡ신(海
神)이 대로(大怒)ᄒᆞ야 병(兵)을 인(引)ᄒᆞ야 나아가 군ᄉᆞ(軍士)
룰 호령(號令)ᄒᆞ야 닐오디,

"이 무덤을 파디 못ᄒᆞ면 오늘 나죄 이 무덤 알픠셔 주그라."

드디여 힘뻐 싸화 세 번(番) 패(敗)ᄒᆞ야 다시 싸호더니 초경
(初更)은 ᄒᆞ야 고통(古塚) 군시(軍士ㅣ) 크게 패(敗)ᄒᆞ니, 반쟝
(叛將)을 싱금(生擒)ᄒᆞ고 무덤 가온대 드러가 그 첩(妾)을 자
바내고 댱공(張公)과 모든 군ᄉᆞ(軍士)룰 다 무덤 알픠셔 주기
고 블을 노하 무덤을 틱오고, 경인(耕人)은 ᄭᅴ ᄒᆞ나홀 주거늘
이튼날 그 무덤 우희 올라가보니 블이 그저 븟고 무덤 ᄭᅵᆫ의 이
운 ᄯᅧ과726) 나모 사룸이 ᄀᆞ장 만터라.

---

725) 부디.
726) 시든(마른) 뼈와.

| 제26화 |

댱박뎐(張璞)

댱박(張璞)의 ᄌ(字)ᄂᆞᆫ 공딕(公直)이니 오군 태슈(吳郡太守)ᄅᆞᆯ ᄒᆞ야 녀산(廬山) 아래로 디날ᄉᆡ, 일가(一家) 사ᄅᆞᆷ이 녀산신묘(廬山神廟)의 드러가 귀경ᄒᆞ더니727), 겨집죵(從)이 댱박(張璞)의 ᄯᅩᆯ을 희롱(戲弄)ᄒᆞ야 흙 샹(像) ᄒᆞ나흘 ᄀᆞᄅᆞ쳐 닐오ᄃᆡ,

"일로ᄡᅥ728) 비필(配匹)을 사ᄆᆞ리라."

ᄒᆞ더니, 기야(其夜)의 댱박(張璞)의 쳐(妻)의 ᄭᅮᆷ의 녀산군(廬山君)이 빙폐(聘幣)ᄅᆞᆯ 보내여 ᄀᆞᆯ오ᄃᆡ,

"더러온 ᄌᆞ식(子息)이 용티 못ᄒᆞ거니와729) 사회 ᄀᆞᆯᄒᆡᄂᆞᆫ 디730) 거두믈731) 감격(感激)ᄒᆞ야 ᄒᆞ노니 져근 녜(禮)로 미(微)ᄒᆞᆫ 졍(情)을 표(表)ᄒᆞ노라."

그 쳬(妻ㅣ) ᄭᆡ야 괴이(怪異)히 너기더니, 죵(從)이 희롱(戲

---

727) 구경하는데.

728) 이로써. 이것으로써.

729) 용하지 못하거니와. 기특하고 장하지 못하지마는.

730) 사위를 가리는(고르는) 데.

731) 거둠을. 거두어 준 것을.

弄)ᄒᆞ던 말을 니르니, 그 체(妻ㅣ) 두려 댱박(張璞)을 지촉ᄒᆞ야 길흘 밧비 녀여732) 비롤 건너더니 믈 가온대 다ᄃᆞ라 비 돌고 가디 아니ᄒᆞ니, 쥬듕인(舟中人)이 두려 빗 가온대 잡(雜)것돌흘 더디되 비 오히려 가디 아니ᄒᆞ니, 혹(或) 닐오디,

"ᄯᆞᆯ을 녀허야 비 가리라."

모다 듯고 닐오디,

"신(神)의 ᄠᅳᆮ을 가(可)히 알리로다. 엇디 ᄒᆞᆫ ᄯᆞᆯ로써 일문(一門)을 주기리오?"

댱박 왈(張璞曰),

"내 ᄎᆞ마 보디 못ᄒᆞ리라."

ᄒᆞ고 ᄯᅮᆷ 우희733) 올라 눕고 안해 ᄒᆞ야734) 믈의 녀흐라 ᄒᆞ니, 그 체(妻ㅣ) 댱박(張璞)의 주근 형(兄)의 ᄯᆞᆯ을 디신(代身)ᄒᆞ야 드리티며735) 비 즉시(卽時) 가더니, 박(璞)이 드러와 ᄯᆞᆯ이 이시믈 보고 노왈(怒曰),

"내 어니 ᄂᆞᆺ ᄎᆞ로736) 셰샹(世上)의 나셔리오?"

ᄒᆞ고 그 ᄯᆞᆯ을 ᄆᆞ자 드리텻더니737) 이윽ᄒᆞ야 보니 딜녀(姪女)

---

732) 바삐 가서.

733) 뜸 위에. '뜸'은 띠나 부들 같은 풀로 거적처럼 엮어 만든 물건. 여기서는 배에 설치하여 비바람과 볕을 가리는 데 쓰는 차막(遮幕)을 말함.

734) 아내로 하여금.

735) 던져 넣으며.

736) 어느(무슨) 낯으로.

이인(二人)이 믈 우희 뜨고 아젼(衙前) 톄옛 사롬이738) 믈ᄀᆞ의
셔셔 닐오ᄃᆡ,

　"나는 녀산군(廬山君)의 쥬뷔(主簿ㅣ)러니 녀산군(廬山君)
이 그ᄃᆡ의 놉픈 의(義)를 공경(恭敬)ᄒᆞ야 이 낭자(娘子)를 도
로 보내고 날로739) 샤례(謝禮)ᄒᆞ더이다."

ᄒᆞ고 간 ᄃᆡ 업거늘, 즉시(卽時) 딜녀(姪女)를 건뎌내야 믈 아래
쇼식(消息)을740) 무르니 답왈(答曰),

　"다만 큰 집과 아젼(衙前)과 군ᄉᆡ(軍士ㅣ) 잇는 줄만 알고 믈
의 ᄲᅡ디던 줄은 싱각디 못ᄒᆞ돠.741)"

ᄒᆞ더라.

---

738) 아전 모양을 한 사람이.
739) 나로 하여금.
740) 물 속에서 있었던 일을.
741) 물에 빠진 것은 생각지 못할 것이로다.

국역편
國譯篇

| 제1화 |

봉척(封陟)

당나라 보력(寶曆)[1] 연간에 봉척(封陟)이라는 사람이 있었는데, 인물이 청수하고 강직하였으며, 그의 재주를 따라갈 사람이 없었다.

소실산(少室山)[2]에 들어가 서재를 짓고는 늘 두문불출 글 읽기에만 전념하니, 남들이 그의 얼굴을 자주 볼 수 없었다.

서재 밖으로는 흐르는 물이 맑고 넓은 바위가 좋았으며, 두 그루의 계수나무가 자라고 있었다. 낮이면 소나무에 바람소리가 맑아 고요하므로 늘 혼자서 글을 읽었다. 나이가 스무 살이었으나 아직 장가를 가지 않았다.

어느 날 밤은 달이 밝아 대낮 같고 바람소리가 맑아 솔 향이 바람결에 묻혀 와서 경치가 아름다웠다. 혼자 서안에 기대고 있자니, 홀연 공중에서 한 선녀가 내려오는 것이었다. 입은 옷이며 거동이 맑고 빛나 눈이 부실 지경이었다. 봉척에게 인사

---

1) 중국 당나라 경종(敬宗)의 연호. 825~826년.
2) 중국 하남성(河南省) 등봉시(登封市)에 있는 산.

하며 이르기를,

"나는 월궁에 있는 선녀 상원부인(上元夫人)입니다. 그대가 훌륭하다는 소문을 듣고, 낭군의 아내가 되기를 원하여 찾아왔습니다."

봉척이 정색하고 이르기를,

"소담(素淡)3)하여 빈천하고 베옷과 나물 음식으로 자랐습니다. 초옥에서 글 읽기를 알 뿐이지 여색은 모릅니다. 부인이 머물 곳이 아니니 빨리 가시오."

부인이 글을 읊기를,

빛난 군자여, 나를 알지 못하는구려.
봉래(蓬萊)4)로 돌아가려니 눈물이 비 오듯 하누나.

"후일 얼마 만에 올 것이니 다시 생각하여 보세요."
하고 가니 그 풍류 소리가 매우 슬펐다.

봉척은 그래도 마음을 돌이키지 않았다.

얼마 후에 그 부인이 또 찾아왔는데, 그 곱고 빛남이 전보다 더하였다. 그녀가 또 이르기를,

"내가 조그만 죄로 봉래산에 귀양 왔는데, 그대와 천연(天

---

3) 성품이나 삶이 소박(素朴)하고 담백(淡白)함.
4) 삼신산(三神山)의 하나인 봉래산(蓬萊山).

緣)5)이 있어서 구태여 그만두지 못하는 것입니다. 매일 혼자 있다 보니 아침에 하는 성적(成赤)6)을 게을리 하고, 금수장(錦繡帳)7) 속에는 원한이 맺혔답니다. 홍행(紅杏)8) 고운 꽃이 경루(瓊樓)9) 사이에 피었고, 벽도(碧桃)10) 꽃다운 꽃이 피었다가 거의 졌는데, 매양 벗이 없는 것을 쓸쓸하게 여겼습니다. 그대는 인간세상에서 빼어난 인물인지라 건즐(巾櫛)11)을 받들기를 바랍니다."

봉척이 이르기를,

"쓸데없는 말 말고 빨리 돌아가시오. 이곳은 부인이 올 곳이 아닙니다. 선녀가 어찌 미천한 사람으로 배필을 삼겠습니까? 아무리 얘기해도 듣지 않을 것이니 어서 가시오."

하니 부인이 한숨짓고 가며 이르기를,

"다시 생각하여 보세요. 후일 어느 날 다시 오겠어요."

하고 글을 지어 읊기를,

---

5) 하늘이 맺어준 인연.
6) 화장(化粧)하는 일.
7) 비단에 수놓은 휘장. 미인의 잠자리를 말함.
8) 붉은 살구꽃.
9) 아름답게 장식을 한 누대(樓臺).
10) 선경(仙境)에 있다는 복숭아꽃.
11) 수건과 빗. '건즐을 받든다'는 것은 아내가 되어 남편으로 섬기겠다는 말임.

농옥(弄玉)은 지아비가 있었으나 도를 터득하였고,
유강(劉剛)은 아내가 있었으나 신선이 되었다네.
그대가 능히 아침이슬을 자세히 살필 수 있다면,
구름수레를 따라 선경에 인사를 드릴 것인데.
弄玉有夫皆得道 劉剛兼室盡登仙
君能仔細窺朝露 須逐雲車拜洞天

하며 간다고 하니, 풍류 소리가 더욱 슬펐다.

그래도 봉척이 마음을 돌이키지 않으니, 후일 어느 날 부인이 또 찾아왔다. 그녀와 같이 곱고 젊고 아담함은 아무리 찾아보아도 없었다. 봉척을 향해 절하고 진정으로 이르기를,

"그대는 나이가 젊어서 여자를 소홀히 대접하는 모양이나 늙게 되면 뉘우쳐도 속절없을 것이오. 나와 더불어 살면 늙지 않고 죽지 않을 약이 있으니 잘 놀며 지낼 수 있을 것입니다. 천지가 무너져도 이 몸은 두려워하지 않고 한 가지일 것인데, 그대는 무슨 일로 풀끝의 이슬 같은 인생을 아끼십니까?"

봉척이 눈을 부릅뜨고 꾸짖어 이르기를,

"내가 본디 여색을 탐하지 아니하거늘, 이 어떤 요괴가 괴롭게 청하는가? 꾸물거리면 가만두지 않을 것이다. 빨리 가고 다시는 오지 말라."

하니 부인이 울며 이르기를,

"내가 이리 간절히 청하는 것은 그대가 청우도사(靑牛道士)

의 자손이고 인물이 단정한 것을 사주려고 하였더니 심히 어리
석구나. 나도 이 기회가 지나가면 육백 년을 혼자 살아야 할
것이니 작은 일이 아니다. 그대의 목숨이 짧으니 서재에 오래
있지는 못하리라."
하고 글을 읊기를,

> 맑은 군자여, 나를 잘 모르는구나.
> 오늘 하늘이 정하신 인연을 아주 그쳐버리고 말았네.
> 눈물이 옷에 젖으니,
> 봉래로 돌아가는 길이 아득하구나.
> 蕭郎不顧鳳樓人 雲澁廻車淚臉新
> 愁想蓬瀛歸去路 難窺舊苑碧桃春

하고는 슬퍼하므로 모시던 사람이 이르기를,
　"이는 흙으로 만든 사람이라 말이 통하지 않습니다. 오래지
않아서 반드시 귀신에게 욕을 보게 될 것입니다. 어찌 분수에
없는 신선의 배필이 되겠습니까?"
하고 떠났는데 풍류 소리가 더욱 처창(悽愴)12)하였다.
　오래지 않아서 봉척은 병이 들어 죽었다. 저승사자 둘이 쇠
사슬로 그의 목을 매고 쇠 채찍으로 치며 그를 황천으로 데려

---

12) 몹시 구슬픔.

갔다. 한 신선이 그들의 앞으로 풍류를 잡히고 가는데 향내가
십 리가량 퍼졌다. 두 사자가 황망히 수풀 속으로 들어가 숨으
므로 그 까닭을 물으니,

"상원부인이 태산으로 놀러간다."

고 하는 것이었다. 봉척이 달려 나가 절하고 울며 비니, 부인이
두 사자를 불러 말하기를,

"이 사람은 내가 가장 사랑하는 사람이다. 이제 어렵게 되었
으나 인정상 외대(外待)[13]하지 못할 것이니 열두 해를 더 살게
하라."

하고 놓아주며, '12년 수명 연장'이라고 붉은붓으로 크게 써서
내려주었다. 두 사자가 이르기를,

"신선이 놓아주셨으니 염라대왕이 다시 잡지는 않을 것이다."

하고는 부인에게 사례하라고 하였다.

부인이 봉척과 조용히 말하다가 이르기를,

"그대는 이제 뉘우쳐도 속절없으니 잘 가시오."

하고 한숨을 지으며 천천히 그 자리를 떠났다. 봉척이 바라보
며 우니, 부인을 모시고 가던 사람들이 서로 손가락질하며 웃
고 꾸짖었다.

그 후에 봉척은 과연 도로 살아나, 열두 해를 더 살고 죽었다.

---

13) 푸대접.

평설 ≪태평광기≫ 제56권에는 이야기의 제목이 <봉척(封陟)>, 출전이 ≪전기(傳奇)≫로 밝혀져 있다. 대체로 원문을 충실히 언해하였으나 불필요한 수식과 묘사는 과감히 생략하였고, 삽입된 시도 서사의 전개에 불필요한 부분은 생략하였다.

| 제2화 |

이징(李徵)

농서(隴西)[14] 땅의 이징(李徵)이란 사람이 괵략(虢略)[15]에 살고 있었다. 젊어서 글을 잘하여 천보(天寶) 시절에 급제하여 진사가 되었다. 두어 해만에 강남 땅의 원이 되어 갔다. 이징은 성품이 소탈하였으나 자신의 재주만 믿고 거만스레 굴었다. 낮은 벼슬에 있는 것을 항상 즐거워하지 않는 기색이었다. 동료들과 모여서 술을 마실 때면 취중에 이르기를,

"내 그대들과 같은 무리와 더불어 벗하는 것이 부끄럽다." 하니, 동료들이 다 미워하였다.

과만(瓜滿)[16]한 후에 집으로 돌아와 문을 닫고 한 해가 넘도록 사람들과 왕래를 하지 아니하니, 의식을 잇기가 어려웠다. 이에 행장을 차려 오초(吳楚) 사이를 오가며 각 관아를 찾아가 얻기를 구하였다. 오초의 사람들이 그의 이름을 들은 지 오래

---

14) 중국의 농산(隴山) 서쪽 지역. 오늘날의 감숙성(甘肅省) 서쪽, 황하(黃河) 동쪽 지역.

15) 중국 하남성(河南省) 낙양시(洛陽市) 숭현(嵩縣) 서북쪽에 있는 고을.

16) 벼슬의 임기(任期)가 참.

여서 다들 맞아 잔치를 베풀어 대접하고 떠나갈 임시(臨時)[17]면 많은 것을 주어 보냈다. 오초에 있은 지 한 해만에 얻은 것이 심히 많았다. 서쪽으로 괵략에 돌아오다가 미처 집에 이르지 못해서 여분(汝墳)[18] 땅 역녀(逆旅)[19]에서 병이 들어 몹시 위중하였다. 열흘이 지나자 발광하여 하인을 자주 때리다가 밤에 달려 나가 버렸다. 그 하인이 따라갔으나 어디로 갔는지를 알 수가 없었다. 한 달이 되어도 돌아오지 않자, 그 하인은 말과 행장을 챙겨 가지고 멀리 달아나 버렸다.

이듬해에 진군(陳郡)[20] 땅 원참(袁傪)이 감찰어사(監察御史)[21]로 조서를 받들어 영남(嶺南)[22]으로 가게 되었다. 상오계(商於界)[23]에 이르러 새벽에 길을 떠나려고 하자 역의 아전이 이르기를,

"길에 모진 범이 있어 사람을 해치므로, 여기를 지나는 사람들이 낮이 아니면 다니지 못합니다. 지금은 날이 이르니 수레를 잠깐 머물렀다 가시지요."

---

17) 정해진 무렵.
18) 중국 하남성 낙양시 여양현(汝陽縣)에 있던 고을.
19) 여관(旅館).
20) 중국 하남성 주구시(周口시) 태강현(太康縣)에 있던 고을.
21) 당나라 때 지방관의 비리를 감찰하던 관리.
22) 중국에서 남령산맥(南嶺山脈)의 남쪽 지역을 이르는 말.
23) 중국 섬서성(陝西省)에 있는 상현(商縣)과 오현(於縣)의 경계.

원참이 노하여 이르기를,

"나는 천자의 명을 받은 사신이다. 수행하는 사람들이 이렇게 많은데 산택(山澤)[24]의 짐승이 어찌 해칠 수 있단 말이냐?" 하고 드디어 수레를 출발시키라고 명하여 길을 나섰다. 1리를 못 가서 과연 한 마리의 범이 수풀 속에서 뛰쳐나오자, 원참이 깜짝 놀랐다. 이윽고 그 범이 도로 몸을 수풀 속에 감추고 사람의 목소리로 말하는 것이었다.

"하마터면 내 옛 친구를 상하게 할 뻔 했구나."

원참이 그 목소리를 들으니 이징 같다는 생각이 들었다. 원참이 이징과 더불어 동년(同年)[25]을 하여 정이 누구보다도 깊었는데 이별한 지 여러 해가 되었다. 그 말소리를 듣고는 놀랍고 괴이하게 여겼으나 측량할 수가 없어서 물었다.

"그대는 누구인가? 나의 옛 친구인 농서의 이징 같은데…."

그 범이 두어 차례 으르렁 거리며 신음하다가 한숨을 지으며 우는 듯한 얼굴이더니 이윽고 입을 열었다.

"내가 바로 이징일세. 자네 행여 잠깐 머물면서 나와 이야기 좀 할 수 있겠는가?"

원참이 즉시 수레에서 내려 물었다.

---

24) 산림천택(山林川澤). 산천(山川).
25) 같은 해에 과거에 급제하는 일, 또는 그 사람.

"이군아, 이군아, 자네가 어찌 이 지경에 이르렀는가?"

범이 이르기를,

"내가 자네와 더불어 이별한 후에 음신(晋信)[26]이 끊어진 지 오래 되었네. 다행히 오늘 이렇게 만났는데, 그간 아무 탈이 없었는가? 아까 보니, 두 아전이 앞서서 말을 몰아가고 역리(驛吏)가 인(印)을 메고 길을 인도하던데, 자네 혹시 어사가 되어 나가는 것이 아닌가?"

하므로 원참이 대답하였다.

"요즘 요행히 어사가 되어 영남에 사신으로 가는 길일세."

범이 이르기를,

"자네가 문장으로 몸을 세워 벼슬이 조정에 올랐으니 참으로 훌륭한 일일세. 하물며 어사는 벼슬이 맑고 기품이 높은 것임에랴. 옛 친구가 승진하였으니 크게 하례를 함 직하네."

하자, 원참이 말하였다.

"전에 집사를 지낸 자네와 더불어 같은 해에 이름을 이루어 교도(交道)[27]의 깊이가 여느 벗들과는 달랐지. 한 번 이별한 후로부터 세월이 물 흐르듯 하였구먼. 늘 자네의 풍채를 생각하고 마음이 찢어지는 듯했다네. 오늘날 자네가 옛날 생각하는

---

26) 소식(消息).

27) 친구 사이에 사귀는 도리. 우정(友情).

말을 들을 줄이야 참으로 뜻밖이로군. 그런데 자네는 어찌 나에게 모습을 보여주지 않고 수풀 속에 들어가 있는 것인가? 옛친구를 대하는 정이 이래서야 되겠는가?"

범이 이르기를,

"내가 지금은 사람 꼴을 하지 못하고 있는데 어찌 자네에게 모습을 보여줄 수 있겠는가?"

하였다. 원참이 그 연고를 물으니 범이 이르기를,

"나의 전신이 오초 사이의 나그네가 되었다가 지난해에 집으로 돌아오는데 여분 땅에 이르러 문득 병에 걸렸었네. 병이 깊어져 발광하기에 이르러 산골짜기 속으로 들어갔지. 거기서 마침내 두 손으로 땅을 짚고 걷게 되었는데, 이때부터 마음이 몹시 모질어지고 힘이 더욱 세졌다네. 팔과 다리를 보니 털이 다 나서 갈 데 없는 범의 모습이었지. 관대(冠帶)[28] 하고 길을 가는 사람이나 짐을 지고 가는 사람, 날짐승과 길짐승을 보면 문득 다 잡아먹고 싶었다네. 한음(漢陰)[29] 남쪽에 이르러 굶주림을 이기지 못하여 한 살찐 사람을 만나 마디 못하여 잡아먹었는데, 고기가 아주 맛나고 배가 부르더군. 이때부터 심상(尋常)[30] 한 일을 삼아 지내게 되었네. 처자와 벗들을 생각하지 않는 날

---

28) '관디'의 본딧말. 옛날 벼슬아치의 공복(公服).

29) 중국 섬서성에 있는 고을.

30) 예사로움.

이 없었으나, 행실이 천지에 저버려져 하루아침에 몸이 변하여 몹쓸 짐승이 되었으니 사람들에게 부끄럽지 않을 수가 없었네. 사람을 보거나 만나지 못하는 것을 자분(自分)[31]으로 여기게 되었지. 슬프다! 내가 자네와 함께 급제하여 우정이 서로 두터웠는데, 자네는 오늘날 높은 벼슬을 하여 종족과 친구들이 빛나거늘, 나는 몸을 수풀 가운데 감추고 길이 인간 세상을 사절하게 되었네. 우러러 하늘을 바라보고 굽어 땅을 보며 울다 보니 몸이 상하여 쓰지 못하게 되고 말았어. 이 또한 운명이겠지." 하고는 길게 탄식하고 슬픔을 이기지 못해 하므로 원참이 물었다.

"자네는 이제 짐승으로 변하였는데 어찌 여전히 말을 하는가?"

이징이 대답하였다.

"내가 비록 얼굴이 변하였으나 마음으로는 깨달음이 있다네. 그 부끄러움과 한스러움을 다 말하기 어렵구먼. 자네가 나를 어여삐 여겨 무상(無狀)[32]한 허물을 관서(寬恕)[33]해 주면 다행이겠네. 자네가 남방으로부터 돌아올 제 행여 다시 만나게 되면 틀림없이 그간 지내온 일을 생각하지 아니할 것이니, 이때 내가 자네의 몸을 보면 풀 위에 놓여 있는 한 점의 고기일 뿐일

---

31) 스스로의 분수.
32) 아무렇게나 함부로 굴어 버릇이 없음. 공적(功績)이나 착한 행실이 없음.
33) 너른 아량으로 용서(容恕)함.

세. 자네도 또한 방비를 엄히 하여 내가 죄를 짓게 하지 말게나. 내가 자네와는 진실로 망형지우(忘形之友)34)가 아닌가. 장차 부탁을 좀 하고자 하는데 괜찮겠는가?”

원참이 말하였다.

“오랜 친구 사이에 어찌 괜찮고 말고가 있겠는가? 다 말해 보게.”

이징이 말하기를,

“처음에 여관에서 병이 들고 발광하여 산 속으로 들어가자, 내가 부리던 노복이 내 말을 타고 행장을 챙겨서 달아났다네. 그런데 나의 처자는 여전히 괵략에 있으므로 내가 이렇게 된 것을 알지 못할 걸세. 자네가 돌아갔을 때 내 처자에게 편지하여 내가 죽었다고 전하고 오늘 일은 말하지 말아 주게. 내가 인간 세상에 있을 때 가산이 없고, 자식은 있었지만 아직도 어리니 진실로 생계를 보전하기가 어려울 걸세. 자네는 조정에서 벼슬이 높고 본디 인의를 행하는 사람이니, 옛날의 정을 생각해서 곤한 처지에 있는 나의 처자를 구제하여 길에서 굶주려 죽지 않게 해준다면 이 또한 큰 은혜일세.”

하고 말을 마치며 슬피 울었다. 원참도 울면서 이르기를,

“이 원참은 자네와 더불어 감고(甘苦)35)를 같이 하던 사람일

---

34) 서로 허물없이 마음을 이해하는 친구.

세. 자네의 아들은 곧 이 원참의 아들이지. 마땅히 힘써 돌아볼 것인데 무슨 일로 이토록 염려를 한단 말인가?"

하니 이징이 말하였다.

"내가 옛날에 지은 글이 있으나 세상에 전하지 못하였고, 집에 둔 것이 다 흩어져 잃어버렸다네. 자네가 나를 위해 기록해 주게나. 진실로 남들에게 보이고자 하는 것이 아니라 자손들에게 전해주려고 하는 것일세."

원참이 즉시 하인을 불러,

"지필을 가져오라."

하여 그가 이르는 말을 듣고 쓰니, 글이 20여 편이었다. 글의 수준이 아주 높고 담긴 뜻이 매우 깊었다. 원참이 보고 차탄하기를 마지않자, 이징이 말하기를,

"이것이 내 평생의 뜻이네만 어찌 감히 전하기를 바라겠는가. 자네는 왕명을 받아 갈 길이 바쁠 텐데 이렇게 오래 머무니, 하인들이 많이 두려워하는 듯하네. 이제 자네와 영결하려 하네만, 자네와 길을 달리 하게 된 이 한을 어찌 다 이르겠는가?"

하였다. 원참이 이징과 더불어 서로 이별하고 오래 지체하다가 길을 떠나 거리가 멀어진 후에 이야기를 나누던 곳을 돌아보니, 그 범이 소리를 지르고 서너 번을 뛰놀다가 산으로 올라갔다.

---

35) 즐거움과 괴로움.

평설

≪태평광기≫ 제427권에는 이야기의 제목이 <이징(李徵)>, 출전이 ≪선실지(宣室志)≫로 밝혀져 있다. 대체로 원문을 충실히 언해하였으나 불필요한 대목은 과감히 생략하였다. 원참과 이징의 극적인 만남과 이별을 대단원으로 하고, 이별 후에 원참이 편지를 전한 일, 이징의 아들을 만나 그간의 사연을 말해준 일, 이징의 처자를 구휼한 일, 원참의 관직이 병부시랑에 이른 일 등은 모두 생략하였다.

| 제3화 |

신도징(申屠澄)

신도징(申屠澄)이란 사람이 정원(貞元)36) 9년37) 복주(濮州)38) 땅의 원이 되어 가는데, 진부현(眞符縣)39) 동쪽에 이르러 풍설 (風雪)40)을 크게 만나 말이 더 이상 나아가지 못하였다. 길가 의 한 초옥에서 연기가 보이고 불빛이 비치므로, 눈보라를 피 해 갈 곳이 없던 신도징은 그 집으로 들어갔다. 그 집에는 노옹 (老翁)이 노구(老嫗)와 마주하고, 그 곁에 한 처녀가 노인들과 불 가에 둘러앉아 있었다. 처녀의 나이는 14세가량 되어 보였 다. 비록 흰 옷을 입고 소세(梳洗)41)를 아니하였으나 살빛이 맑 고 고운 태도가 보는 사람의 마음을 움직이게 하였다. 노인은 신도징이 들어오는 것을 보고 일어나 맞으며 말하였다.

---

36) 중국 당나라 덕종(德宗)의 연호. 785~804년.
37) 서기 793년.
38) 중국 하남성(河南省) 복양시(濮陽市)에 있던 고을. 명초본(明鈔本)에는 오 늘날 사천성(四川省) 덕양시(德陽市) 지역인 한주(漢州)로 되어 있음.
39) 중국 섬서성(陝西省) 한중시(漢中市)에 있던 고을.
40) 눈보라.
41) 세수하고 머리를 빗는 일.

"손님께선 눈을 맞아 추위가 심할 것이니 불 앞으로 나와 앉으시오."

신도징이 불 가까이 다가앉아 한참이 되자 하늘빛이 벌써 저물었다. 그러니 눈보라는 그치지 않으므로 신도징이 말하였다.

"여기서 현까지 가는 길이 머니 여기서 자고 갔으면 하오만."

노인이 말하기를,

"집을 더럽게 여기지 않으신다면 감히 명을 받들지 않겠습니까."

하였다. 신도징은 즉시 말의 안장을 벗기고 이부자리를 들여놓았다. 그 처녀가 손님을 보고는 다시 얼굴을 꾸며 단장을 고치고 휘장 사이로 나오는데, 고운 태도가 전보다 더 아름다웠다.

이윽고 할미가 밖으로부터 술 한 병을 가지고 들어와 따뜻하게 데워서 손님에게 마시라고 하며 이르기를,

"추우실까 염려되어 한 잔을 내왔습니다.."

하였다. 신도징이 사양하며 이르기를,

"주인께서 먼저 잔을 받으시면 나는 나중에 마시겠소."

하고 또 이르기를,

"자리에 있는 낭자에게는 아직 잔이 이르지 않았어요."

하니, 노인이 말하였다.

"촌가에서 기른 아이가 어떻게 존객을 대접하겠습니까?"

그 처녀가 즉시 이르기를,

"술이 무엇이 귀하다고 사람을 참예하지 말라고 말씀하셔요?"

하였다. 할미가 그녀의 소매를 붙들어 곁에 앉혔다. 신도징은 그 처녀의 재주를 알고자 하여 잔을 들고 말하기를,

"우리 옛말로 주령(酒令)⁴²⁾을 하여 말하고 드십시다."

하고 신도징이 먼저 이르기를,

　　즐거워라 이 밤의 술자리,
　　취하지 아니하면 돌아가지 않으리. [원주 : 이는 시전(詩傳)⁴³⁾에 있는 글이다.]
　　厭厭夜飮 不醉無歸.

그 처녀가 고개를 살포시 숙이고 살짝 웃음을 띠며 이르기를,

"하늘빛이 이러한데 돌아가시고자 한들 또한 어디로 가시겠어요?"

하였다. 이윽고 돌아가던 술잔이 처녀에게 이르니, 그녀가 잔을 들고 시를 읊었다.

　　비바람 몰아쳐 천지가 어두운데,

---

42) 여럿이 술을 마실 때 마시는 방식을 정하는 약속.

43) 삼경(三經)의 하나인 《시경(詩經)》에 풀이를 달아놓은 책. 소아(小雅)의 <담로(湛露)>시에 나오는 구절임.

닭 울음소리는 그치지 않누나. [원주 : 이것도 시전에 나오는
말이니 밤에 남녀가 만난 글이다.44)]

風雨如晦 鷄鳴不已.

신도징이 놀라는 한편 감탄하면서 이르기를,

"낭자의 총명하고 민첩함이 이와 같구려. 내가 아직 장가를
가지 않았는데 오늘 스스로 중매쟁이가 되면 어떻겠소?"
하니 노인이 말하였다.

"내가 비록 미천하나 저 아이만큼은 곱게 길렀습니다. 이전
에 지나가는 손님들이 금과 비단으로써 짝을 삼겠다는 사람이
많았으나, 내가 저 아이를 차마 떠나보낼 수가 없어서 허락하
지 않았지요. 그런데 의외로 귀한 손님께서 거두고자 하시니,
내 어찌 감히 아끼겠습니까?"

신도징이 사위의 예를 차리고 행장을 다 털어 드리니, 할미
가 한 가지도 받지 아니하고 말하였다.

"다만 천한 여식을 버리지 않으시면 족합니다. 어찌 재물 언
기를 일삼겠습니까?"

이튿날 주인이 신도징에게 이르기를,

"이 집이 외딴 곳이어서 이웃도 없고 또 몹시 더러워서 족히
오래 머물 곳은 못 됩니다. 저의 딸이 이미 그대를 섬기기로

---

44) 《시경》 정풍(鄭風) <풍우(風雨)>시에 나오는 구절임.

하였으니 데리고 떠나셔야겠소."

하고 서로 슬퍼하며 이별하였다. 신도징은 자신이 타던 말에 그녀를 태우고 부임할 고을에 이르렀다. 그곳의 녹봉이 매우 박하였으나 그의 아내가 힘을 다하여 손님들을 사귀게 주선하니 열흘 사이에 큰 명성을 얻었다.

부부간의 정도 점점 깊어졌다. 그녀는 친척들에게 후하게 대하고 잘 보살폈으며, 집안의 노복들에게도 환심을 얻었다.

과만(瓜滿)[45]이 되어 장차 돌아오게 될 무렵에는 벌써 아들 하나 딸 하나를 낳았는데 매우 총혜(聰慧)[46]하였다. 신도징이 아내를 더욱 사랑하고 공경하여 글 한 편을 지어 주었는데 그 글에 이르기를,

> 내 일개 관리로 매복(梅福)[47]에게 부끄럽지만,
> 내 아내는 3년 만에 맹광(孟光)[48]을 부끄럽게 하였네.
> 이 정을 어디에 비유하여 이를까?
> 냇물가의 원앙새로다.
> 一官慙梅福 三年愧孟光 此情何所喩 川上有鴛鴦.

---

45) 벼슬아치의 임기가 차는 일.
46) 총명하고 슬기로움.
47) 중국 전한(前漢) 말 혼란기에 벼슬을 버리고 은거한 인물.
48) 중국 후한(後漢) 대의 은사(隱士)인 양홍(梁鴻)의 아내. 가난하게 살면서도 남편을 지극정성으로 섬기며 집안을 잘 꾸려나갔다고 함.

그의 아내가 날이 저물도록 읊으며 화답한 것이 있는 듯하였으나, 말하지 않았다. 그러고는 신도징에게 이르기를,

"아내 된 도리로 글을 알지 못할 것은 아니지만, 만일 다시 글을 짓는다면 계집아이나 같을 것입니다."

하였다.

신도징의 벼슬이 바뀌어 진(秦)⁴⁹⁾으로 돌아오다가 이주(利州)⁵⁰⁾를 지나서 강가에 이르렀을 때였다. 그의 아내가 문득 슬퍼하는 빛을 띠며 신도징에게 이르기를,

"전에 글을 지어 주었을 때 즉시 화답한 것이 있었으나 내어 보이지 못했었습니다. 이제 이런 경치를 대하고 보니 끝내 감출 수가 없네요."

하며 읊기를,

> 금슬(琴瑟)의 정이 비록 중하긴 하나,
> 산림으로 돌아가고자 하는 뜻이 스스로 깊어요.
> 늘 걱정스러운 건 시절이 변하여,
> 백년을 함께 하려는 마음을 저버릴까 하는 것이죠..
> 琴瑟情雖重 山林志自深 常憂時節變 辜負百年心.

읊기를 마치자 눈물을 흘리며 생각하는 것이 있는 듯하므로,

---

49) 중국 섬서성 지역. 옛날 진나라의 도읍이 있던 곳임.
50) 중국 사천성 광원시(廣元市)에 있던 고을.

신도징이 말하였다.

"글이 좋기는 한데 산림은 자질이 연약한 당신이 생각할 것이 못되오. 만일 부모님을 뵙고 싶으면 이제 멀지 않았는데 무엇 때문에 슬퍼하는 것이오?"

20여 일가량 지나 그 땅에 이르니 초가집은 예전같이 있었으나 사람은 아무도 없었다. 그의 아내가 생각을 깊이 하며 날이 저물도록 울다가 문득 바라보니 바람벽 끝 헌 옷을 걸어놓은 속에 범의 가죽이 있었다. 먼지가 가득 쌓여 있었다. 그녀는 그것을 보고 크게 웃으며 말하기를,

"이것이 그대로 있는 것을 알지 못했구나!"

하고 즉시 떨쳐입자 한 마리 범으로 변하여 으르렁거리는 소리를 지르고 문으로 뛰어 내달렸다. 신도징은 놀라 몸을 피하였다가 두 자식을 데리고 그녀가 사라진 길을 찾아 수풀을 바라보며 통곡하다가 떠나갔다.

평설 ≪태평광기≫ 제429권에는 이야기의 제목이 <신도징(申屠澄)>, 출전이 ≪하동기(河東記)≫로 밝혀져 있다. 대체로 원문을 충실히 언해하였으나, 할미가 딸을 술자리로 잡아 끌 때 원문에는 치마를 잡았다고 되어 있으나 언해본에는 소매를 잡았다고 한 것, 끝부분에 신도징이 범이 되어 사라진 아내를 찾아 원문에는 수일간 수풀을 바라보며 통곡하였다고 하였으나 언해본에는 그저 통곡하다가 떠났다고 하는 등 미세한 차이가 보인다.

| 제4화 |

근자려(勤自勵)

　장포(漳浦)[51] 사람 근자려(勤自勵)는 천보(天寶)[52] 시절에 군사로 뽑혀 토번(吐蕃)[53]을 치러 간 지 10년이 되었으나 돌아오지 않았다.

　자려의 아내는 임씨(林氏)였다. 임씨의 부모가 딸의 뜻을 묵살하고 개가시키려 하여 그 땅의 진씨(陳氏)에게 정혼을 하였는데, 그날 저녁에 자려가 돌아왔다. 자려의 부모가 그의 아내의 개가 사실을 말해주자, 자려는 분노를 이기지 못하였다.

　그곳에서 임씨의 집으로 가자면 10리 남짓하였다. 자려는 토번을 칠 적에 좋은 칼을 얻었는데, 그 칼을 짚고 임씨의 집으로 갔다. 반쯤 갔을 때 생각지도 않았던 비가 급히 오고 하늘이 어두워져 진퇴양난이었다.

　문득 번개 불빛에 보니 길가에 큰 나무가 있는데 나무속에 넓은 구멍이 나 있었다. 그 속에 잠깐 들어가 비를 피하고 있었

---

51) 중국 복건성(福建省) 장주시(漳州市)에 있는 고을.
52) 중국 당나라 현종(玄宗)의 연호. 742-755년.
53) 티베트 왕국 또는 티베트 사람을 당송(唐宋) 시대에 부르던 이름.

는데, 조금 뒤에 큰 범 한 마리가 사람 하나를 물고 그 앞으로 지나 달려가는 것이었다. 자려가 짚었던 칼로 범의 허리를 치니, 범이 문 사람을 놓고 허리가 끊어져 죽었다. 자려가 나가 사람을 어루만져 보니 어떤 여인이었는데 채 죽지 않은 상태였다. 자려가 물었다.

"그대는 어떤 사람이요?"

그 여인이 이르기를,

"나는 임씨로 전에는 근자려의 아내였지요. 자려가 종군하여 가서 돌아오지 않자 부모님이 내가 절개를 지키려는 뜻을 묵살하고 다른 데 개가시키려 했습니다. 오늘 혼례를 치르려 하므로, 내가 수건을 가지고 집 뒤로 나가 뽕나무에 목을 매었는데 문득 범에게 물렸지요. 물려서 이리로 오다가 요행히 그대를 만났어요. 그다지 심하게 상한 데는 없네요. 나를 구해 주신다면 반드시 보답을 하겠습니다."

하는 것이었다. 자려가 이르기를,

"내가 근자려요. 오늘 집에 돌아오니 부모님이 그대가 개가한다는 사실을 알려 주시더군. 분함을 이기지 못해 칼을 짚고 그대에게로 가는 길이었는데 어찌 여기에 와서 만날 줄이야 생각이나 했겠소?"

하고 서로 붙들고 통곡하였다. 비가 개기를 기다려 자려는 그의 아내를 업고 집으로 돌아와 함께 늙었다.

평설 ≪태평광기≫ 제428권에는 이야기의 제목이 <근자려(勤自勵)>, 출전이 ≪광이기(廣異記)≫로 밝혀져 있다. 대체로 원문을 충실히 언해하였으나, 근자려가 아내를 물고 오는 범을 만난 이야기는 상당히 달라졌다. 원문에는 근자려가 비를 피하기 위해 나무 구멍으로 들어갔을 때 새끼 범 세 마리가 있어서 먼저 이를 죽였고, 뒤이어 큰 범이 그의 아내인 임씨를 물어다 나무 구멍에 넣고 사라졌다. 그가 아내와 해후한 뒤에 다시 나타난 범이 나무 구멍으로 거꾸로 들어오자 칼로 허리를 잘랐고, 그 뒤에 죽은 범의 짝이 다시 울부짖으며 나무 구멍으로 거꾸로 들어오자 그마저 죽인 뒤 아내와 집으로 돌아온 것으로 되어 있다. 그러나 언해본에는 나무 구멍 앞으로 지나가는 범을 칼로 쳐서 아내를 구하는 것으로 마무리를 지음으로써 근자려 부부의 해후에 초점을 맞추어 서술하였다.

| 제5화 |

위고(韋皐)

위고(韋皐)[54]가 선비였을 때 검외(劍外)[55]에 가서 다니며 노니, 서천절도사(西川節度使)[56] 병부상서(兵部尙書) 장연상(張延賞)[57]이 그의 딸을 위고에게 시집보냈다. 그런지 얼마 후에 위고가 낙박(落泊)[58]한 것을 업신여겨 염박(厭薄)[59]한 마음을 날이 갈수록 심하게 드러냈다. 위고는 뜻을 얻지 못하여 때때로 관청에 나와 빈객들과 더불어 회포를 풀었는데, 장연상은 더욱 밉게 여겨 위고에게 이르기를,

막부(幕府)[60]의 종사관들은 다 한 때에 망중(望重)[61]한 사람들인데 어찌 부질없이 나다니며 기탄(忌憚)[62]하지 아니하는가?"

---

54) 중국 당나라 때의 정치가. 자는 성무(城武), 경조(京兆)출신. 벼슬이 태위(太尉)에 이름. 그가 서천절도사로 있을 때 낙산대불(樂山大佛)을 완성하였음.
55) 중국 사천성(四川省) 광원시(廣元市) 검각현(劍閣縣) 남쪽 지역. 검남(劍南).
56) 중국 사천성 검남(劍南) 지역의 서쪽을 관할하던 벼슬.
57) 중국 당나라 때의 재상.
58) 낙척(落拓). 불우한 환경에 빠짐.
59) 밉고 싫어서 쌀쌀하게 대함.
60) 절도사(節度使)의 진영(鎭營).
61) 명망(名望)이 높음.

하였다. 위고의 아내가 이르기를,

"대장부라면 진실로 사방에 뜻을 두어야 하거늘, 지금 남들에게 이렇듯 천대를 받는데도 알지 못하고 즐거워하며 날을 지내고 있으니 또한 부끄럽지 않습니까? 저는 집을 사양하고 나오더라도 당신을 섬길 수만 있다면, 아무데나 초가집 한 칸만 짓고 나물과 죽을 먹어도 또한 편안할 것입니다. 어찌 모욕을 참으며 남의 웃음거리가 되십니까?"

하고 들어가 장연상에게 집에서 나갈 뜻을 말하였다. 장연상이 비단 50필을 주어 보내주었다. 그것을 모부인은 적게 여겼으나 감히 말하지 못하였다. 그때에 무당이 안에 있다가 위고가 서원(西院)63)으로 들어가는 모습을 보고 부인에게 물었다.

"아까 푸른 옷을 입고 서원으로 들어간 사람이 누구입니까?"

부인이 대답하였다.

"우리 사위 위랑(韋郎)이라네."

그 무당이 이르기를,

"이 사람은 지극히 존귀하여 벼슬이 대감마님보다 더 높아질 것입니다. 그 관록이 장차 펼쳐지게 되었으니, 오래지 않아서 이 땅의 절도사로 나올 것입니다. 마땅히 후하게 대접하세요."

---

62) 어렵게 여기어 꺼림.
63) 집안의 서쪽에 있는 건물.

하므로 그 연고를 물으니 무당은,

"귀인이 다니는 데는 반드시 음병(陰兵)⁶⁴⁾이 있답니다. 대감
마님을 뫼시고 다니는 귀졸은 불과 스무 명 남짓한데, 위랑에
게는 백여 명이나 되니 대감마님보다 더 귀하다는 것을 아는
것이지요."

하였다. 부인이 크게 기뻐하며 장연상에게 그 말을 전하니, 연
상은 화를 내며,

"준 것이 적으면 더 주라고 청할 것이지, 어찌 거짓으로 무당
의 말을 핑계로 나를 속이려고 하시오?"

하였다.

위고가 간 지 달포 가량 되어 기주(岐州)⁶⁵⁾ 땅에 이르렀다.
기주부의 장수가 그를 막부에 두고 대리평사(大理評事)⁶⁶⁾를
시켰는데, 옥사를 잘 다스려 감찰어사를 겸직하게 하였다. 그
뒤 농주자사(隴州刺史)⁶⁷⁾가 되어 가다가 주자(朱泚)⁶⁸⁾의 난이
일어났다. 덕종(德宗)⁶⁹⁾이 봉천(奉天)⁷⁰⁾에 가서 포위되었는데,

---

64) 저승의 군사. 귀졸(鬼卒).
65) 중국 섬서성(陝西省)에 있던 고을.
66) 당나라 때 형옥(刑獄)에 관한 일을 맡아하던 벼슬.
67) 중국 감숙성(甘肅省)의 고을인 농주(隴州)를 다스리던 당나라 때의 지방관.
68) 중국 당나라 덕종(德宗) 때의 무장(武將)으로 스스로 황제라 칭하며 반란을
    일으켰으나 실패하였음.
69) 당나라의 제9대 황제 이름은 이괄(李适, 742-805). 재위 779-805년.
70) 중국 섬서성에 있던 고을.

위고가 도적을 많이 치고 공을 크게 이루어 병부상서로 서천절
도사를 겸직하여 오니, 장연상이 그 소식을 듣고 칼을 빼어 제
눈을 찌르려 하면서 부인에게 이르기를,

"내 손수 눈을 없애서 사람 몰라 본 것을 징계하려 하오."
하였다.

평설   ≪태평광기≫ 제305권에는 이야기의 제목이 <위고(韋皐)>,
출전이 ≪속현괴록(續玄怪錄)≫으로 밝혀져 있다. 대체로
원문을 충실히 언해하였으나, 원문에는 주자의 난에 대한 서술이 비
교적 자세한 데 비해 언해본에는 간략히 처리하였다. 이는 장인에게
인정받지 못하였던 위고가 장인을 능가하는 인물이 되었다는 기본
줄거리만을 충실히 전달하려고 한 것으로 보인다.

| 제6화 |

신비(辛秘)

신비(辛秘)라는 사람이 오경(五經)[71]을 보는 과거에 급제한 뒤 정혼을 하였는데, 혼약한 날짜가 가까워져 길을 떠났다. 섬(陝)[72] 땅에 이르러 나무 밑에 앉아 쉬고 있었는데, 곁에 한 거지 아이가 앉아 옷의 이를 잡으며 신비가 가는 곳을 묻는 것이었다. 신비는 대답하지 않고 즉시 일어나 길을 갔다. 그 아이도 또한 일어나 신비를 따라가며 어디로 가느냐고 계속 물었다.

푸른 옷을 입은 한 사람이 뒤따라와 이르자, 신비는 읍하여 인사를 나누고 함께 1리가량을 갔다. 그러다가 푸른 옷을 입은 사람이 문득 말을 앞으로 몰아 급히 가므로, 신비는 괴이하게 여겨 혼잣말로 이르기를,

'그 사람은 어이 그리도 바삐 가는 게지?'

하니, 그 아이가 말하였다.

"때가 돼서 그런 것이지, 어찌 자기 마음대로 하는 것이

---

71) 유교의 주요 경전인 시경(詩經)·서경(書經)·역경(易經)·예기(禮記)·춘추(春秋) 등을 통틀어 이르는 말.
72) 중국의 섬서성(陝西省) 지역.

겠소?"

신비는 그 말이 수상하게 여겨져 물었다.

"때가 됐다는 말이 무슨 말이냐?"

그 아이가 이르기를,

"조금 더 가보면 마땅히 알게 될게요."

하였다. 객점에 거의 이르렀을 때 스물 남짓한 사람들이 객점
문 앞에 모여 소란스럽게 떠들어대고 있으므로 나아가 물어보
니, 길에 오던 푸른 옷 입은 사람이 객점에 들어서며 죽었다는
것이었다.

신비는 매우 괴이하게 여기며, 그 후부터는 거지아이를 공경
하며 대접하였다. 자신의 옷을 벗어 그 아이에게 입히고, 가져
가던 말 한 필에 태웠는데, 그 아이는 사례하는 뜻이 없었다.
그러나 길을 가며 보니 그 아이가 하는 말이 다 맞았다.

변(汴)73) 땅에 이르렀을 때 그 아이가 신비에게 말하였다.

"나는 여기까지 오는데, 그대가 가는 것은 무슨 일을 이루려
하는 게요?"

신비가 혼인을 하러 간다고 말하자, 그 아이는 웃으며 말하
기를,

"그대는 선비니 이 행차를 그치지 않을 것이오. 그러나 이번

---

73) 중국 하남성(河南省)에 있던 북송(北宋)의 도읍지.

| 제7화 |

노패(盧佩)

정원(貞元)[78] 말에 위남현승(渭南縣丞)[79] 노패(盧佩)란 사람은 성품이 극히 효성스러워 그의 어머니를 극진히 섬겼다. 그의 어머니는 허리와 다리가 병들어 점점 심해져서 침상에서 내려오지 못한 지가 여러 해 되었다.

주야로 앓으며 견디지 못해 하므로, 노패는 벼슬을 그만두고 서울로 들어와 태의(太醫)로 있던 왕언백(王彦伯)을 만나보려고 하였다. 당시 왕언백은 세력이 매우 중하여 날마다 청하기를 반년 동안이나 하였으나 와 보는 것을 허락하지 않다가 하루는 그가 말하기를,

"아무 날 평조(平旦)[80]에 그대의 노친을 가볼 것이니 기다리게."

하였다. 노패가 그날 아침부터 이문(里門)[81]에 나가 낮이 되도록 기다렸으나 기척이 없었다. 노패는 마음이 어지러워 날이

---

78) 중국 당나라 덕종(德宗)의 연호. 785-804년.
79) 중국 섬서성(陝西省) 위남현(渭南縣)의 현령(縣令)을 보좌하던 벼슬.
80) 평명(平明). 날이 밝을 무렵.
81) 마을 어귀에 세운 문.

저무는 것을 깨닫지 못하고 있었다. 문득 흰옷 입은 여인이 나타났는데 자색이 매우 고왔다. 그녀는 좋은 말을 타고 계집종 하나를 뒤세우고 서쪽으로부터 동쪽으로 지나가다가 다시 동쪽으로부터 노패가 서 있는 곳에 이르러 그에게 말을 걸었다.

"그대의 얼굴을 보니 근심하는 빛이 많고, 또 사람을 기다리는 듯하므로 청하여 묻습니다."

노패는 왕언백이 오는 것을 바라느라고 다른 생각이 없었으므로 그녀가 온 것을 깨닫지 못하고 있었다. 두세 번 물은 후에야 사실대로 대답하였다. 그러자 그녀가 이르기를,

"왕언백은 나라의 의원이니 오리라는 것을 기약할 수 없습니다. 저에게 작은 재주가 있어서 언백에게 지지 않을 것입니다. 청컨대 한 번 대부인을 보아 반드시 낫게 해드리겠습니다."

하는 것이었다. 노패는 놀라는 한편 기뻐하며 말머리에 절하고 이르기를,

"진실로 그렇게 해주신다면 이 몸을 바쳐 종이라도 되렵니다."

하고 먼저 들어가 대부인에게 아뢰었다. 그의 어머니는 바야흐로 앓는 고통을 견디지 못하다가 그 말을 듣고 즉시 그녀를 붙들어 앉혀놓고 보기를 재촉하였다.

노패가 그녀를 인도하여 들어갔다. 그녀가 손을 들어 만지자 그의 어머니는 벌써 다리를 능히 움직일 수 있게 되었다. 온

집안사람들이 놀라고 즐거워하며 다투어 재물을 가져다가 그
녀에게 주자, 그녀가 이르기를,

"오랜 동안 낫지 못하고 계셨습니다. 마땅히 복용하실 약을
지어 드릴 것인데, 그 약은 한갓 이 병만 낫게 할 뿐이 아니라
길이 장수를 누리실 것입니다."

하니, 그의 어머니가 말하였다.

"늙은이가 장차 죽기만을 기다렸는데 천사(天師)82)를 만나
다시 살아났으니 이 큰 은혜를 어떻게 갚겠소?"

그녀가 대답하였다.

"다만 천한 몸을 버리지 아니하시고 낭군의 건즐(巾櫛)83)을
받들도록 허락하시면 떳떳하게 대부인의 좌우에 있는 것이 가
능한데, 어찌 감히 공을 의논하겠습니까?"

그의 어머니가 말하였다.

"우리 아이가 몸으로 천사의 종이 되기를 원하는 마당에 이
제 도리어 건즐을 받게 하는 것이 어찌 안 될 게 있겠소?"

그녀는 재배하고, 계집종으로 하여금 '성적(成赤) 연모84)를
가져오라.'고 하여 환약 한 알을 꺼내어 칼로 긁어 노패의 어머

---

82) 도교(道敎)에서 훌륭한 도사(道士)를 가리키는 말.
83) 수건과 빗이라는 뜻으로, 여자가 아내나 첩으로서 남편을 받드는 것을 '건
     즐을 받든다.'고 함.
84) 여성들이 분 바르고 연지 찍는 데 소용되는 물건을 이르던 말.

니에게 먹이니, 여러 해를 괴롭게 앓던 병이 일시에 다 나았다.

노패는 즉시 육례(六禮)[85]를 갖추어 그녀를 아내로 삼았다. 그녀는 조석으로 시어머니를 공경하고, 부녀자의 도리를 엄히 차리되, 열흘에 한 번씩 돌아가기를 청하였다. 노패가 종과 수레를 차려서 보내려 하니, 그의 아내는 굳이 사양하고, 올 적에 타고 온 말과 더불어 온 종을 데리고 나갔는데, 그 자취를 알 수가 없었다.

노패는 아내의 뜻을 어기지 않으려 해서 그녀가 가는 곳을 찾지 않았으나 마음속으로 괴이하게 여겼다.

하루는 그의 아내가 나가는 때를 기다려 가만히 질러가는 곳에서 엿보았다. 그녀가 연흥문(延興門)[86]으로 나가자, 그녀가 탄 말이 공중으로 걸어가는 것이었다. 노패는 놀라 길 가는 사람들에게 물어보았으나 다 보지 못하였다고 하였다. 노패가 또 따라가니 도성 동쪽 무덤을 묻는 곳에 이르러 무당이 굿을 하며 술을 땅에 뿌리고 있었다. 그의 아내는 말에서 내려 그 술을 받아먹고, 계집종은 뒤를 따라 지전을 거두어 말에 실으니, 지전은 즉시 변하여 구리돈이 되는 것이었다.

그의 아내가 막대로 땅을 그으면, 무당이 즉시 그은 데를 가

---

85) 납채(納采)·문명(問名)·납길(納吉)·납폐(納幣)·청기(請期)·친영(親迎) 등 혼인(婚姻)의 대례.
86) 중국 당나라 때 수도인 장안(長安) 도성의 동쪽으로 난 문.

리키며 이르기를,

"여기가 가히 사람을 묻을 만하다."

하고 땅 정하기를 마치매, 그의 아내는 즉시 돌아오는 것이었다. 노패는 마음속으로 싫게 여겨서 집으로 돌아가 그의 어머니에게 아뢰니, 어머니가 말하기를,

"내가 벌써 요괴인 줄을 알았느니라. 이제 어찌하겠느냐?"

하였는데, 이때부터 그의 아내는 노패의 집에 발길을 끊은 듯이 오지 아니하였다. 노패도 또한 다행으로 여겼는데, 20여 일이나 지난 후에 노패가 마침 남쪽 길거리로 나가다가 문득 그녀를 만나게 되었다. 노패가 그녀를 불러 말하였다.

"부인은 어찌하여 오래 돌아오지 아니하시오?"

그녀는 돌아보지 않고 말을 달려가더니 이튿날 계집종을 보내 이르기를,

"저는 진실로 그대의 배필은 아니랍니다. 그대가 효행이 있으므로 제가 감격하여 그대의 아내가 되었는데, 이제 의심하시는 것을 보게 되어 영결하려 합니다."

하였으므로, 노패가 그 계집종에게 물었다.

"아씨께서는 지금 어디에 계시느냐?"

계집종이 이르기를,

"아씨께선 벌써 이 자의(李諮議)87)에게 개가하셨답니다."

하므로 노패가 말하였다.

"아씨께서 비록 나를 버리고자 하나 어찌 그리 급히 하는 것이냐?"

그 계집종이 이르기를,

"아씨께서는 지신(地神)이십니다. 경조부(京兆府)88) 3백리 안에 사람 묻는 것을 관장하고 계신답니다. 몸은 성중에 계시면서 산 사람의 아내가 되어 능히 복을 가져다주시지요."

하고 또 이르기를,

"아씨께서는 아무데서도 잘 지내시겠지만, 그대는 복이 적어 아씨와 헤어진 것입니다. 아씨를 매양 아내로 삼았던들 그대의 온 집안사람들이 다 지상선이 될 것이었습니다."

하였다.

평설 ≪태평광기≫ 제306권에는 이야기의 제목이 <노패(盧佩)>, 출전이 ≪하동기(河東記)≫로 밝혀져 있다. 대체로 원문을 충실히 언해하였으나, 부분적으로 변개하거나 생략한 곳이 있다.

뒷부분에 계집종이 찾아와 지신(地神)이라는 자신의 주인에 대해 소개하는 대목의 원문에는 '서울에서 산 사람의 아내가 되어 자거함이 없었다.(在京城中作生人妻 無自居也)'라고 되어 있는데, 언해본에는 '도성 안에 있으면서 산 사람의 아내가 되어 능히 복을 가져다 준다.'라고 바꾸었다.

원문의 끝부분에는 노패가 '아홉째 아들(九郞)'임을 밝혔는데, 언해본에서는 생략하였다.

| 제8화 |

왕현지(王玄之)

고밀(高密)[89] 땅의 왕현지(王玄之)라는 사람은 나이가 젊고 풍채가 좋았다. 기춘(蘄春)[90] 땅 원(員)을 하다가 과만(瓜滿)[91] 한 후에 벼슬이 바뀌어 고향에 돌아왔다. 집이 성 밖에 있었으므로 날이 저물 때에 문에 기대어 먼 데를 바라보고 있었다. 한 미인이 서쪽으로부터 와서 성 안으로 들어가는 것이 보였다. 그녀는 자색이 빼어나게 곱고, 나이는 16세가량 되어 보였다.

이튿날 현지가 나와 서 있으니 그녀가 또 그 앞으로 지나가는 것이었다. 그러기를 사나흘 동안 하므로, 현지가 희롱하여 물었다.

"집이 어디에 있기에 날이 저문 후에 이리로 지나시오?"

그 미인이 웃으며 말하였다.

"저의 집이 남쪽 산등성이 밑에 있는데 할 일이 있어서 성 안으로 다닌답니다."

---

89) 중국 산동성(山東省)에 있는 고을.
90) 중국 호북성(湖北省) 황강시(黃岡市)에 딸린 고을.
91) 벼슬의 임기가 참.

현지가 시험 삼아 생각을 떠보니, 그녀는 기꺼워하는 빛이 있었다. 그러고는 머물러 자고 이튿날 아침에 집으로 돌아갔다. 그 뒤로는 밤마다 와서 함께 잤다. 현지가 정이 깊어진 후에 그녀에게 물었다.

"그대의 집이 여기서 가깝다고 하니, 내가 한 번 가는 것이 어떻겠소?"

그녀가 말하기를,

"집이 심히 좁고 더러워 손님을 대접할 만하지 아니하고, 또 죽은 오빠의 딸이 함께 있으니 혐의가 없지 않을 것입니다." 하므로, 현지는 그녀의 말을 믿어 다시는 묻지 아니하였다.

그녀는 바느질을 잘해서 현지의 의복을 다 손수 지었는데, 보는 사람들이 기특하게 여기지 않는 사람이 없었다.

그녀는 차환(叉鬟)92) 한 사람을 데리고 다녔는데, 그녀의 얼굴 또한 자색이 있었다. 그 뒤로는 비록 낮이라도 머물러 가지 아니하므로, 현지가 물었다.

"그대 오빠의 딸이 혼자 있다면서 그대를 기다리지 않으려나?"

그녀는,

"남의 집 일을 구태여 아는 체하여 무엇 하시겠어요?"

---

92) 혼인을 한 계집종.

하였다. 이렇듯 하기를 한 해를 지내었다. 하루 밤은 얼굴에 몹시 근심하는 빛을 띤 채로 들어와 눈물을 흘리는 것이었다. 현지가 그 까닭을 물으니 그녀가 말하였다.

"사랑해주시는 은혜를 깊이 입었는데 이제 떠나게 되었으니 어찌 슬프지 않겠습니까?"

현지가 놀라 가는 곳을 물으니, 그녀가 말하였다.

"그대가 어렵게 여기지 않음이 있었겠어요? 저는 본디 전임 고밀 현령의 딸로 임씨(任氏)의 아내가 되었었지요. 임씨가 행실이 나빠 소박(疎薄)[93]을 하였어요. 부모님께서 저를 불쌍히 여겨 데리고 오셨는데, 저는 병이 들어 이 땅에서 죽었습니다. 남쪽 산등성이에 초빈(草殯)[94]을 하였는데, 이제 집안사람들이 상구(喪具)[95]를 맞아 돌아가려 하니, 내일이면 마땅히 이곳을 떠날 것입니다."

현지는 그녀에게 이미 깊은 정이 들어 혐의로 여기지 않고 마주 앉아 슬퍼하였다. 이튿날 새벽에 떠날 때에 그녀는 금을 새겨 넣은 옥잔과 옥지환 한 쌍을 벗어 주었다. 현지는 수놓은 옷 한 벌을 그녀에게 주고, 서로 손목을 잡고 울며 이별하였다.

---

93) 아내를 박대하거나, 또는 미워하여 아내로 생각하지 않음.
94) 어떠한 사정으로 장사를 지내지 못하고 송장을 방안에 둘 수 없는 경우에 한데나 의지간에 관을 놓고 이엉 같은 것으로 그 위를 이어서 눈·비를 가리게 하여 덮어 두는 일, 또는 덮어 둔 그것.
95) 장사를 지낼 때에 쓰는 여러 가지 기구.

이튿날 기약한 때가 되어 남쪽 산등성이에 가보니, 과연 전임 고밀 현령 집의 사람들이 초빈한 곳에 나아가 관을 열었다. 그녀의 신색은 변치 아니하였고, 성적(成赤)⁹⁶)한 얼굴이 옛 모습과 같았다.

수놓은 옷 한 벌이 관 속에 넣어져 있고, 전에 넣었던 금배와 옥환이 간 데 없으니, 그 집 사람들이 몹시 수상하게 여기는 것이었다. 왕현지가 나아가 그 사실을 자세히 말하고 금배와 옥환을 꺼내어 보이니, 모두들 붙들고 슬퍼하였다. 현지가 묻기를,

"오빠의 딸이 함께 있다고 하던데, 그녀는 누구입니까?"

하였다. 모두들 이르기를,

"과연 열 살 먹은 조카가 그 때에 죽어서 그 곁에 함께 성빈(成殯)⁹⁷)하였다오."

하였다. 또한 그 차환도 빈소의 휘장 안에 두었던 목노비(木奴婢)⁹⁸)였는데, 얼굴이 전에 보던 사람과 같았다.

평설　≪태평광기≫ 제334권에는 이야기의 제목이 <왕현지(王玄之)>, 출전이 ≪광이기(廣異記)≫로 밝혀져 있다. 대체로

---

96) 여자의 얼굴에 분을 바르고 연지를 찍는 일.
97) 빈소(殯所)를 만듦.
98) 나무로 종의 모습을 깎은 인형.

원문을 충실히 언해하였으나, 약간의 변개와 생략이 이루어졌다.

　왕현지가 만난 여인을 원문에서는 '부인(婦人)'이라고 하였으나 언해본에는 줄곧 '미인(美人)'이라고 하였고, 그녀의 나이도 원문에는 '18-9세'라고 하였으나 언해본에는 '16세(二八)'로 달리 하였다.

　원문에는 왕현지가 여인의 장례를 치르는 곳에 가서 영결한 뒤의 후일담이 '여인을 그리워하다가 정신이 흐릿해지면서 병이 들었는데, 며칠 뒤에야 나았다. 그러나 왕현지는 후에 여자를 그리워할 때마다 침식을 잊곤 했다.'라고 되어 있으나, 언해본에는 생략하였다.

| 제9화 |

남서사인 (南徐士人)

남조(南朝) 송(宋)나라 시절, 남서(南徐)[99] 땅에 한 선비가
있었는데, 화산(華山)[100]으로부터 운양(雲陽)[101]으로 가다가
객사에서 나이가 18세가량 된 한 여인을 보게 되었다. 마음에
들었으나 인연을 맺을 길이 없어서 집으로 돌아가 상사병에 걸
리고 말았다. 그의 어머니가 그 까닭을 묻자, 그는 병 들게 된
사연을 자세히 말하였다. 그러자 그의 어머니는 화산의 운양으
로 가서 그녀를 찾아보고 아들이 병들게 된 까닭을 말하였다.
그녀는 선비 어머니의 말을 듣고 감동하여 폐슬(蔽膝)[102]을 끌
러주며 이르기를,

"누워 있는 돗자리 아래 몰래 넣어두면 병이 나을 것입니다."
하였다. 그의 어머니가 가져다가 넣으니 과연 두어 날 만에 병
이 나았는데, 선비는 문득 돗자리를 들어 폐슬이 있는 것을 보

---

99) 중국 강소성(江蘇省) 단도현(丹徒縣)에 있던 고을.
100) 중국 오악(五嶽)의 하나인 서악(西嶽)으로, 섬서성(陝西省) 화현(華縣) 서
쪽에 있음.
101) 중국 섬서성(陝西省)에 있는 고을.
102) 조복(朝服)이나 제복(祭服)을 입을 때에 앞에 늘여 무릎을 가리는 헝겊.

고 울다가 기운이 끊어지려고 하여 어머니에게 이르기를,

"나 죽은 후에 묻을 적에 화산을 지나가게 해주세요."

하고 죽었다. 그의 어머니가 아들의 뜻에 따라 화산으로 지나
갔는데, 그녀의 집 앞에 이르러 관이 무거워 움직이지 아니하
였다. 이윽고 그녀가 목욕하고 소장(素粧)[103]을 성히 하고 나와
노래 부르기를,

<화산기(華山畿)>[104]

그대가 이미 나를 위해 죽었으니,
나 혼자 살아 누굴 위해 베풀리오.
그대 만약 나를 어여삐 여기신다면,
나를 위해 관을 열어 주세요.
<華山畿> 君旣爲儂死 獨活爲誰施 君若見憐時 棺木爲儂開

그녀가 말을 마치자 문득 관이 열렸고 그녀는 관 속으로 뛰
어들었다. 마침내 두 남녀를 합장하였다.

평설 　≪태평광기≫ 제161권에는 이야기의 제목이 <남서사인(南
徐士人)>, 출전이 ≪계몽(系蒙)≫으로 밝혀져 있다. 대체로

---

103) 화장하지 않고 깨끗이 차린 차림.
104) '화산 근처에서'라는 뜻으로 노래의 제목임.

원문을 충실히 언해하였으나, 약간의 변개와 생략이 이루어졌다.

　원문에는 '남조(南朝) 송(宋)나라 소제(少帝) 때'라고 한 것을 언해본에는 '송 시절'이라고 생략하였다. 선비가 운양 객사에서 만난 여인의 나이를 원문에서는 '18-9세가량'이라고 하였으나, 언해본에는 '18세가량'으로 서술하였다. 두 남녀를 합장한 무덤을 원문에서는 '신사총(神士塚)'으로 불렸다는 후일담을 붙였으나, 언해본에는 생략하였다.

| 제10화 |

조혜(曹惠)

　무덕(武德)[105] 시절에 조혜(曹惠)라는 사람이 강주(江州)[106] 참군(參軍)[107]으로 있었다. 관사 뒤에 불당이 있고, 불당 안에 나무로 만든 인형 둘이 있었는데, 길이가 한 자가량 되고, 새긴 것이 매우 공교로웠으나 채색이 다 벗겨진 것이었다. 조혜가 가져다가 아이들에게 주어 가지고 놀게 하였다. 그 후에 그 인형을 가지고 있던 아이가 떡을 먹으려 하니, 목인형이 손을 벌리며,

　"떡을 달라."

하는 것이었다. 그 아이가 놀라 조혜에게 말하니, 조혜가 괴이히 여겨,

　"그 목인형을 가져오라."

하였는데, 그것이 스스로 말을 하여 이르기를,

　"우리 이름은 경소(輕素)와 경홍(輕紅)인데, 어찌 목인형이

---

105) 당나라 고조(高祖)의 연호. 618-626년.
106) 중국의 장강(長江) 이남 지역인 강서성(江西省) 구강시(九江市)에 있는 고을.
107) 당나라 때의 벼슬.

라고 부르세요?"

하고 눈을 떠서 두루 보며 걸어 다니는 것이 사람과 다르지 아니하므로, 조혜가 물었다.

 "너희들은 어느 때에 만든 것이기에 능히 요괴가 되었느냐?"

 경소가 경홍과 더불어 말하였다.

 "우리는 선성108) 태수(宣城太守) 사가(謝家)109)의 집 인형입니다. [원주 : 용(俑)은 목노비(木奴婢)다.] 그때에 목각을 공교롭게 하는 것이 심은후(沈隱侯)110) 집 늙은 종 효충(孝忠)에게 미칠 사람이 없었는데, 우리는 다 효충이 만든 것이랍니다. 은후가 사 선생(謝先生)의 상사(喪事)를 슬프게 여겨 영장(永葬)111)하던 날 우리를 한곳으로 보냈지요. 우리는 광중(壙中)112)에서 물을 데워 낙 부인(樂夫人)과 더불어 발을 씻고 있었는데 문득 밖에서 병장기를 가지고 불의에 들어오는 사람이 있었습니다. 부인은 두려워하여 즉시 흰 개미가 되었어요. 얼마쯤 있다가 두 도적이 횃불을 켜들고 들어와 재물을 다 노략

---

108) 중국 안휘성(安徽省)에 있는 고을.

109) 중국 남조(南朝) 제(齊)나라의 문신이자 시인인 사조(謝朓, 464-499)를 가리킴. 사조는 495년에 선성 태수가 되었음.

110) 중국 남조 송(宋)나라 때의 문인인 심약(沈約, 441-513)을 가리킴. 남조 양(梁)나라 때 은후에 봉해졌음.

111) 안장(安葬)함.

112) 무덤의 구덩이 속.

질하고 사 선생이 입고 있는 것을 다 벗겨 갔답니다. 도적들이
우리를 불빛에 보고 말하기를,

'두 목노비가 보기에 싫지 아니하니 어린아이들의 장난감으
로 삼아야겠다.'

하고는 가지고 나왔는데, 그때가 천평(天平)[113] 2년이었지요.

이로부터 두어 집에 유락(流落)하였는데, 진(陳)나라 시절에
맥철장(麥鐵杖)[114]의 조카가 우리를 가져다가 여기에 이르렀
습니다."

조혜가 또 이르기를,

"전에 들으니 사강(謝康)[115]이 왕경칙(王敬則)[116]의 딸을 아
내로 맞았다고 하였는데, 어찌 낙 부인이라고 말하느냐?"

경소가 말하기를,

"왕씨는 생전의 아내요, 낙씨는 지하의 아내지요. 왕씨는 본
디 도고(屠酤)[117]의 자손이라, 성품이 사납고 기운이 세서 지하
에 가도 오히려 선성과 화목하지 못하였는데, 선성이 몰래 천
제께 아뢰고 내치니 두 딸과 한 아들이 어미를 따라 나갔답니

---

113) 중국 동위(東魏) 효정제(孝靜帝)의 연호. 천평 2년은 535년임.
114) 중국 남조 진(陳)나라에서 벼슬을 시작하여 수(隋)나라의 대장군이 된
   인물.
115) 사조(謝朓) 또는 사 선성(謝宣城)의 오기임.
116) 중국 남조 제나라의 대신. 435~498.
117) 술 파는 일, 또는 그러한 일을 하는 사람.

다. 두 번째로 낙언보(樂彦輔)의 여덟째딸을 아내로 삼았는데,
재질이 아름다울 뿐만 아니라 글을 잘하고 거문고 연주하는 것
을 즐겼지요. 동양(東陽) 은중문(殷仲文)[118]과 사 형주(謝荊州)
회(晦)[119]의 부인으로 더불어 날마다 서로 왕래한답니다. 선성
도 지금은 남조(南曹)[120]의 전전랑(典銓郞)[121]으로 있으면서
좋은 말을 타고 가벼운 옷을 입고 지내니, 귀함이 생전보다 백
배는 낫답니다."
하였다. 조혜가 또 물었다.

"너희들이 이렇듯 영검하여 내가 너희들을 버리려고 하는데
어떻겠느냐?"

경소가 대답하였다.

"우리를 내치지 않으신다면 마침내 도망가지는 못할 것입니
다. 이제 놓아줄 생각을 가지고 계시는군요. 여산신(廬山神)[122]
이 우리를 얻어 춤추는 계집을 삼고자 한 지가 오래 되었답니
다. 이제 하직하고 그곳으로 가서 영화를 누리고자 합니다. 그
대가 끝까지 은혜를 베풀려고 하신다면 화원에게 명하여 분대

118) 중국 동진(東晉)의 문신. 동양 태수를 지냄. ?-407.
119) 중국 남조 송나라의 문신으로 형주 자사를 지낸 사회(謝晦, 390-426).
120) 관리 뽑는 일을 맡은 관아.
121) 관리 뽑는 일을 맡은 벼슬.
122) 여산의 산신. '여산'은 중국 강서성 북쪽에 있는 산.

(粉黛)[123]를 고쳐 주세요.”

조혜는 즉시 화원을 불러 인형의 얼굴을 다시 그리고 비단으로 감싸니, 인형이 웃으며 말하기를,

“이제야 어찌 춤추는 계집이 되기를 의논하겠어요? 또한 여산신의 부인이 될 것입니다. 그대의 호의를 갚을 길이 없으니 원컨대 은밀한 말씀으로 이별을 고하겠습니다.”

하고 글 네댓 구절을 써 주었다. 무슨 뜻인지 헤아려 보지 못하여 여러 곳에 물었으나 아무도 알 사람이 없었는데, 중서령(中書令)[124] 잠문본(岑文本)[125]이 세 구절을 알아보았으나 또한 남들에게 말하지 아니하였다.

그 후에 어떤 사람이 여산신에게 빌려고 하니, 무당이 이르기를,

“신군(神君)[126]이 새로 두 첩을 얻어 푸른 비녀와 화잠(花簪)[127]을 얻고자 하니 그것을 얻어 드리면 복록을 내려주시리라.”

하므로, 비는 사람이 두 가지를 얻어 소화(燒火)[128]하니 제 소

---

123) 분을 바르고 눈썹을 그리는 일. 또는 화장을 한 미인을 일컫는 말.
124) 당나라 때 중서성(中書省)의 장관 벼슬.
125) 당나라 때의 재상. 595-645.
126) 산신(山神)을 높여 이르는 말. 여기서는 여산신을 가리킴.
127) 새색시가 머리를 치장하는 비녀의 한 가지.
128) 불사르거나 태움.

원대로 이루었다.

평설 ≪태평광기≫ 제371권에는 이야기의 제목이 <조혜(曹惠)>,
출전이 ≪현괴록(玄怪錄)≫으로 밝혀져 있다. 대체로 원문
을 충실히 언해하였으나, 약간의 생략이 이루어졌다.

| 제11화 |

백의인(白衣人)*

송(宋)나라 때 변경(汴京)[129] 땅에 한 사람이 있었는데, 성은 금(琴)이요, 이름은 유후(裕厚)[130]였다. 평생의 성품이 탐욕스럽고 인색하였으나 집안 형편이 그다지 넉넉하지 못하였다.

죽은 뒤에 어찌할 것인가를 밤낮으로 염려하다가 은자를 모아 백 냥이 차면 녹여서 큰 덩이를 만들어 붉은 실로 허리를 묶어 침상에 두고 조석으로 어루만지곤 하였다. 일생 동안 모았더니 그렇듯 큰 덩이의 은이 여덟 덩이였다.

유후는 네 아들이 두었고, 나이는 일흔 살 남짓하였다. 그의 생일이 되자 네 아들이 상수(上壽)[131]를 하였다. 유후는 네 아들이 장성한 것을 보고 마음속으로 기뻐서 아들들을 불러 앞으로 오라고 하여 말하기를,

"내가 황천(皇天)[132]의 복비(福庇)[133]하심을 입어 너희들을

---

129) 중국 하남성(河南省) 개봉(開封)의 다른 이름.

130) 원문이 전하지 않으므로, 역자가 임의로 한자 이름을 붙였음.

131) 헌수(獻壽). 환갑잔치 등에서 만수무강(萬壽無疆)을 비는 뜻으로 술잔을 올리는 일.

거느리고 일생을 간고(艱苦)[134]히 지내지는 않았다. 내가 평일
(平日)[135]에 유심(留心)[136]한 결과로 은 여덟 덩이가 있느니라.
택일하여 너희들에게 둘씩 나누어 줄 것이니, 그것으로써 전가
(傳家)[137]의 보배를 삼아라."

하니, 네 아들이 대희하여 돌아갔다.

이 날 밤, 유후는 술에 취한 채 침상 위에 누워서 은덩이를
만지다가 잠이 들었다. 한밤중에 그는 침상머리에 발걸음 소리
가 들려 잠이 깨었다. 도둑이 든 듯하여 자세히 들어보니, 서로
읍양(揖讓)[138]하며 다가오는 거동이었다.

잔등(殘燈)이 명멸(明滅)[139]하므로 휘장을 들치고 보니, 여
덟 사람이 몸에 흰 옷을 입고 붉은 띠를 띤 차림으로 읍하고
나아와 이르기를,

"우리 형제들은 하늘이 보내주신 까닭에 마땅히 이 집에 있
으면서 아옹(阿翁)[140]의 사랑하심을 입어 사람이 되었지요. 아

---

132) 하느님. 크고 넓은 하늘.
133) 복음(福蔭). 복을 내려 감싸줌.
134) 가난하여 고생이 됨.
135) 평상시(平常時). 평소(平素).
136) 유의(留意). 유념(留念).
137) 집안에 대대로 전하여 옴. 대물림.
138) 예를 다하여 서로 사양(辭讓)함.
139) 불빛이 깜빡거림.
140) 자신의 아버지를 이르는 말.

옹의 백세 후[141]를 기다려 아무데로나 가려하였어요. 이제 들으니, 아옹이 장차 우리들을 나누어 모든 낭군[142]들에게 주려 하시더군요. 하지만 우리들은 낭군들과는 본디 연분이 없답니다. 이런 까닭에 먼저 와서 작별하고 아무 고을 아무 마을에 사는 왕가(王哥)에게 갑니다. 이후에도 아옹과의 인연이 다하지 않았으므로, 한 번 보게 될 것입니다."

하고 몸을 돌이켜 갔다. 유후는 그 까닭을 알지 못하였으므로 대경하여 몸을 돌이켜 침상에서 내려와 멀리 바라보니, 여덟 사람이 문을 나가는 것이 보였다. 급히 따라가다가 문지방에 걸려 넘어지는 순간 놀라 깨니 한바탕 꿈이었다. 일어나 앉아 등잔불을 돋우고 은덩이를 어루만져 보니 여덟 덩이가 다 간 곳이 없었다. 몽중에서 그들이 한 말을 생각하고는 탄식하며 말하기를,

"내가 일생 동안 이 은을 힘들게 모아 신후(身後)[143]의 계교를 삼아 자손들에게 나누어주려 하였는데, 이제 이르러 남들이 보관해 둔 것이 될 줄을 어찌 알았으랴?"

하고 마음이 황홀하여 잠을 이루지 못하였다.

---

141) 원래 '백년 뒤'라는 뜻이나 여기서는 '한평생이 다한 뒤', 즉 '죽은 뒤'라는 뜻임.
142) 금유후의 네 아들을 가리킴.
143) 사후(死後). 죽은 뒤.

이튿날 그는 네 아들에게 꿈에서의 일을 자세히 말해주었다. 네 아들이 생각하기를,

'대인(大人)144)이 취중에 그 은을 남들이 가져가도록 허락하시고 깬 후에 뉘우쳐서 반드시 이런 괴이한 말씀을 하시는 것이리라.'

하고 믿지 아니하였다.

유후는 몽중의 말을 기록하여 급히 왕가의 집을 찾아가보니, 왕가는 바로 삼생(三牲)145) 복물(福物)146)을 갖추어 귀신을 공양하고 있었다.

주인이 나와 맞으며 물었다.

"존군(尊君)147)이 누추한 곳에 오셨으니 무슨 일이 있습니까?"

유후가 대답하기를,

"노부가 한 가지 의혹되는 일이 있어서 문득 택상(宅上)148)에 와서 소식을 묻는 것이오. 이제 택상에서 무슨 일을 겪으셨나요? 반드시 연고가 있을 것이니 밝게 보여주시기를 청합니다."

---

144) '아버지'를 높여 이르는 말.
145) 산 제물(祭物)로 삼는 소·양·돼지 등 세 가지 짐승.
146) 신에게 바치는 제물.
147) 지위가 높은 사람을 높여 부르는 말.
148) 댁내(宅內). '남의 집안'의 높임말.

하니, 주인이 말하였다.

"저는 요사이 천처(賤妻)[149]의 병이 중해져서 병 때문에 매복 선생(賣卜先生)[150]에게 물었는데, 그가 이르기를,

'침상을 옮기면 즉시 좋아질 것이오.'

하였답니다. 어제 밤에 제 아내가 병중에 황홀한 상태에서 보니, 여덟 백의인(白衣人)이 허리에 붉은 띠를 띠고 제 아내에게 이르기를,

'우리들이 본디 금가(琴哥)의 집에 있다가 이제 인연이 다하여 댁에 와서 투탁(投託)[151]합니다.'

하고 말을 마치며 침상으로 들었답니다. 제 아내가 놀라 깨어났는데, 이로부터 제 아내는 병이 나았습니다. 뿐만 아니라 침상을 옮겼더니 은이 여덟 덩이가 있었지요. 붉은 실로 허리를 매고 있었습니다. 어느 곳에서 온 것인지 알 수는 없었지만, 이것이 다 천신께서 보우하신 것이라 여겼습니다. 이런 까닭에 성례(聖禮)[152]를 갖추어 천신께 사례하고 있었는데, 이제 존군께서 오셔서 물으신 것이지요. 이를 알고 오신 것이 아닙니까?"

유후가 발을 구르며 말하였다.

---

149) 자신의 아내를 낮추어 이르는 말.

150) 복채(卜債)를 받고 점을 쳐주는 사람. 점쟁이.

151) 남의 집에 몸을 맡겨 의지함.

152) 거룩한 예식(禮式).

"그 은은 노부가 일생 동안 모은 것이오. 전날 한 꿈을 꾸고 나서는 보지 못하였소. 꿈에서 존군의 성명과 거주를 자세히 말해준 까닭에 이렇게 찾아오게 되었소. 이제 천수가 이미 정해졌구려. 노부는 원망할 것이 없소. 다만 한 번만 그 은을 보여주어 노부의 의혹된 마음을 풀어주시는 게 어떻겠소?"

주인이 웃으며 말하기를,

"그거야 쉬운 일이지요."

하고는 즉시 네 아이를 불러 쟁반에 두 덩이씩 담아서 내어오게 하였다. 유후는 대경하여 눈물이 흐르는 것도 깨닫지 못한 채 어루만지며 말하였다.

"노부의 헐복(歇福)[153]함이 이렇듯 하구나!"

주인이 아이를 불러,

"도로 들여가라."

하고는 유후가 슬퍼함을 보고 불쌍히 여겨 은 석 냥을 베어 유후에게 주니, 유후는 사양하여 이르기를,

"노부가 복이 없어 재물을 지키지 못함이 이렇듯 한데 어찌 반드시 가져가겠소?"

하였다. 주인이 권하여 유후의 소매에 넣어 주었는데, 유후는 재삼 사양하다가 주인의 간청으로 받게 되었다. 주인과 작별하

---

153) 복이 없음.

고 집으로 돌아와 네 아들에게 자세히 말해준 뒤, 또 말하기를,
"왕씨가 준 은이 소매에 있다."
하였다. 분명히 얻었는데 문득 보이지 않았다. 유후가 왕씨에
게 사양할 때에 주인이 실수로 윗옷 소매에 넣었는데, 그 소매
에 조그만 구멍이 있었는지라, 그 은이 구멍으로 **빠졌으나** 유
후는 모르고 가버려서 마침내 왕씨가 얻게 되었던 것이다.

오늘날 전하는 명·청대의 ≪태평광기≫에는 이 이야기가 수
록되어 있지 않은 것으로 보아, 아마도 송대 간행본을 바탕
으로 언해한 것으로 추정된다. 원문이 전하지 않으므로 언해본의 변
이양상은 살필 수가 없다. 이에 따라 원문의 제목은 편의상 임의로
붙인 것이다.

| 제12화 |

기정획벽(旗亭劃壁)

당나라 명황(明皇)[154] 개원(開元)[155] 시절에 시인인 왕창령
(王昌齡)[156] · 고적(高適)[157] · 왕지환(王之渙)[158] 등 세 사람이
일시에 제명(齊名)[159]하였으나 때를 만나지 못하여 풍진(風
塵)[160]에 곤하게 다니고 있었다.

하루는 날씨가 쌀쌀하고 눈이 약간 내렸다. 세 사람이 함께
기정(旗亭)[161]에 모여 술을 사서 마시고 있는데, 문득 이원(梨
園)[162]의 영관(伶官)[163] 10여 명이 누대에 올라와 잔치를 벌이
려고 하였다. 세 사람은 자리를 피하여 바람벽 뒤에 앉아 그들

---

154) 중국 당나라 제6대 황제인 현종(玄宗, 685-762). 재위 712-756.
155) 당나라 현종의 연호. 713-741.
156) 성당(盛唐) 때의 시인. 자는 소백(少伯). 7언절구에 뛰어났음. 690-756.
157) 성당 때의 시인. 세칭 '고상시(高常侍). 700-765.
158) 성당 때의 시인. 자는 계릉(季凌). 688-742.
159) 이름이 가지런함. 다 같이 이름을 떨침.
160) 속세(俗世). 세속간(世俗間). '벼슬길'의 비유로 쓰임.
161) 주루(酒樓). 술을 파는 집.
162) 당나라 현종 때 기녀(妓女)와 배우(俳優)들에게 기예(技藝)를 가르치던 곳.
163) 영인(伶人). 영공(伶工). 음악을 담당하는 관리.

의 거동을 살펴보았다. 한참 뒤에 인물이 곱게 생긴 여자 대여
섯 명이 들어오는데 얼굴이 절색이요, 의복이 화려하였다. 다
들 그 당시에 유명한 풍류(風流)164)하는 기녀들이었다.

　왕창령이 벗들에게 이르기를,

　"우리들이 제각기 시로 이름이 알려졌으나 누가 더 나은가
를 정하지 못하였으니, 오늘 저 기녀들이 부르는 가사를 들어
보고 우리가 지은 글 중에 많이 불리는 사람을 으뜸으로 삼기
로 하세."

하였다. 이윽고 한 영관이 왕창령의 글을 읊었는데 그 시에 이
르기를,

　　　한우연강야입오(寒雨連江夜入吳)　평명송객초산고(平明送客
　　楚山孤)라.
　　　낙양친우여상문(洛陽親友如相問)　일편빙심재옥호(一片冰心
　　在玉壺)라.

　　　찬 비 내려 강물로 흘러 밤에 오나라로 들어오는데,
　　　평명(平明)165)에 손님을 보내매 초나라 산이 외로워 보이네.
　　　낙양(洛陽)166)의 친한 벗이 만일 물어보거든,

---

164) 음악(音樂)을 예스럽게 이르는 말.
165) 날이 밝아올 무렵. 해 뜰 무렵.
166) 중국 하남성(河南省)에 있는 옛 도읍지.

한 조각 얼음 같은 마음이 옥병(玉甁)에 있다 하라.

왕창령이 손으로 벽 위에 한 줄을 그으며 이르기를,
"내 글이 하나로세."
하였다. 또 한 영관이 가사 한 곡을 읊었는데 그 시에 이르기를,

개협누첨억(開篋淚沾臆) 견군전일서(見君前日書)라.
야대하적막(夜臺何寂寞) 유시자운거(猶是子云居)라.

상자(箱子)를 여니 눈물이 가슴에 젖어오는데,
그대가 전날 보내준 편지를 읽노라.
야대(夜臺)[167]가 자못 적막하니, [원주 : 야대(夜臺)는 분묘(墳
墓) 속이다.]
오히려 이곳은 자운(子雲)[168]이 사는 데로다.

고적이 손으로 벽 위에 한 줄을 그으며 이르기를,
"내 글이 하나로세."
하였다. 또 한 영관이 가사 한 곡을 읊었는데 그 시에 이르기를,

봉추평명금전개(奉帚平明金殿開) 강장단선공배회(强將團扇
共徘徊)라.

---

167) 무덤을 달리 이르는 말.
168) 중국 한(漢)나라 때의 문장가인 양웅(揚雄)의 자.

옥안불급한아색(玉顏不及寒鴉色) 유대소양일영래(猶帶昭陽
日影來)로다.

날 밝을 무렵 비를 집어 들자 금전(金殿)[169]이 열렸는데,
강잉(强仍)하여 둥근 부채를 가지고 함께 배회하는구나.
옥 같은 얼굴이 까마귀 빛에도 미치지 못하는지라,
오히려 소양전(昭陽殿)[171]의 햇빛을 띠고 오는구나.

왕창령이 또 손으로 벽 위에 한 줄을 그으며 이르기를,
"내 글이 또 하나로세."
하였다. 왕지환이 이르기를,
"나도 시로 이름이 난 지 오래되었는데, 내 글이 어찌 너희들
에게 질 것이냐? 저 영관이 부르는 것이 다 세속의 상스러운
글이로다. 저 기녀들 가운데 차환(叉鬟)[172]한 절색의 아이가 부
르기를 기다려, 내 글이 아니거든 내 종신토록 그대들과 겨루
지 아니하고, 행여 내 글이면 그대들이 다 내게 절하고 스승으
로 삼게나."
하였다. 이윽고 그 차환이 과연 왕지환의 글을 읊으니 그 시에

---

169) 황금으로 꾸민 궁전.
170) 마지못하여 그대로 함.
171) 중국 한(漢)나라 무제(武帝)가 지은 궁전.
172) 머리칼을 쪽 지어 비녀를 꽂음.

이르기를,

　　황하원상백운간(黃河遠上白雲間)　일편고성만인산(一片孤城
萬仞山)이라.
　　강적하수원양류(羌笛何須怨楊柳)　춘풍부도옥문관(春風不度
玉門關)이라.

　　황하수(黃河水)가 멀리 흰 구름 사이에 올랐으니,
　　조그만 외로운 성(城)이 만 길 산처럼 높이 있네.
　　오랑캐의 젓대가 하필 버들을 원망하랴?
　　봄바람이 옥문관(玉門關)을 건너지 않는구나.

　왕지환이 기뻐하며 이르기를,
　"내 말이 거짓말인가?"
하고 모두들 대소하니, 모든 영관들이 괴이하게 여겨 나와 묻기를,
　"여러 낭군들께서는 어찌 거기 가 앉아서 웃으십니까?"
　왕창령 등이 그 연고를 이르니, 모든 영관들이 다 놀라 다투어 절하며 이르기를,
　"세속의 눈이라 신선이 와 계신 것을 알지 못했습니다."
하고 청해 들여 상좌에 앉히고 잔치를 다시 벌여 날이 저문 후에 파하였다.

┌──────┐
│ 평 설 │ ≪태평광기≫ 제405권에는 이야기의 제목이 <기정획벽(旗
└──────┘ 亭劃壁)>, 출전이 ≪집이기(集異記)≫로 밝혀져 있다. 대체
로 원문을 충실히 언해하였다.

| 제13화 |

장운용(張雲容)

당나라 원화(元和)[173] 시절에 설소(薛昭)라는 사람이 평륙위(平陸尉)[174]라는 벼슬을 하며 옥(獄)을 지키고 있었다. 한 죄인이 어머니를 위해 원수를 갚느라고 사람을 죽이고 갇혀 있었다. 설소는 그를 가엾게 여겨 몰래 돈을 주고 놓아주어 달아나게 하였다. 관아에서 알고는 나라에 보고하고 파직한 뒤 해동(海東)으로 귀양을 보냈다. 설소는 가산을 버리고 즉시 길을 떠났다.

그때에 전산수(田山叟)라는 객이 있었는데, 나이가 수백 세가 되었다고 남들이 말하였다. 그는 평소에 설소와 매우 친하게 지냈는데, 술을 가지고 떠나는 길에 찾아와 전송하다가 설소에게 이르기를,

"그대는 의로운 사람이오. 남의 화를 벗겨주고 몸소 당하여 죄를 입었으니, 내가 마땅히 그대를 따라가겠소."

---

173) 중국 당나라 헌종(憲宗)의 연호. 806-821년.
174) 중국 산서성(山西省) 운성시(運城市)에 있던 고을인 평륙에서 현령을 보좌하던 벼슬.

하고는 2, 3일을 따라오더니 밤이 되자 전산수는 옷을 벗어주고 술을 사다가 크게 취해서는 주변 사람들을 물리치고 설소에게 말하였다.

"여기서 달아나시오.."

하고 약 한 알을 주며 이르기를,

"이것을 곧 먹으면 밥을 먹지 않아도 배가 고프지 않을 것이오."

하고 또 이르기를,

"이리로 가면 북쪽으로 깊은 수풀이 있을 것이오. 그 숲에 들어가 숨으면 액도 면하고 또 미인을 얻을 것이오."

하고는 그것에서 작별하고 흩어졌다.

설소가 혼자 가다가 길가에 있는 난창궁(蘭昌宮)175)을 지나니, 고목과 수죽(脩竹)176)이 사방으로 우거져 있었다. 설소가 담을 넘어 수풀 사이에 숨어 있으니, 따라오던 자들이 동서로 뛰어다니며 찾았으나 설소가 간 곳을 알지 못하였다.

설소는 살며시 옛 궁전 서쪽으로 가서 쉬고 있었다. 밤이 되어서야 바람이 맑고 불고 달이 밝아왔다. 홀연 궁전의 섬돌 아래로 세 사람의 미녀가 서로 웃고 말하며 이르더니 인사를 나눈

---

175) 당나라 때의 궁전.

176) 길게 자란 대나무.

뒤 잔치자리에 올라서 각배(角盃)177)에 술을 따르며 말하였다.

"좋은 사람을 서로 만나게 하고 사나운 사람을 서로 피하게
하소서."

한 미녀가 말하였다.

"좋은 밤에 술을 따르니 비록 좋은 사람이 있다한들 어찌 쉽
게 만나겠어요?"

하였다. 설소는 창틈으로 듣고, 전산수가 했던 말이 생각나서
즉시 창을 열고 달려 나가며 말하였다.

"마침 미인의 '좋은 사람을 어찌 쉽게 만나겠어요?'하시는 말
씀을 들었습니다. 이 설소가 비록 재주는 없으나 좋은 사람의
수에 포함되었으면 합니다."

그러자 세 미녀가 놀라서 말하였다.

"그대는 어떤 사람이기에 여기에 와서 숨어 있습니까?"

설소가 사연을 자세히 말하였다.

그러자 미녀들은 돗자리를 펴고 서로 마주하여 자리를 정하
였다.

설소가 그녀들의 성명을 묻자, 한 미녀가 이르기를,

"저는 장운용(張雲容)이라 합니다. 저 사람은 소봉대(蕭鳳
臺)라 하고, 저 사람은 유난교(劉蘭翹)라고 하지요."

---

177) 물소 등 짐승의 뿔로 만든 술잔.

하고는 술을 서로 권하였다. 유난교가 이르기를,

"오늘 아름다운 손님과 서로 만나게 되었으니 모름지기 배필이 있을 것입니다."

하고는,

"주사위를 던져 이기는 사람으로 손님을 뫼시기로 해요."

하고는 저마다 주사위를 던졌다. 장운용이 이기게 되자, 유난교가 말하기를,

"설랑(薛郎)께서는 운용의 곁에 앉으시지요."

하고는 두 개의 술잔을 가져다가 술을 따르며 말하였다.

"이야말로 참으로 동뢰연(同牢宴)178)이로군요."

설소가 사례하고 운용에게 물었다.

"당신은 어떤 분이시며, 어떻게 여기에 오셨습니까?"

운용이 대답하였다.

"저는 개원(開元)179) 시절 양귀비(楊貴妃)180)의 시녀였답니다. 귀비께서 저를 몹시 사랑하여 늘 수령궁(繡嶺宮)181)에서 예상우의곡(霓裳羽衣曲)182)에 맞추어 춤추게 하셨는데, 명황(明

---

178) 전통 혼례에서 신랑과 신부가 맞절을 한 뒤 서로 술잔을 나누는 일.
179) 당나라 현종(玄宗)의 연호. 713-741년.
180) 당나라 현종의 총애를 받은 후궁으로, 본명은 옥환(玉環) 또는 태진(太眞). 안록산(安祿山)의 난이 일어났을 때 마외파(馬嵬坡)에서 목매달아 죽음. 719-756.
181) 당나라 때의 궁전인 화청궁(華淸宮)의 별칭.

皇)183)께서 금액비(金扼臂)184)라는 노리개를 상으로 주셨답니다.

　하루는 명황께서 신 천사(申天師)185)와 도에 관해 의논하시는데, 제가 귀비와 몰래 엿듣고, 이따금 신 천사를 모시고 있다가 한가한 때에 그에게,

　‘약을 얻고 싶습니다.’

하니 신 천사가 말하기를,

　‘약을 아끼는 것이 아니라, 네가 인간에 오래 살지 못할 텐데 어쩌면 좋으냐?’

하므로 제가 말하기를,

　‘아침에 도를 듣고 저녁에 죽어도 한이 없다 하니, 약을 한 알만 먹기를 빕니다.’

하니, 신 천사는 강설단(絳雪丹)186)이라는 약 한 알을 주고 말하기를,

　‘이것을 먹으면 죽어도 썩지 않을 것이다. 관을 크게 만들고 땅을 넓게 파고 진옥(眞玉)을 입에 머금어 바람이 소통하게 하면 혼백이 흩어지지 않을 것이야. 백 년 후에 산 사람과 교합하

---

182) 월궁(月宮)의 음악을 본떠 당나라 현종이 만들었다는 곡조.
183) 당나라의 제6대 황제인 현종(玄宗).
184) 금팔찌.
185) 당나라 때의 도사(道士)인 신원지(申元之). ‘천사’는 도사를 높여 부르는 말임.
186) 먹으면 신선이 될 수 있다는 단약(丹藥).

면 혹 재생하여 지선(地仙)[187]이 될 수도 있으리라.'

하시는 것이었어요. 제가 난창궁에서 죽을 때 그 말을 귀비께 말씀드렸더니, 귀비께서는 가엾이 여기시어 중귀인(中貴人)[188] 진현(陳玄)으로 하여금 저를 장사 지내게 하면서 천사가 말해 준 대로 하였는데, 이제 벌써 백 년의 세월이 흘렀네요. 오늘의 좋은 도임이 또한 정해진 인연이요 우연이 아닌 듯합니다."

하였다. 설소가 놀라 신 천사의 생김새를 자세히 물어보니, 곧 전산수의 거동이었다. 설소가 깜짝 놀라 이르기를,

"전산수는 틀림없이 신 천사로군. 그렇지 않다면 어찌 나를 권하여 이리로 보냈겠소? 또 난교와 봉대는 어떤 사람인가요?"

장운용이 대답하였다.

"이들도 그때의 궁녀들로, 구선원(九仙媛)[189]의 시샘을 받아 독을 먹고 죽자 제 곁에 묻어 아침저녁으로 한데서 놀고 있답니다."

소봉대가 잔치를 벌이자고 청하고는 설소와 장운용에게 술을 보내고 노래를 불렀는데 그 노래는 다음과 같다.

　　발그레한 뺨이 피지도 못한 채 얼마 동안이나 구천(九泉)[190]

---

187) 지상의 선계(仙界)에 사는 신선.

188) 환관(宦官).

189) 양귀비 혹은 현종 때의 환관인 고력사(高力士)를 이른다고도 함.

을 떠돌았나?

오늘 저녁 봄을 만나 가을을 바꾸었네.

이내 몸 외로운 등잔을 지키며 햇빛 볼 날 없더니,

찬 구름 낀 언덕에서 시름만 더하는구나.

臉花不綻幾含幽 今夕陽春獨換秋

我守孤燈無白日 寒雲隴上更添愁

유난교가 화답하기를,

그윽한 골짜기에서 우는 꾀꼬리 깃을 바르게 흐니[191],

무소뿔 가라앉고 옥이 차가워 절로 긴 한숨을 짓네.

달빛에 구천의 문을 차마 닫지 못하는데,

이슬이 솔가지에 떨어지니 하룻밤이 차구나.

幽谷啼鶯整羽翰 犀沉玉冷自長歎

月華不忍局泉戶 露滴松枝一夜寒

장운용이 화답하기를,

봄빛을 보지도 못하고 티끌이 되려나 하였는데,

일찍이 금단(金丹)[192]을 먹었더니 문득 불가사의함이 있구나.

---

190) 저승.

191) 깃을 바르게 하니.

192) 예전에 방사(方士)가 금이나 단사(丹砂)를 정련(精鍊)하여 만든 약으로,
먹으면 신선이 되어 불로장생한다고 함.

뜻밖에도 설랑이 옛 음률을 불어,
그윽한 골짜기에 한 가지 봄을 꽃 피웠네.
韶光不見分成塵　曾餌金丹忽有神
不意薛生携舊律　獨開幽谷一枝春

설소가 화답하기를,

실수로 궁궐 담을 넘어 사람을 피하였더니,
달빛이 옥계(玉階)에 쌓인 티끌을 고요히 씻어주었네.
스스로 봉래산(蓬萊山)193)에 날아왔는가 의심하는데,
구슬처럼 아름다운 세 가지로 반야(半夜)194)에 봄을 맞았네.
誤入宮垣漏網人　月華靜洗玉階塵
自疑飛到蓬萊頂　瓊艶三枝半夜春

하였다.
　시를 화답하다 보니 어느새 닭 우는소리가 들리므로 세 미인
이 말하기를,
　"집으로 돌아가야겠습니다."
하였다. 설소가 그녀의 옷을 잡고 함께 가니, 처음에는 문이 작
은 듯하더니 깊이 들어가서는 점점 넓어졌다. 유난교와 소봉대

---

193) 신선이 산다는 삼신산(三神山)의 하나.
194) 한밤중.

는 작별한 뒤 각각 다른 데로 갔다.

　장운용의 집에는 등촉이 빛나는 가운데 시녀들이 벌여 서 있고, 휘장이며 위의가 귀척(貴戚)의 집 같았다.

　설소는 장운용과 동침한 뒤 매우 기뻐하며 두어 날을 머물렀는데, 날이 저무는지 밝아오는지도 모를 지경이었다.

　어느 날 장운용이 말하였다.

　"저의 몸에 벌써 생기가 있으나 의복이 오래 되었으니, 새 의복을 얻어 오면 일어날 수 있을 것 같아요. 전에 얻은 금팔찌가 있으니 이것을 가지고 시장에 가셔서 새 의복을 사다 주세요."

　설소가 고을에 들어가 새 의복을 사 왔는데, 자던 집은 없고 난창궁 동산 위에 분묘 하나가 있는데 구멍이 크게 나 있었다. 설소는 분묘를 파헤치고 관을 열어보았다. 장운용의 얼굴이 살아 있는 듯하고 몸에 온기가 있었으나 말을 하지 못하였다. 그녀의 입에 물을 끼얹고 주물러서 깨우자 살아 일어나 앉았는데, 얼굴이 밤에 볼 적보다 더 고왔다.

　그 곁에 분묘 둘이 있었는데, 이는 유난교와 소봉대를 묻은 곳이었다. 나무로 깎은 노비들을 벌여 세워놓았는데, 밤에 보던 시녀들이었다. 금옥보패가 많이 놓여 있었으나 보기(寶器)만 가지고 장운용과 함께 금릉(金陵)[195] 땅으로 가서 살았다.

---

195) 중국 강소성(江蘇省) 남경시(南京市)의 옛 이름.

오래도록 살았으나 얼굴이 늙지 아니하고 빈발(鬢髮)[196]이
세지 않았는데, 이는 신 천사의 약을 먹은 효험이었다.

평설　≪태평광기≫ 제69권에는 이야기의 제목이 <장운용(張雲
容)>, 출전이 ≪전기(傳記)≫로 밝혀져 있다. 대체로 원문
을 충실히 언해하였으나 부분적으로 생략과 변개가 이루어졌다.

처음 설소를 소개할 때, 그가 의기로 자부하면서 곽자의(郭子義)
와 이옹(李邕)의 사람됨을 흠모하였다는 대목이 언해본에는 생략되
었다. 전산수가 설소의 의로움을 보고 '형가(荊軻)나 섭정(聶政)의
무리'라며 귀양길에 동행을 청하다가 거절당하자 굳이 청하여 동행
하게 되었다는 내용도 생략되었다. 전산수가 옷을 벗어주고 술을 사
온 곳이 원문에는 삼향(三鄕)이라고 밝혀져 있으나 언해본에는 생략
되었다.

양귀비와 장운용의 관계를 소개하는 대목에서 원문에는 양귀비가
장운용에게 지어준 시가 있었으나, 언해본에는 생략하였다. 장운용
이 설소에게 새옷을 사다 달라고 하였을 때, 원문에서는 설소가 관원
들에게 잡힐까 두려워 가지 않겠다고 하므로, 장운용이 급할 때에는
얼굴을 가리면 아무도 알아보지 못할 것이라고 하자 그제야 설소가
옷을 사러 가는 것으로 되어 있는데, 언해본에는 그러한 과정을 생략
하고 바로 옷을 사러 가는 것으로 처리하였다. 원문에는 맨 끝에 신
천사의 이름을 원(元)이라고 밝혔으나, 언해본에는 생략하였다.

설소가 장운용의 새 옷을 사 가지고 돌아왔을 때, 원문에는 장운

---

196) 귀밑머리.

용이 문 앞에까지 나와 웃으며 맞이한 것으로 되어 있는데, 언해본에
는 장운용과 함께 지냈던 집이 분묘로 바뀌고 분묘에 큰 구멍이 나
서 설소가 그리로 들어가 관을 열고 장운용을 깨워서 살려낸 것으로
변개가 이루어졌다.

| 제14화 |

협구도사(峽口道士)

개원(開元) 시절, 협구(峽口)[197]라는 땅에 범이 많이 있어서 왕래하는 뱃사람들이 모두들 피해를 입곤 하였다. 그 후부터 배가 협구를 지나갈 때면 배에 탄 사람들 가운데 한 사람을 내어 범에게 먹이로 주고 가야 호환이 없고, 그리하지 않으면 뱃사람들이 모두 상하였다.

하루는 상인들이 탄 배가 그곳을 지나게 되었다. 배에 탄 사람들이 다 같은 무리들이고 그 중의 한 사람만이 고단(孤單)[198]하므로, 모두들 그를 잡아내어 강 언덕에 내리게 하고 배를 저어나가는 것이었다. 그 사람이 이르기를,

"나는 고단하고 가난하니 오늘 마땅히 호랑이 밥이 되겠소만, 한 가지 청이 있는데 모두들 들어주시겠소?"

하였다. 모두들 이르기를,

"무슨 말인지 들어 봅시다."

---

197) 중국 섬서성(陝西省) 한중시(漢中市) 서향현(西鄕縣)에 있던 진(鎭).
198) 고혈(孤孑). 단출하고 외로움.

하니 그 사람이 이르기를,

"내가 이제 산으로 들어가 호랑이의 자취를 찾게 되면 자연히 할 일이 있을 것이니, 나를 위해 배를 여울 아래 머물러두고 오후쯤 되어서도 오지 않거든 배를 저어 가시오."
하는 것이었다.

모두들 그리하겠다고 하자, 그 사람은 도끼 한 자루를 들고 산 속으로 들어갔다. 인적은 찾아볼 수 없었고, 수풀이 가장 깊은 곳에 호랑이의 자취가 여기저기 있었다.

반 리(半里)가량 들어가니 큰 석실이 있고, 그 가운데 석상이 놓여 있었다. 석상 위에는 한 도사가 누워 잠이 깊이 들었고, 그 곁에는 호랑이 가죽 하나가 걸려 있었다. 그 사람이 도끼를 들고 석상에 올라 가죽을 빼앗아 제 몸의 걸치고 곁에 서 있으니, 그 도사가 놀라 잠에서 깨어나 말하였다.

"내 너를 오늘 응당 먹으려는데, 네 어찌 내 가죽을 훔쳤느냐?"

그 사람이 이르기를,

"내가 너를 먹을 것인데 어찌 그런 말을 하느냐?"
하고 둘이 서로 겨루기를 이시(移時)[199]토록 그치지 않았다. 도사는 말이 막히자 이에 이르기를,

---

199) 한참 동안.

"내가 옥황상제께 죄를 짓고 여기에 귀양 와서 호랑이가 되어 일천 명의 사람을 잡아먹어야만 하게 되었다. 벌써 잡아먹은 것이 999명이니, 너만 마저 잡아먹으면 그 수가 찰 것인데, 불행하게도 네게 가죽을 빼앗겼구나. 이제 가죽을 주지 않으면 호랑이가 되어 또 다시 일천 명을 잡아먹을 것이다. 이제 한 가지 계교가 있는데, 우리 둘에게 다 좋을 것이다. 어떠냐?"

하였다. 그 사람이 이르기를,

"말해 봐라."

하자 도사가 말하였다.

"네가 내 가죽을 가지고 배에 돌아가서 네 머리털과 수염과 수족을 베고 몸의 피를 조금 내어 입던 옷에 싸서 가지고 있다가 내가 가거든 가죽을 나에게 주고 그대의 옷을 내던지면 내가 너를 잡아먹은 것이나 다르지 않을 것이니, 언약대로 하라."

그 사람이 호랑이 가죽을 가지고 배로 돌아가자 모든 사람들이 놀라 물으므로, 그 이야기를 자세히 말해주었다. 그런 뒤에 도사가 말한 대로 해두고 기다렸다.

한참 뒤 도사는 어느새 물가로 와 있었다. 그가 가죽을 내던지자, 도사는 가죽을 입고 소리를 지르며 뛰놀더니 큰 호랑이가 되는 것이었다. 그가 가지고 있던 옷을 내던지자, 호랑이는 옷을 받아 짓씹어먹고 사라졌다. 그 후부터는 호랑이가 사라져 일절 나타나지 않았다.

평설　《태평광기》 제426권에는 이야기의 제목이 <협구도사(峽口道士)>, 출전이 《해이록(解頤錄)》으로 밝혀져 있다. 대체로 원문을 충실히 언해하였으나 부분적으로 생략과 변개가 이루어졌다.

협구도사가 베어 달라는 물품 중에 손톱이 원문에는 있으나 언해본에는 생략되었고, 피를 내는 부위도 원문에는 머리·얼굴·다리·손을 포함해서 온몸으로 되어 있으나, 언해본에는 그냥 '몸'이라고 하였다.

이야기 끝에 호랑이가 잡아먹은 사람의 수를 채워 하늘로 돌아갔을 것이라는 사람들의 후일담이 원문에는 있으나, 언해본에는 생략하였다.

협구에 이르러 호랑이의 먹이로 주는 관례상 사람의 수와 이 이야기에서 호랑이 먹이로 지목된 사람의 수가 모두 원문에는 '두 사람'으로 되어 있으나, 이는 명백한 오기로 언해본에서는 다 '한 사람'으로 고쳤다.

또한 원문에는 먹이로 지목된 사람이 그날 오시까지만 배를 머물러 달라고 하자 배에 남은 사람들이 다음날 날이 밝을 때까지 기다렸다가 출발하겠다고 하였는데, 언해본에는 먹이로 지목된 사람이 오후까지만 기다려 달라고 하자 배에 남은 사람들이 허락하는 것으로 바뀌었다.

협구도사가 베어달라는 물품 중에 원문의 '손톱'이 언해본에는 '수족'으로 바뀌었고, 입던 옷에 묻히는 피의 양도 원문에는 '2-3되'로 되어 있으나, 언해본에는 '조금'으로 달라졌다.

| 제15화 |

손각(孫恪)

손각(孫恪)이라는 선비가 과거에 낙방하고 서울에서 두루 노닐다가 위왕지(魏王池)[200]라는 못가에 이르렀다. 문득 큰 집이 못가에 있었는데, 길 가던 사람이 그 집을 가리키며 말하기를,

"이는 원씨(袁氏)의 집이오."

하였다. 손각이 그 집에 들어가 문을 두드렸으나 대답을 하는 사람이 없었다. 문 곁에 작은 방이 있었는데 자리와 휘장이 깨끗하므로,

'틀림없이 손님을 대접하는 집이로군.'

하고 발을 들고 들어가 앉아 쉬고 있었다.

이윽고 문을 여는 사람이 있으므로 엿보니, 한 여자가 보이는데 얼굴이 절색이요, 의복이 화려하였다.

뜰에서 훤초(萱草)[201]를 꺾으며 글을 읊다가 발을 들어 손각을 보고는 놀라 들어갔다. 그녀는 차환(叉鬟)[202]을 불러 꾸짖

---

200) 당 태종이 아들 위왕(魏王) 이태(李泰)에게 하사한 연못으로 낙양 남쪽에 있었음.
201) 망우초(忘憂草). 의남초(宜男草). 원추리.

는 말을 대신하게 하였다.

"그대는 어떤 손님이기에 이리 깊은 곳까지 들어오셨나요?"

손각이 대답하였다.

"마침 지나가다가 앞에 다른 인가가 없는지라, 잠깐 들어와 쉬고 있었어요. 낭자를 놀라게 하여 황괴(惶愧)[203]하게 생각하고 있으니, 이 뜻을 낭자께 말씀해 주시오."

그 차환이 들어가더니 즉시 나와 낭자의 말을 전하기를,

"추한 얼굴을 이미 다 보았으니 어찌 다시 피하겠어요? 낭군께서 잠깐 머무시면 소세(梳洗)[204]를 마친 후에 나가 뵙겠어요."

손각은 대희과망(大喜過望)[205]하여 그 차환에게 물었다.

"낭자는 어느 댁의 따님인가?"

차환이 대답하기를,

"원 장관(袁長官)의 따님이신데, 일찍이 양친을 여의고 외로이 되어 종족이 없답니다. 다만 우리 세넷과 함께 이 집에서 살고 있지요. 바야흐로 혼처를 구하고 있으나 아직 얻지 못했답니다."

---

202) 머리를 얹은 여자종.
203) 두렵고 부끄러움.
204) 머리를 빗고 낯을 씻는 일.
205) 너무 기뻐서 분수에 넘치게 바람.

하였다. 이윽고 낭자가 나왔는데, 고운 태도가 처음 볼 적보다 더욱 빛났다. 그녀는 시비에게 명하여 차를 내오라고 하고 이르기를,

"낭군께서 머물 집이 없으면 낭탁(囊橐)[206]을 여기에 머무시고, 필요하신 것이 없으면 이 시비에게 말씀하세요. 그러면 마땅히 챙겨 드릴 것입니다."

하였다. 손각은 깊이 사례하고 그 집에 머물렀다.

손각은 취처(娶妻)[207]를 아니하였는지라 그녀의 절색을 보고 중매를 얻어,

"들어가 청혼을 해주시오."

하였다. 낭자도 또한 기꺼이 허락하자, 중매쟁이가 나와 손각에게 청혼을 받아들였다고 알려주었다. 손각은 크게 기뻐하며 택일하여 혼례를 치렀다.

그녀의 집은 부유하여 재물이 많았다. 손각이 곤궁하다가 거마와 의복이 일시에 빛나게 되자, 친구들이 다들 그 까닭을 의심하여 물었다. 그러나 손각은 속이고 말하지 않았다.

그리고는 마음속에 교만한 뜻을 두어 벼슬을 구하지 아니하고 날마다 호귀(豪貴)[208]들과 어울려 술 마시고 놀음놀이만 하

---

206) '주머니'란 뜻으로, 여기서는 행장(行裝)을 말함.
207) 장가를 들어 아내를 얻음.
208) 부호(富豪)와 귀족(貴族).

였다.

　손각은 두어 해가 지난 후에 사촌형인 장한운 처사를 만나자 말하기를,

　"오래 떠났다가 만났으니 오늘 밤은 함께 자며 종용(從容)히[209] 이야기나 합시다."

하였다. 장생이 손각의 집으로 가서 함께 이야기를 나누다가 밤이 든 후에 손각의 손목을 잡고 은밀하게 말하였다.

　"내가 도문(道門)[210]의 공부를 좀 했는데, 자네의 얼굴을 보니 요사스러운 기운이 많구먼. 무슨 일이 있는지 내게 속이지 말고 자세히 말해 보게."

　손각이 속이고 바로 말하지 않자, 장생이 말하였다.

　"자네 얼굴에 정기가 적고 진액(津液)[211]이 메말라가니 틀림없이 요귀에게 홀린 듯하네. 이를 피하지 않으면 오래지 않아 화가 닥칠 것이야. 어째서 나를 속이는가?"

　손각은 그제야 깜짝 놀라 깨닫고는 그녀와 혼인하게 된 이야기를 자세히 말하였다. 장생이 놀라 말하기를,

　"그 때문에 그랬군. 어찌 해내(海內)[212]에 친척이 없는 원씨

---

209) 조용하게.

210) 도술을 닦는 도교(道敎).

211) 수액(樹液)이나 체액(體液) 등 생물체 안에서 생겨나는 액체.

212) 나라 안.

가 있겠는가? 내게 보검 한 자루가 있는데 전부터 효험이 있다
네. 내 자네에게 빌려줄 것이니 깊은 방에 세워 두게나. 틀림없
이 싫어하는 일이 생길 걸세."
하였다. 손각이 그 칼을 받아 방안에 두고 생각하기를,

  '내가 오래도록 힘들게 다니다가 그녀와 혼인한 후에 가업이
풍족하여졌는데 어찌 차마 그 은혜를 저버린단 말인가?'
하고 몹시 어려워하는 빛이 있었다.

  원씨는 벌써 그 일을 알고 대로하여 손각을 꾸짖었다.

  "당신은 곤궁하게 다니다가 저로 인해서 시름겨운 마음을 풀
어버렸는데 오늘날 어찌 이런 못된 짓을 한단 말입니까?"

  손각은 고두(叩頭)[213] 하고 부끄러워하며 말하기를,

  "내 사촌형이 시킨 일이지 내 생각이 아니오. 원컨대 맹세코
다른 뜻을 두지 않겠소."
하였다. 원씨는 그 칼을 뒤져 찾아내서는 낱낱이 끊어버렸다.
손각이 더욱 두려워하자 원씨가 웃으며 말하였다.

  "장생이 그 아우를 의리로 가르치지 않고 흉측한 짓을 시켰으
니, 다시 오면 내가 반드시 욕을 하겠어요. 당신과 함께 살아온
지 벌써 두어 해나 되었는데 당신은 어째서 저를 의심하세요?"

  손각은 약간 안심이 되었다. 그는 두어 날 후에 장생을 만나

---

213) 머리를 조아림.

이 이야기를 해주었다. 장생이 놀라 이르기를,

　"이는 나의 알 바가 아니로군."

하고 두려워서 다시는 오지 않았다.

　손각은 원씨와 여남은 해를 함께 살면서 두 아들을 낳고 집
안 다스리기를 매우 엄히 하였다. 그 후에 강남 땅의 판관(判
官)214) 벼슬을 하여 일가를 거느리고 부임하러 가는 길에 높은
산과 푸른 소나무를 만나면 원씨는 매양 심중에 슬퍼하는 듯하
였다. 단주(端州)215) 땅에 이르러 원씨가 이르기를,

　"이 앞으로 반정(半程)216) 되는 강가에 협산사(峽山寺)217)라
는 절이 있는데, 내 권당(眷黨)218)이 중이 되어 그 절에서 살고
있어요. 이별한 지 이십여 년이 되었는지라 들어가 한 번 만나
보고 겸하여 부처님께 복을 빌겠어요."

하였다. 손각이 재에 쓸 물품을 장만하여 절로 갔다. 원씨는 매
우 즐겁게 성적(成赤)219)을 다시 하고 옷을 갈아입은 뒤 두 아
들을 데리고 늙은 중의 집으로 곧장 들어갔다. 찾아가는 길이
원씨에게 매우 익숙해 보이므로, 손각은 마음속으로 수상하게

---

214) 당나라 때 지방의 수령인 자사(刺史)나 현령(縣令)을 보좌하는 벼슬.
215) 중국 광동성(廣東省) 조경시(肇慶市) 지역의 옛 이름.
216) 반나절 걸리는 거리.
217) 중국 광동성 청원시(淸遠市)에 있는 절.
218) 권속(眷屬). 일가친척.
219) 얼굴에 분을 바르고 연지를 찍는 일. 화장(化粧).

여겼다.

원씨가 옥으로 된 고리를 가져다가 중에게 드리고 말하기를,

"이것은 예전에 절에 있던 물건입니다."

하였는데, 그 중ᄃ 알지 못하였다.

재를 파하자, 들잔나비 스물 남짓이 팔을 서로 겯고 높은 소나무로 내려와 슬피 울부짖으며 칡넝쿨을 헤치고 뛰놀았다. 원씨는 몹시 서러워하는 빛이 있더니, 붓을 가져다가 절의 바람벽에 다음과 같은 글을 지어 썼다.

구태여 은정(恩情)을 입어 이 마음을 괴롭게 하였는데,
무단(無端)이 변화하여 얼마나 인간(人間)에 빠졌는가.
벗을 따라 산으로 돌아감만 같지 못한지라,
길게 휘파람 부는 한 소리에 이내 깊구나.
剛被恩情役此心 無端變化幾湮沉
不如逐伴歸山去 長嘯一聲烟霧深

이에 붓을 땅에 버리고 두 아들을 어루만지며 두어 소리를 슬피 울고 손각에게 이르기를,

"잘 계세요. 내 마땅히 영결하려 합니다."

하고 옷을 찢어버리고는 변하여 늙은 잔나비가 되어 들잔나비들을 따라 깊은 산으로 들어가며 자주 돌아보았다. 손각은 놀라고 서러워하더니 한참 뒤에 마음을 진정하고 중에게 물었다.

중은 그제야 깨닫고 이르기를,

　"이 잔나비는 내가 상좌(上佐)[220]로 있을 적에 기르던 것이라오. 개원(開元) 시절에 고력사(高力士)[221]가 지나가다가 이 잔나비가 혜힐(慧黠)[222]한 것을 보고 비단을 주고 사다가 천자께 드렸답니다. 그때에 고력사가 오면 그것의 영매(英邁)[223]한 것을 일컬으며 항상 상양궁(上陽宮)[224]에 두고 길들였는데, 안록산(安祿山)[225]의 난에 간 곳을 알지 못하게 되었지요. 슬프다! 오늘날 다시 그 괴이함을 보게 되다니! 옥지환은 본디 가릉(訶陵)[226] 호인(胡人)에게 얻은 것이었어요. 그 당시 잔나비의 목에 매고 갔었는데, 이제야 알겠구려!."

하였다. 손각은 더욱 슬프게 여겨 배를 뭍에 대고 6-7일을 묵고는 두 아들을 데리고 도로 집으로 돌아갔다.

　　평설　《태평광기》 제445권에는 이야기의 제목이 <손각(孫恪)>, 출전이 《전기(傳奇)》로 밝혀져 있다. 대체로 원문을 충실히 언해하였으나 상당 부분 생략이 이루어졌다.

---

220) 사승(師僧)의 대를 이을 여러 제자 가운데서 높은 중.
221) 당나라 현종 때의 환관(宦官).
222) 슬기롭고 민첩함.
223) 영민하고 비범함.
224) 당나라 때 낙양(洛陽)에 세운 궁전.
225) 당나라 현종 때의 절도사(節度使)로 반란을 일으킨 인물.
226) 당나라 때 남해(南海)에 있던 섬나라.

이야기의 시간적 배경을 원문에는 광덕연간(廣德年間, 763-764)이라고 밝히고 있으나, 언해본에는 생략하였다. 위왕지 가의 집에서 만난 여인의 아름다움에 대해 묘사한 대목을 언해본에서는 생략하였다.

그녀가 뜰에서 원추리 꽃을 꺾다가 읊조린 시를 언해본에서는 생략하였다. 손각이 장생을 만났을 때, 장생이 음양의 정기로 신선과 요귀의 차이를 설명하는 대목도 언해본에는 생략되었다. 또한 장생이 ≪좌전≫을 인용하여 사람이 귀신을 섬겨서는 안 된다고 손각을 설득하는 대목도 생략되었다.

손각이 판관 벼슬을 하게 된 경위가 원문에는 서술되어 있으나, 언해본에는 생략되었고, 협산사 중의 이름이 원문에는 혜유(惠幽)라고 밝혀져 있으나, 언해본에서는 생략하였다.

| 제16화 |

오군산(烏君山)

오군산(烏君山)[227]은 건안(建安)[228]의 유명한 산으로, 고을
에서 서쪽으로 백 리 떨어져 있었다. 그 땅에 서중산(徐仲山)이
라는 도사가 있었는데, 젊어서부터 신선을 구하여 해가 오래될
수록 뜻이 더욱 굳어졌다.

하루는 중산이 그 산을 지나가다가 불의에 급한 비를 만나
사방이 어두워져서 길을 잃고 말았다. 번갯불이 번쩍이는 가운
데 집 한 채가 보였는데 관사 같았다. 비를 피하느라 문에 이르
니, 비단옷 입은 한 사람이 있다가 중산을 보고 이르기를,

"이 땅에 사는 도사로군요."

하므로 중산이 배사(拜謝)하고는 비바람을 피하고자 하는 뜻
을 말하였다. 그러자 그가 절하고 이르기를,

"나는 감문사자(監門使者)[229] 소형(蕭衡)이라고 합니다."

하고 맞아들이므로 중산이 물었다.

---

227) 중국 복건성(福建省) 남평시(南平市) 광택현(光澤縣) 동쪽에 있는 산.
228) 중국 복건성 건구시(建甌市) 지역의 옛 이름.
229) 문을 지키며 출입을 감독하는 벼슬.

"전부터 보아도 이 땅에 이런 집이 없었는데 어찌 된 관부가
졸연(猝然)[230] 히 지어졌습니까?"

소형이 대답하기를,

"여기는 신선들이 사는 곳이고, 나는 곧 감문(監門)하는 관
원이라오."

하였다.

한참 뒤에 여랑(女郎)[231] 한 사람이 나오는데 홍상채의(紅裳
彩衣)[232]를 입고 왼손에는 채번(綵幡)[233]을 잡고 있었다. 그녀
가 전하기를,

"감문사자는 밖에서 어떤 사람과 서로 통하면서 안에 와서
이르지 않는 것이오?"

감문사자가 대답하기를,

"이 땅에 사는 서중산이라는 도사입니다."

하였다. 한참 뒤에 또 전하기를,

"선관께서 서중산을 불러들이라 하시오."

하고 처음에 나왔던 여랑이 중산을 인도하여 중당(中堂)으로
들어갔다. 그곳에는 한 장부가 앉아 있었다. 나이는 오십 세가

---

230) 갑작스레.
231) 남자와 같은 재주나 기질을 가진 여자.
232) 붉은 치마와 무늬가 있는 저고리.
233) 비단으로 만든 깃발.

량 되어 보였는데, 피부와 수염이 다 회었다. 그가 중산에게 말하였다.

"경이 여러 해 동안 도를 닦아 세속에서 뛰어나다는 것을 알고 있네. 내게 작은딸이 있는데 제법 도교의 가르침을 익혔다네. 경으로 더불어 숙연(宿緣)[234]이 있는데, 오늘이 바로 길일이니 친영지례(親迎之禮)[235]를 행하도록 하게."

하였다. 중산이 일어나 배사하니, 선관이 말리며 이르기를,

"내가 상처한 지 벌써 일곱 해가 되었네. 아홉 명의 자식을 두었는데, 아들이 셋이요, 딸이 여섯일세. 그대의 아내가 될 아이는 가장 작은딸이라네."

하고는 후당(後堂)에 명하여 주식을 갖추게 하고 중산을 관대(款待)[236]하여 잔치를 베풀었다.

밤이 점점 깊어지자 패옥소리가 들리더니 이윽고 기이한 향기가 좌중에 퍼지며 등촉이 환하게 밝혀졌다. 중산을 인도하여 별당으로 들어가 혼례를 마친 후에 사흘을 그곳에서 머물렀다.

중산은 마음속으로 매우 흐뭇하여 집안을 두루 돌아보았다. 서쪽으로 향하다가 한 채의 너른 집에 이르렀다. 그곳에는 깃이 달린 날짐승의 껍질이 걸려 있었다. 14개는 푸른 껍질이었

---

234) 해묵은(오래 된) 인연.
235) 신랑이 신부 집에 가서 신부를 맞이하는 의식.
236) 친절하게 정성껏 대접함.

고, 그 나머지는 다 까마귀의 껍질이었다. 까마귀 껍질 중의 하나는 흰 까마귀의 껍질이었다.

또 서쪽과 남쪽 사이로 가니 49개의 깃을 걸어놓았는데, 다 올빼미의 껍질이었다. 중산은 속마음으로 괴이하게 여기며 자신이 있던 방으로 돌아왔는데 그의 아내가 물었다.

"그대는 아까 나가서 무엇을 보았기에 안색이 변하셨어요?"

중산이 미처 대답을 하지 못하고 있는데 그의 아내가 말하였다.

"신선들이 가볍게 날 수 있는 것은 다 날개옷을 입기 때문이랍니다. 그렇지 않다면 어떻게 잠깐 사이에 만 리를 갈 수 있겠어요?"

중산이 물었다.

"까마귀 깃은 누구의 것이오?"

그의 아내가 대답하였다.

"그건 대인(大人)[237]의 옷이랍니다."

또 묻기를,

"푸른 옷은 누구의 것이오?"

"항상 부리는 시비의 옷이에요."

"나머지 까마귀 깃은 누구의 것이오?"

---

237) '아버지'를 높여 이르는 말.

"그건 우리 형제들이 입는 옷이지요."

또 묻기를,

"올빼미 깃은 누구의 것이오?"

하자 그의 아내가 말하였다.

"그건 경점(更點)[238]을 관리하여 밤을 살피는 사람의 옷이랍니다. 감문사자 소형 같은 사람 말입니다."

말을 미처 마치지 못해서 홀연 놀라 떠드는 소리가 들려오므로, 그 까닭을 물으니 그의 아내가 말하기를,

"시골사람들이 사냥하느라 불을 놓아 산을 불태우네요."

하다가 이윽고 모두들 말하기를,

"서랑(徐郎)에게 옷을 만들어 입히지 못하였으니 오늘 이별이 너무 갑작스럽다고 할 수 있겠군!"

하고는 각각 걸어놓은 깃을 가져다가 몸에 걸치며 사면으로 날아갔는데, 그 집은 하나도 없고 빈 산기슭뿐이었다.

평설 ≪태평광기≫ 제462권에는 이야기의 제목이 <오군산(烏君山)>, 출전이 ≪건안기(建安記)≫로 밝혀져 있다. 대체로 원문을 충실히 언해하였으나 부분적으로 생략과 변개가 이루어졌다.

서두 부분에서 서중산을 소개하면서 그의 성품에 관한 내용이 원문에는 있으나, 언해본에서는 생략하였다. 서중산이 폭우를 피하기

---

238) 북과 징을 쳐서 알리던 야간 시간 단위인 '경'과 '점'.

위해 들어간 집에서 만난 여랑(女郞)의 머리 모양과 복색 등 세부묘
사가 생략되었고, 선관의 모습에 관한 세부 묘사도 생략하였다. 마지
막에 그 일로 인하여 그 산을 '오군산'이라고 부르게 되었다는 유래
설명도 언해본에는 생략하였다.

　서중산이 선관늬 무리들과 헤어질 때 원문에는 "오늘 이별하더라
도 다시 만날 수 있을 것(今日之別　可謂邂逅矣)"이라고 하였으나,
언해본에서는 '이별이 갑작스럽다'고만 하고 후일의 재회에 대한 기
약을 언급하지 않는 것으로 바꾸었다.

| 제17화 |

서좌경 (涂佐卿)

당나라 현종(玄宗)이 천보(天寶) 13년[239] 중양일(重陽日)[240]
에 사원(沙苑)[241]에 가서 사냥을 하고 있었는데, 구름 사이로
외로운 학이 날아드는 것이었다. 현종은 친히 화살을 빼어 그
학을 맞혔다. 그 학은 화살을 맞은 채 땅에 떨어질 뻔하다가
도로 날아올라 서남쪽으로 날아갔다. 모든 사람들이 가는 곳을
바라보았는데 매우 오랜 후에야 사라졌다.

익주(益州)[242]의 서쪽에 한 도관(道觀)[243]이 있었는데, 산을
의지하고 물에 임하여 소나무와 계수나무가 우거져 깊고 고요
하였다. 공부를 성실히 하여 도를 이루지 못하는 도사들은 감
히 있을 수 없는 곳이었다. 그 도관의 동쪽에 있는 제일원(第一
院)[244]은 더욱 그윽하였다.

---

239) 서기 754년.
240) 음력 9월 9일.
241) 중국 섬서성(陝西省) 위남시(渭南市) 대려현(大荔縣) 남쪽 낙수(洛水)와
     위수(渭水) 사이의 너른 모래 풀밭.
242) 중국 사천성(四川省) 성도시(成都市) 지역의 옛 이름.
243) 도교(道敎)의 사원(寺院).

청성산(靑城山)245) 도사 서좌경(徐佐卿)은 청수하고 뜻이
높았다. 한 해에 서너 번씩이나 제일원을 찾아왔는데, 도관에
있는 늙은 도사들은 그곳의 정당(正堂)을 비워놓고 늘 그가 오
기를 기다렸다. 서좌경이 그곳에 이르면 5-6일 혹은 10여 일씩
머물렀다.

하루는 서좌경이 출타하였다가 문득 들어왔는데 즐겁지 않
은 안색으로 원중(院中)의 사람들에게 말하기를,

"내가 산중에 가서 다니다가 마침 날아오는 화살을 맞았는
데, 몸이 상한 데는 없었네. 하지만 이 화살은 세간에 둘 것이
아니므로 내가 바람벽에 남겨두겠네. 후에 이 화살의 주인이
여기에 이를 것이니 즉시 내어주고, 그때까지 삼가 잃지 않도
록 하게나."

하고는 벽 위에 기록하기를,

'이 화살을 남겨둔 때는 천보 13년 9월 9일이다.'

라고 써놓았다.

현종이 안록산의 난을 피하여 촉(蜀)으로 들어간 뒤, 한가한
날 마침 이 도관에 이르러 그윽한 경치를 아름답게 여겨 집 안을
두루 둘러보다가 문득 벽 위에 꽂혀 있는 화살을 보고 시신에게

---

244) 중국 사천성(四川省) 성도시(成都市) 서쪽에 있는 도관(道觀).
245) 중국 사천성 도강언시(都江堰市)에 있는 산. 도교의 성지로 유명함.

명하여 가져오게 하여 보니 진정 어전(御箭)이 아니겠는가.

매우 괴이하게 여긴 현종은 도관에 있는 모든 도사들에게 물으니, 그 화살에 대한 사연을 자세히 아뢰었다. 서좌경이 벽 위에 쓴 글을 보니 전에 사원에 가서 사냥할 때의 화살이었고, 서좌경은 바로 그날 화살에 맞은 학이었던 것이다. 현종은 크게 기특하게 여겨 그 화살을 거두어 보배로 삼았다.

그 뒤로는 촉 땅 사람으로 다시 서좌경을 만난 이가 없었다.

평설 ≪태평광기≫ 제36권에는 이야기의 제목이 <서좌경(徐佐卿)>, 출전이 ≪광덕신이록(廣德神異錄)≫으로 밝혀져 있다. 대체로 원문을 충실히 언해하였으나 부분적으로 생략을 하였다. 원문에는 서좌경이 벽 위에 써놓은 글을 본 현종은 학으로 변한 서좌경이 사원을 떠나 당일로 제일원에 이른 사실에 놀라고 있는데, 언해본에는 그 대목이 생략되었다.

| 제18화 |

이위공(李衛公)

소주(蘇州)246)의 상숙현(常熟縣) 원양관(元陽觀)247)에 단
도사(單道士)가 있었는데, 법명은 이청(以淸)이었다.

대력(大曆)248) 중에 가흥(嘉興)249)으로 가다가 배에 올랐는
데 기이한 향내가 나므로 의심하여 주중(舟中)에 있는 사람들
을 돌아보니 다 장사꾼의 무리였다. 뱃머리에 한 사람이 앉아
있는데, 얼굴이 남달랐다. 단군(單君)250)이 방석을 가까이 하여
여러 날 친근하게 지냈는데 향기가 더욱 심하므로 은근히 물었
더니 대답하기를,

"나는 본디 이 땅 사람인데 젊어서 대풍창(大風瘡)251)이라는
병을 앓아서 눈썹이 다 빠지고 얼굴이 점점 흉해져서 내 마음
에도 몹시 보기 싫었소. 스스로 깊은 산 속으로 도망쳐서 호표

---

246) 중국 강소성(江蘇省)의 성도(省都).
247) 도교 사원의 이름.
248) 당나라 대종(代宗)의 연호. 766-779년.
249) 중국 절강성(浙江省)의 북부에 있는 시.
250) 단 도사(單道士)를 가리킴.
251) 문둥병.

(虎豹)[252]의 밥이 되어 죽으려고 했지요. 이틀가량 들어가니 산길이 점점 깊어지고 인적이 끊어졌는데, 문득 한 노인을 만났지요. 그 노인이 나에게 묻기를,

　'너는 어떤 사람이기에 멀리 이 산골짜기에 들어왔느냐?'

하므로 내 사정을 다 말했지요. 노인이 불쌍히 여기며 말하기를,

　'나를 따라오너라.'

하는 것이었소. 노인을 따라 10여 리를 들어가니 한 줄기 시내가 흐르더군요. 물을 건너 10여 걸음을 지나가니 땅이 너른데 초당 두어 칸이 있더군요. 노인이,

　'너는 이 집에서 한 달만 머물러라. 내가 다시 와 보마.'

하고는 환약 한 알을 주어 먹이고 또 말하기를,

　'황정(黃精)[253]과 마와 대추와 밤이 많이 있으니 마음껏 먹어라.'

하고 노인은 산 속으로 들어가 버렸소. 그리하여 내가 초당 안에 들어가 약을 먹은 후로부터는 배고픈 줄도 목마른 줄도 모르게 되었고 몸도 점점 가벼워지더군요. 두 달가량 지난 후에 노인이 와서 보고 웃으며 말하기를,

　'그대가 그저 있는 것을 보니 유심(有心)[254]하다고 할 수 있

---

252) 호랑이나 표범 등 맹수.
253) 죽대의 뿌리를 한방에서 이르는 말. 몸이 허약한 데 보약으로 씀.
254) 속뜻이 있음. 주의 깊음.

겠구나. 그대의 병이 벌써 나았는데 그대는 알고 있는가?'

하므로,

　'저는 모르겠는데요.'

하니 노인이,

　'물에 가서 비춰보게.'

하므로 즉시 물에 가서 얼굴을 비춰보니 눈썹이 다 나고 얼굴 빛이 어릴 적 같더군요. 노인이,

　'그대는 여기에 오래 있지 못할 것이야. 이미 내 약을 먹었으니 다만 병이 나았을 뿐만 아니라 인간 세상에서 장생불사할 게야. 그러려면 행실과 도를 닦아야 하네. 20년 후에 다시 만나세.'

하므로, 나는 하직하고 물었지요.

　'선생의 성명을 알고 싶습니다.'

　노인은,

　'그대는 당나라 때 위공(衛公) 이정(李靖)255)을 들어보지 못했는가? 이 몸이 곧 이정일세.'

하는 것이었소. 그 노인은 바로 당나라 때 이위공(李衛公)이었던 것이오. 내가 산에서 나온 후로 도를 닦은 일은 없으나 그분과 만날 연한이 곧 다가오니 다시 산으로 들어가 스스로 찾

---

255) 당나라 태종 때의 명장. 위국공(衛國公)에 봉해졌음. 571~649.

아볼 생각이오."
하였다.

평설 ≪태평광기≫ 제29권에는 이야기의 제목이 <이위공(李衛公)>, 출전이 ≪원선기(原仙記)≫[256]로 밝혀져 있다. 대체로 원문을 충실히 언해하였으나 부분적으로 생략과 변개가 이루어졌다.

향기 나는 사람이 대풍창에 걸렸을 때 원문에는 눈썹과 머리털이 다 **빠졌다**고 되어 있으나, 언해본에는 머리털은 생략하고 눈썹만 **빠**진 것으로 처리하였다. 깊은 산 속 초당에 있는 약재를 원문에서는 황정·백합·복령·마·대추·꿀 등이라고 하였으나, 언해본에는 백합·복령·꿀 등이 생략되었다. 마지막에 이 이야기를 단 도사가 기록해 두었다가 사람들에게 말해주었다는 대목도 언해본에서는 생략하였다.

원문에는 단 도사가 향기를 풍기는 사람의 기이함을 보고 도중에 뱃사람에게 말하여 자리를 뱃머리로 옮긴 것으로 되어 있으나, 언해본에는 단 도사가 스스로 옮겨 간 것으로 바뀌었다. 또한 향기를 풍기는 사람이 이정과의 약속을 지키러 산으로 들어가면서 한 말이 원문에는 그 동안 '닦은 도가 아직 이정의 뜻에 부합하지 못할까 두렵다(今以所修 恐未合聖旨)'고 하였으나, 언해본에서는 '산에서 나온 후로 도 닦은 일은 없다'는 내용으로 바꾸었다.

---

256) 명초본(明鈔本)에는 원화기(原化記)로 되어 있음.

| 제19화 |

매약옹(賣藥翁)

　매약옹(賣藥翁)은 그 성명을 알지 못하였는데 남이 물으면,

　"매약옹이 내 성명이오."

하였다.

　아이 때부터 보았던 사람이 늙도록 보아도 그 얼굴이 변치
아니하였다. 항상 조롱박 하나를 가지고 약을 팔았는데 사람
들이,

　"병이 있어요."

하고 약을 구하면 돈을 주든 아니 주든 다 내어주었다. 그 약을
먹기만 하면 신기로운 효험이 났고, 병이 없으면서 희롱하여
약을 구하면 얻으면서 즉시 잃어버리니, 사람들이 감히 망령되
게 구하지 못하였다.

　항상 저잣거리에 가서 취해 있다가 돈을 얻으면 가난한 사람
에게 다 주었다. 혹 사람들이 희롱하여 묻기를,

　"대환단(大還丹)257)이 있으면 삽시다."

---

257) 먹으면 신선이 된다는 단약(丹藥).

하면 이르기를,

"한 알이 있는데, 돈 1천 꿰미를 주면 팔겠소."

하니 사람들이 다 미쳤다고 하였다.

길거리로 다니면서 사람들을 웃으며 꾸짖기를,

"돈을 주고 약을 사먹지 아니하니 다 흙 만두가 되는구나."

하였는데 사람들이 그 뜻을 알지 못하므로 더욱 웃었다.

후에 장안(長安)²⁵⁸⁾에서 약을 팔았는데, 약 살 사람들이 매우 많이 모였다. 조롱박을 쏟으니, 조롱박은 비었고 다만 한 환(丸)이 있었는데 극히 크고 빗나는 것이었다. 손바닥 위에 올려놓고 탄식하며 이르기를,

"백여 년 동안 인간 세상에서 약을 팔면서 억조인(億兆人)²⁵⁹⁾을 겪었으되 한 사람도 돈을 가져와서 약을 사 먹을 사람이 없으니 가히 슬프도다!"

하고 그 약을 스스로 먹으니 입에 들어가면서 발아래로부터 오색구름과 향기로운 바람이 일어나며 공중으로 올라갔다.

| 평설 | ≪태평광기≫ 제37권에는 이야기의 제목이 <매약옹(賣藥翁)>, 출전이 ≪속선전(續仙傳)≫으로 밝혀져 있다. 대체로 원문을 충실히 언해하였다. |

---

258) 중국 전한(前漢)·당(唐) 때의 도읍지. 오늘날의 섬서성(陝西省) 서안(西安).
259) 수많은 사람이라는 뜻.

| 제20화 |

왕사랑(王四郞)

낙양위(洛陽尉) 왕거(王琚)에게 서출의 조카가 있었는데, 이름을 사랑(四郞)이라고 하였다. 그의 어미가 개가하여 나가자 제 어미를 따라 가서 10년이나 5년에 한 번씩 오면 왕씨의 친척들은 마음에 두지도 않고 대접도 하지 않았다.

왕거가 벼슬을 구하러 서울로 가다가 천진교(天津橋)[260]를 지나노라니, 왕사랑이 문득 말 앞에 나타나 인사를 하는 것이었다. 그는 베옷에 짚신을 신고 얼굴이 산야에 사는 사람의 모습이었다. 왕거가 곧바로 알아보지 못하여 생각에 잠겨 있자, 왕사랑이 제 이름을 말하였다. 왕거는 그제야 알고 반기며 가엾이 여겼다.

왕사랑이 말하기를,

"숙부님께서 이제 벼슬을 구하러 가신다고 하시는데, 서울 가셔서 쓸 것이 얼마나 하면 부족하지 않으실는지요? 제게 조그만 것이 있는데 받들어 드려 비용에 보탤까 합니다."

---

260) 중국 하남성(河南省) 낙양(洛陽)에 있는 다리.

하고는 품 안에서 금 닷 냥을 꺼내는데 빛이 닭의 볏 같아서
보통 금과 달랐다. 그리고는 이르기를,

　"이는 평상시의 금값과 같이 받지 못할 것입니다., 서울 들어
가시거든 저잣거리에 가서서 장봉자(張蓬子)라는 사람을 찾아
맡기시면 마땅히 이백천 금을 받으실 것입니다."

하는 것이었다. 왕거가 괴이하게 여겨 이르기를,

　"너는 전에 어디 있었으며 이제 어디로 가려하느냐?"

하고 물으니 왕사랑이 대답하였다.

　"전에는 왕옥산(王屋山)[261] 아래 있었는데, 이제 아미산(峨
嵋山)[262]으로 가다가 숙부님께서 여기 오신 것을 알고 와서 뵈
었던 것입니다."

　왕거가 또 묻기를,

　"지금 어느 곳에서 머물고 있느냐?"

하니 대답하기를,

　"중교 역려(中橋逆旅)[263] 석씨(席氏)의 집입니다."

하였다. 그때에 갑자기 비가 쏟아졌다. 왕거는 우장(雨裝)[264]을
하지 않았는지라 이르기를,

---

261) 중국 하남성 제원시(濟源市) 서북쪽에 있는 산.
262) 중국 사천성(四川省) 아미산시(峨嵋山市)에 있는 산.
263) 숙박업소의 이름.
264) 비옷차림.

"나는 지금 네가 묵고 있는 숙소로 바로 가야겠다."

왕사랑이 절하며 말하기를,

"길 떠날 기약이 있어서 기다리지 못하겠습니다."

하고는 먼저 갔다. 왕거가 옷을 갈아입고 석씨의 집의 찾아가니, 왕사랑은 벌써 가고 없었다. 석씨에게 물으니 말하기를,

"희첩(姬妾)[265] 네댓을 거느렸는데 다 인간 세상에는 없는 절색이더군요. 의복과 인마(人馬)[266]가 매우 빛나 심상치 않았어요. 왕사랑은 교자(轎子)[267]를 타고 검남(劍南)[268]으로 간다고 하더군요."

하였다. 왕거는 기특히 여겼으나 그래도 믿기지 않았다. 서울에 이르러 보니 물가가 몹시 등용(騰踊)[269]하여 금세 쓸 돈이 없어져버렸다. 왕사랑이 준 금을 꺼내어 종에게 맡기고 장봉자를 찾아가라고 하였다.

찾아가 보니 과연 장봉자가 있었다. 금을 꺼내어 보여주니, 장봉자는 놀라는 한편 기뻐하며 머리를 두드리고 말하기를,

"어디에 가서 이를 얻었으며 얼마를 받으려 하는가?"

---

265) 첩(妾).
266) 마부와 말.
267) 가마.
268) 중국 사천성 광원시(廣元市) 지역.
269) 뛰어오름.

하였다. 종이 말하기를,

"이백천 금을 받으려 합니다."

하자 장봉자는 즉시 술과 음식을 먹이고 그 값을 일일이 내어
주고 말하였다.

"행여 이런 금이 또 있거든 다시 가져오게."

왕거가 다녀온 종의 말을 듣고 크게 괴이하게 여겨 이튿날
장봉자를 찾아가 보고 물으니 장봉자가 말하였다.

"이는 왕사랑이 만든 금인데, 서역의 장사꾼들이 이 금을 사
려고 여기 와서 기다리는 사람들도 여럿입니다. 본디 정한 값
이 없는 것을 왕사랑이 이 액수로 정한 것이지요."

왕거는 그제야 기특히 여겨 아무쪼록 다시 얻어 보고자 하였
으나 마침내 만나지 못하였다.

평설 ≪태평광기≫ 제35권에는 이야기의 제목이 <왕사랑(王四
郎)>, 출전이 ≪집이기(集異記)≫로 밝혀져 있다. 대체로
원문을 충실히 언해하였으나 부분적으로 생략하였다.

왕거가 왕사랑을 천진교에서 만난 때를 원문에서는 당나라 원화
(元和) 연간이라고 하였으나, 언해본에서는 생략하였다. 왕거가 벼
슬을 구하러 서울로 가는 대목을 원문에서는 '정주(鄭州)로부터 서
울로 가는 길에 동도(東都), 곧 낙양을 지나게 되었다.(自鄭入京 道
出東都)'라고 하였으나, 언해본에서는 출발지를 생략하였다. 왕거가
장봉자에게 보낸 하인의 이름이 원본에는 길아(吉兒)라고 밝혀져 있
으나, 언해본에서는 생략하였다.

| 제21화 |

황초평(皇初平)

황초평은 단계(丹溪)[270] 사람이다. 나이 15세 때 집에서 양을 치라고 하였다. 그가 어질고 신중한 모습을 본 어느 도사가 그를 금화산(金華山)[271] 석실로 데려갔다. 그곳에서 40여 년 동안이나 머물면서 다시는 집으로 돌아갈 생각을 하지 않았다.

그의 형인 황초기는 아우를 찾기 위해 몇 년 동안이나 산을 헤매고 다녔으나 찾지 못하였다. 그 뒤 저잣거리에서 어떤 도사를 보고 그가 불러서 물었다.

"제 아우의 이름이 초평인데, 양을 치라고 했다가 잃은 지 40여 년이나 되었어요. 죽었는지 살았는지, 살았다면 어디에 있는지 아무 것도 모르고 있어요. 도사님께서 점이라도 좀 쳐 주세요."

그러자 그 도사가,

"금화산에 양을 치는 아이가 하나 있던데, 성이 황씨고 자를

---

270) 중국 절강성(浙江省) 금화현(金華縣)의 옛 이름.
271) 중국 절강성 금화시에 있는 산. 적송산(赤松山)이라고도 함.

초평이라고 합디다. 그 아이가 당신의 동생이 틀림없겠네."
라고 하였다. 초기는 그 말을 듣고 즉시 도사를 따라가서 마침
내 아우를 만나게 되었다. 슬픔과 기쁨이 엇갈리는 가운데 그
간의 이야기를 마친 초기가 초평에게 물었다.

"양272)은 어디 있느냐?"

초평이 대답하기를,

"이 산 동쪽에 풀어놓았어요."

하였다. 초기가 가보니 양은 보이지 않고 흰 돌만 잔뜩 깔려
있었다. 초기가 돌아와 말하기를,

"산에 있는 것은 양이 아니던데."

하니 초평은,

"양이 있는데 형이 보지 못했구려."

하고는 초기를 데리고 가서 소리를 질렀다.

"양들아, 일어나라!."

하자, 흰 돌이 변하여 다 양이 되었는데, 그 수가 수만 마리나
되었다. 초기가 놀라서 말하기를,

"아우가 홀로 도를 얻었는데 나를 어찌 아니 가르치랴?"

하고는 처자를 버린 채 초평과 함께 머물며 송지(松脂)와 복령
(茯苓)을 먹으며 도를 닦았다.

---

272) 여기까지가 언해본에는 낙장이 되었으므로 원문에 따라 현대어로 국역하
    였음.

그 후에 형제가 함께 집에 돌아가 보니, 원근의 친척들이 하나도 살아 있는 사람이 엇었다. 산에 들어간 햇수를 헤아려보니 그 사이 5백 년이 흘렀다.

평설 ≪태평광기≫ 제7권에는 이야기의 제목이 <황초평(皇初平)>, 출전이 ≪신선전(神仙傳)≫으로 밝혀져 있다. 대체로 원문을 충실히 언해하였으나 부분적으로 생략하였다.

형 황초기가 동생에게 도를 가르쳐 달라고 하였을 때, 황초평은 '다만 도를 좋아하면 곧 얻을 수 있다.(唯好道 便可得之耳)'고 대답하였는데, 언해본에는 생략되었다. 또한 두 형제가 도를 얻은 후에 달라진 모습으로, '앉아 있다가 일어서면 능히 몸이 사라지고(能坐在立亡), 햇빛이 비추는 곳을 가는데도 그림자가 생기지 않으며(行於日中無影), 얼굴빛이 동자와 같았다.(而有童子之色)'는 대목이 언해본에는 생략되었다.

또한 황초평은 적송자(赤松子)로, 황초기는 노반(魯班)으로 개명하였으며, 그들과 같은 약을 먹고 신선이 된 자가 수십 명이었다는 후일담도 언해본에는 생략되었다.

| 제22화 |

배항(裴沆)

　배생(裴生)이라는 선비가 정주(鄭州)[273]로 가면서 두어 날 길을 가다가 새벽에 가노라니 길에서 사람의 앓는 소리가 들려왔다. 풀을 헤치고 찾아보니 가시덩굴 속에 병든 학이 있었는데, 날개를 늘어뜨리고 고개를 빼물고 있었다. 깃을 들어보니 날개 아래 살이 헐어 털이 없고, 앓는 소리가 기이하였다. 문득 한 노인이 몸에 흰 옷을 입고 지팡이를 짚고 걸어와 이르기를,

　"낭군은 나이가 젊은지라, 어찌 이 학이 슬퍼하는 것을 알겠소? 만일 사람의 피를 얻어 한 번 바르면 날 수 있을 것이오."

하였다. 배생이 문득 이르기를,

　"나의 이 팔을 찔러 피를 내는 것이 무엇이 어렵겠습니까?"

하니 노인이 웃으며 말하였다.

　"낭군의 뜻이 매우 높으시오. 그러나 반드시 연달아 삼세(三世)[274]를 사람으로 태어난 사람의 피를 써야 하오. 낭군은 전생

---

273) 중국 하남성(河南省)에 있는 고을.
274) 불교에서 전세(前世)·현세(現世)·내세(來世)를 통틀어 이르는 말.

에 사람이 아니었소. 오직 낙중(洛中)[275]에 사는 호로생(胡盧生)[276]이 3세를 사람으로 태어났소. 낭군의 이번 행차에 급한 일이 없으면 낙중에 가서 호로생을 찾을 수 있겠소?"

배생이 혼연히 말을 돌이켜 낙중에 이르러 호로생을 찾아 그 일을 자세히 이르고는 절을 하며 피를 달라고 빌었다. 호로생은 대답을 하지 않고 보자기를 열어 석합(石合)[277] 하나를 꺼내었는데 크기가 두 손가락이 들어갈 만하였다. 침으로 팔을 찔러 피를 흘려서 석합이 차자 배생에게 주며 말하였다.

"여러 말 하지 말고 바삐 가시오."

배생이 석합을 가지고 학이 있는 곳에 이르니 노인은 벌써 와 있다가 기뻐하며,

"진실로 신사(信士)[278]로다!"

하고 석합을 열어 피를 학의 상처에 바르니, 학이 즉시 나아 하늘로 날아가는 것이었다. 노인은,

"내가 있는 데가 멀지 않으니 잠깐 함께 가서 머뭅시다."

하고 2-3리가량 가서 한 집에 들어갔는데, 대나무로 만든 바자가 소쇄(瀟灑)[279]하고 초당이 매우 깨끗하였다.

---

275) 중국 하남성의 낙양(洛陽) 일대.
276) 별명인 듯함. '호로(胡盧)'는 엄구(掩口), 입을 가리고 웃는다는 뜻임.
277) 돌로 만든 그릇.
278) 신의(信義)가 있는 선비.

배생은 목이 말라 물을 달라고 하니, 노인이 한 토감(土龕)[280]을 가리키며 말하였다.

"그 가운데 물이 있을 것이오."

배생이 들어가 보니 살구씨 한 쪽이 있었는데, 크기가 갓만 하였다. 그곳에 물이 가득 담겨 있었는데 빛이 매우 희었다. 그 살구씨를 들어서 마시자 다시는 주리거나 목마른 기운이 없어졌다.

배생은 노인이 기특한 사람이라는 것을 알고,

"머물러 함께 있고 싶습니다."

하고 청하자 노인은,

"그대가 세간에서 누릴 적은 녹이 있으니 이곳에 오래 머물지는 못할 것이오. 내가 그대의 삼촌과 더불어 오래 노닐었는데, 그대는 알지 못했을 것이오. 이제 한 장의 서신을 주어 그대 편에 부쳐 보내려고 하오."

하고 한 보자기에 싼 것을 내어주는데 작은 그릇만 하였다. 그러고는 경계하기를,

"열어 보려는 생각도 하지 마시오. 그대는 아까 행장(杏漿)[281]을 먹었으니 수한(壽限)[282]이 길어 구족(九族)[283]이 죽는 모습

---

279) 기운이 맑고 깨끗함.

280) 흙을 빚어 만든 감실(龕室). '감실'은 신주(神主)를 모셔두는 방.

281) 살구씨에 담겨 있는 음료(飮料).

을 다 보게 될 것이오."

하였다. 배생이 받아가지고 낙양으로 돌아오다가 도중에서 보
자기를 열려고 하니 네 귀에 각각 붉은 뱀이 머리를 내밀고 있
으므로 열어 보지 못하였다. 그의 삼촌에게 전하였는데 보자기
안에는 마른 보리밥이 한 되 남짓하게 들어 있었다.

　그 후 배생의 삼촌은 왕옥산(王屋山)284)에 들어가 노닐었는
데 그 뒤의 일을 알 수가 없었다. 배생도 나이가 97세였으나
노쇠한 기운이 없었다.

　┌──┐
　│평│　　≪태평광기≫ 제460권에는 이야기의 제목이 <배항(裴沆)>,
　│설│　　출전이 ≪유양잡조(酉陽雜俎)≫로 밝혀져 있다. 대체로 원
　└──┘
문을 충실히 언해하였으나 부분적으로 생략하였다.

　원문에는 배항이 재종형인 배생의 이야기를 하는 것으로 되어 있
으나, 언해본에는 제보자를 생략하고 배생을 중심으로 서술하였다.
노인이 잠시 자신의 거처에 가서 머물자고 하였을 때 원문에서는 배
생이 '노인이 예사 사람이 아님을 알고 어르신[丈人]이라고 부르며
따라갔다.(裴覺非常人 以丈人呼之 因隨行)'고 하였으나, 언해본에
는 이 부분이 생략되었다.

　노인이 보자기에 싼 물건을 주며 열어보지 말라고 경계한 뒤, 원

---

282) 수명(壽命).

283) 고조(高祖)로부터 현손(玄孫)에 이르는 직계친(直系親)과 본인과 8촌 이
　　내의 형제를 포함하는 한 집안의 친족.

284) 중국 하남성 제원시(濟源市) 서북쪽에 있는 산.

문에는 '다시 배생을 이끌고 학을 가서 보니 상처가 났던 곳에 이미 털이 돋아났다.(復引裴視鶴, 鶴損處毛已生矣)'고 하였으나, 언해본에는 생략되었다. 또 배생이 장수할 것을 예언한 노인이 '주색을 경계하라.(且以酒色誡)'고 한 대목도 언해본에는 생략되었다.

| 제23화 |

도윤이군(陶尹二君)

대중(大中)[285] 시절에 도태백(陶太白)과 윤자허(尹子虛)가 서로 벗이 되어 숭산(嵩山)[286]과 화산(華山)[287] 두 봉우리에 노닐면서 송지(松脂)[288]와 복령(茯苓)[289] 캐기를 일삼았다.

하루는 큰 송림 아래에서 가져간 술을 마시고 있었는데, 소나무 가지 위에서 손바닥을 두드리고 웃는 소리가 나므로, 두 사람이 소리쳤다.

"신선이 아니신지요? 잠깐 내려오셔서 술을 한 잔 하심이 어떠실는지요?"

소나무 위의 사람이 대답하였다.

---

285) 당나라 선종(宣宗)의 연호. 847-859년.

286) 중국의 오악(五嶽) 가운데 중악(中嶽). 하남성(河南省) 정주시(鄭州市) 서남쪽에 있는 산.

287) 중국의 오악 가운데 서악(西嶽). 섬서성(陝西省) 화음시(華陰市) 남쪽에 있는 산.

288) 송진(松津). 송고(松膏). 송방(松肪). 소나무나 잣나무 따위의 줄기에서 내솟는 끈끈한 액체.

289) 땅 속의 솔뿌리에 기생하는 버섯의 일종으로 한약재로 씀.

"우리는 신선도 아니요, 초목의 정령도 아니라네. 그대들의 술 냄새를 맡고 한 번 취해볼까 생각했는데, 얼굴이 변하였고 털이 괴이해서 그대들이 놀랄까봐 즉시 내려가지 못하겠네. 그대들이 나를 기다려준다면 마땅히 있던 데로 돌아가 옷을 입고 올 것이니 나를 버리고 가지 말게나."

두 사람이 대답하였다.

"삼가 명대로 하지요."

하고 오래 기다리고 있노라니 문득 소나무 아래에서 한 사내는 옛날 제도로 지은 옷을 입고, 한 여인은 쪽찐 머리에 비단 옷을 입고 함께 나오는 것이었다. 두 사람이 절을 하며 말하였다.

"신선께서는 어디 분이시며, 어떻게 여기에 오시게 되었습니까? 이미 모실 수 있게 되었으니 마음이 흐리멍덩한 저희들은 깨달음을 얻기를 바랍니다."

사내가 말하기를,

"나는 진(秦)나라 시절의 역부(役夫)[290]였다네. 내 어릴 적에 진시황제가 신선을 좋아하여 불사약을 구하려다가 서복(徐福)[291]에게 혹하여 동남동녀 일천 명을 보냈는데, 내가 동남으로 뽑혔었지. 가서 보니 고래물결은 산 같이 일어나고 신기루

---

290) 일꾼.

291) 진시황의 명으로 동남(童男)과 동녀(童女) 3천 명을 데리고 봉래산(蓬萊山)으로 불로초를 캐러 갔다가 돌아오지 않은 인물. 서불(徐市)이라고도 함.

는 공중에 닿았더군. 석교(石橋)는 기울어져 위태하였고, 봉래
(蓬萊)²⁹²⁾의 연무(煙霧)는 멀리 아스라하였는데, 어복(魚腹)
속에 묻힐까 하여 어려운 가운데 한 가지 기특한 계교를 내어
이 화를 면하고¹⁻ 이름을 고쳐 선비 노릇을 하였다네.

두어 해가 못 되어서 또 진시황은 분서갱유(焚書坑儒)²⁹³⁾를
저질렀지. 이때에 나는 또 그들 선비 속에 끼어 위태한 가운데
한 가지 기특한 계교를 내어 이 괴로움을 면하고는 또 이름을
고쳐 흙을 쌓는 장인(匠人)이 되었는데, 또 진시황이 요망한 말
을 믿고 만리장성을 쌓는 역사를 일으켰지. 서쪽으로 임조(臨
洮)²⁹⁴⁾에서 시작하여 동쪽의 해곡(海曲)²⁹⁵⁾에까지 닿았다네.
농상(隴上)²⁹⁶⁾의 기러기는 저녁에 슬퍼하고 새변(塞邊)²⁹⁷⁾의
구름은 허공에 목 메였는데, 향관(鄕關)²⁹⁸⁾을 생각하니 넋이 나
부끼고, 사석(沙石)을 나르느라 수고로워서 힘이 갈(竭)²⁹⁹⁾하
여 발이 떨어져서 뼈가 상하였고, 눈을 밟다가 얼음에 찔리기도

---

292) 전설상의 삼신산(三神山)의 하나인 봉래산(蓬萊山).
293) 진시황이 정치에 대한 비평을 금하기 위해 각종 서적들을 불태우고 선비
    들을 생매장한 일.
294) 중국 감숙성(甘肅省) 정서시(定西市) 서쪽에 있던 고을.
295) 중국 산동성(山東省) 일조시(日照市) 서쪽에 있던 고을.
296) 오늘날의 중국 감숙성 일대를 가리키던 말.
297) 변방(邊方). 변새(邊塞).
298) 고향(故鄕). 관산(關山).
299) (힘이) 다함.

했다네. 이때에도 나는 역부가 되어 그 무리에 들었다가 수고로운 가운데 한 가지 기특한 계교를 내어 어려움에서 벗어나서는 또 이름을 고치고 장인 노릇을 배웠었지. 진시황이 죽자 여산(驪山)300)을 파서 크게 분묘를 만드는데, 옥으로 만든 섬돌과 구슬로 장식한 나무와 비단처럼 화려하게 꾸민 궁전과 구름 위로 높이 솟게 지은 누각을 만들고는 모든 공장(工匠)들을 다 광중(壙中)에 유폐시켰다네. 나는 그때 공장의 무리에 들어 있었는데 한 가지 계교를 내어 큰 화를 벗어났으나 세상을 만나지 못할 줄 알고 이 산으로 달아나서 나무 열매를 먹고 그로 인해 장생하는 도를 얻게 되었지. 이 여인은 진나라 때 궁녀로 순장하는 데 들었다가 나와 함께 여산의 화를 면하고 이 산에 함께 숨게 되었네. 그런데 이제 몇 갑자(甲子)301)나 지났는지 모르겠네. 도대체 세월이 얼마나 지났는가?"

하였다. 두 사람이 이르기를,

"진나라로부터 정통으로 뒤를 이은 왕조가 9대에 천여 년이 되었으니 그 사이의 흥망에 관한 일은 이루 헤아릴 수가 없습니다. 부족한 저희들이 다행히 대성(大聖)을 만났는데 금단(金丹)과 같은 큰 약에 대해 가르침을 얻어 들을 수 있겠습니까?"

---

300) 중국 섬서성(陝西省) 임동현(臨潼縣) 동남쪽에 있는 산.
301) 60년. 여기서는 시간 혹은 세월이라는 뜻으로 쓰였음.

하자 사내가 말하였다.

"나는 본디 예사 사람으로 다만 세상의 염려를 그쳐버리고 나무 열매를 먹어 그로 인해 구름을 타고 허공을 밟게 되었지. 달이 깊어가고 해가 오래 되매 몸에 털이 나고 빛이 푸르게 되었다네. 살고 죽는 것과 속세와 선계의 분별을 깨닫지 못해서 조수(鳥獸)로 이웃을 삼고 원후(猿猴)[302]로 더불어 즐김을 같이 하여, 구름이 서로 따르고 형체가 없는 데서 형체를 얻었는데, 금단이라는 큰 약이 무엇인지 알지 못하겠구먼."

두 사람이 다시 물었다.

"대선(大仙)께서 나무 열매 드시던 법을 얻어 들을 수 있겠습니까?"

사내가 대답하였다.

"처음에 잣을 먹고 나중에 송지를 먹으니 온몸이 두루 헐고 뱃속이 항상 아리더군. 그러다가 한 달이 지난 후에는 살빛이 매끄러워 지고 털에 빛이 나기 시작했지. 1-2년이 지난 후에는 공중에 오르는 것이 사다리를 놓은 듯하고, 험한 데를 걸어도 평지를 밟는 듯해서 표표(飄飄)[303]히 바람을 타고 날고 호호(皓皓)[304]히 구름을 따라 오르게 되었다네. 정신을 한 곳에 집

---

302) 원숭이.
303) 바람에 나부끼는 모양.
304) 밝게 빛나는 모양.

중하면 정신이 상쾌하고, 기운을 기르니 기운이 맑아졌네. 태근(胎根)305)을 지키고 명대(命帶)306)를 간수하니, 일월(日月)도 오히려 밝다가 어두워지고 산천도 오히려 무너지거나 마르게 되어도 내 몸은 능히 무너지지 않게 되었지."

두 사람이 재배하며 말하였다.

"공경하며 명을 듣겠습니다."

술이 떨어져 가자, 사내는 소나무 가지를 꺾어 옥병(玉瓶)을 두드리며 노래를 불렀다.

> 백자(柏子)307)를 먹으니 몸이 암석(巖石) 사이에서 가벼우니,
> 시비(是非)가 인간에 이른 뜻이 없구나.308)
> 예전 입던 관복(官服)을 잠깐 갖춰 입고 세상을 논했으나,
> 벽락(碧落)309) 사이에서 구름을 타고 노니는구나.
> 餌栢身輕疊嶂間 是非無意到塵寰
> 冠裳暫備論浮世 一餉雲遊碧落間

함께 있던 여인이 그 뒤를 이어 노래하였다.

---

305) 타고난 근성(根性).
306) 천수(天壽). 타고난 수명(壽命).
307) 잣.
308) 속세에서의 시시비비(是是非非)는 산 속에서 아무 의미가 없다는 뜻임.
309) 푸른 하늘.

누가 옛날이 옳으며 지금이 그른 것을 알리오?
한가롭게 푸른 안개를 밟으니 취미(翠微)310)에서 멀구나.
진(秦)나라 누대 위의 피리소리 틀림없이 고요해졌으리니,
오색구름만 속절없이 깃으로 만든 옷에 일어나는구나.
誰知古是與今非 閑躡靑霞遠翠微
簫管秦樓應寂寂 綵雲空惹薜蘿衣

그 사내가 말하였다.

"그대들과 더불어 반갑게 서로 만났는데 어찌 정이 없겠는가? 내게 만세(萬歲) 송지(松脂)311)와 천년 백자(柏子)가 있으니 그대들은 각각 나누어 먹게나."

두 사람이 절하고 받아서 술에 타서 먹었다. 두 신선이 말하기를,

"우리 이제 영영 이별해야겠구려. 그대들은 스스로 잘 수양하여 신기(神氣)312)를 누설하지 말게나."

하고는 일어나 갔는데, 표연히 자취를 알 수가 없었다.

이윽고 두 사람이 입었던 옷이 바람에 날리더니 화하여 꽃 조각과 나비의 날개가 되어 공중에서 나부꼈다. 두 사람은 연화봉(蓮花峰)313) 위에 거처하였는데, 얼굴빛이 밝고 머리털이

---

310) 먼 산에 아른아른 보이는 엷은 푸른 빛.
311) 만년(萬年)된 송진(松津).
312) 세상 만물을 만들어 내는 원기(元氣).

다 푸르렀다. 말을 하면 향기로운 냄새가 입에 가득하였다. 운대관(雲臺觀)314)의 도사들이 이따금 만나 보았다고 한다.

> 평설 ≪태평광기≫ 제40권에는 이야기의 제목이 <도윤이군(陶尹二君)>, 출전이 ≪전기(傳奇)≫로 밝혀져 있다. 대체로 원문을 충실히 언해하였으나 부분적으로 생략하였다.

이야기의 서두가 원문에는 두 사람이 화산의 부용봉(연화봉)에 올라 경치가 좋은 곳을 찾아다니다가 소나무 아래 쉬는 것으로 되어 있는데, 언해본에는 바로 소나무 아래 쉬는 것으로 처리하였다. 장부 차림의 신선이 진시황 때 역경을 헤쳐 나온 일들을 이야기하고, '네 번이나 임기응변으로 계교를 써서 큰 화를 벗어났다.(凡四設權奇之計 俱脫大禍)'는 진술이 원문에는 있으나, 언해본에는 생략되었다.

두 사람이 장부 차림의 신선에게 '금단'에 대해 들을 수 있겠느냐고 물으면서 원문에는 '저희같이 뼈가 썩고 살이 문드러질 인간들에겐 실로 도움이 될 만한 것(朽骨腐肌 實翼麻蕯)'이라는 말이 이어지는데, 언해본에는 생략되었다. 장부 차림의 신선이 깨달음을 얻은 뒤의 달라진 모습을 말하는 가운데 '마음대로 날아오른 것(飛騰自在)'과 '성정의 분별이 없어진 것(無性無情)'이 언해본에는 생략되었다. 또한 '점차 태허와 뒤섞이고 은근히 천지조화와 부합되면서 물아를 별개의 것으로 보지 않았다.(漸混合虛無 潛孚造化 彼之與我 視無二物)'는 진술도 언해본에는 생략되었다.

---

313) 화산에서 가장 높은 봉우리.
314) 화산에 있던 도관(道觀).

| 제24화 |

소총(蕭總)

소총(蕭總)의 자(字)는 언선(彦先)으로 남제(南齊)[315] 태조(太祖)의 조카였다. 원휘(元徽)[316] 연간에 시절이 어지러운 것을 피하여 명월협(明月峽)[317]에 가서 노닐며 그곳 경치를 사랑하여 여러 해를 머물렀다.

늦봄의 어느 날, 물색이 아름다워서 천석 사이를 혼자 다니고 있었다. 문득 수풀 아래서 소총을 부르는 소리가 있어서 놀라 돌아보니, 한 미인이 꽃을 꺾어 쥐고 소총을 부르는 것이었다. 나이가 겨우 열예닐곱쯤 되었고, 입고 있는 의복과 고운 얼굴이 인간 세상 사람이 아니었다. 그녀가 소총을 불러 말하였다.

"소랑(蕭郎)이 여기에 머물고 계신데도 만나지 못했었는데, 오늘 마침 좋은 때를 만났으니 틀림없이 한 연분이 있기 때문이겠지요."

---

315) 서기 479년 소도성(蕭道成, 427-482)이 세운 남조(南朝)의 두 번째 왕조.
316) 중국 남북조시대 남조 송(宋)의 후폐제(後廢帝)의 연호. 473-477년.
317) 중국 사천성(四川省) 광원시(廣元市) 북쪽의 협곡. 고잔도(古棧道)의 유적지로 유명함.

소총이 황홀하여 10여 리를 나아가니 시내 위에 궁궐과 대전이 있었는데 매우 웅장하였다. 궁문 좌우에 시녀가 20명이 있었는데, 다 나이가 13, 4세쯤으로 신선의 재질이 있어 보였다. 포진(鋪陳)과 기구(器具)는 세간에 없는 것이었다.

그 날 밤에 서로 즐기다가 산새가 울고 시냇물 소리가 들리므로 문을 열고 왔던 길을 바라보니 연기와 구름이 잔뜩 끼어 있고 지는 달은 서쪽 하늘에 걸려 있었다.

그 미인이 소총의 손을 잡고 말하였다.

"인간의 사람과 산중의 여자가 이날 모인 것은 만년에 한 번 있을까말까 한 일이에요."

소총이 대답하였다.

"산 속에 계신 신녀를 어찌 속세 사람이 떳떳이 바라겠습니까?"

그 미인이 말하였다.

"저는 사실 이 산의 신녀랍니다. 옥황상제께서 이 벼슬을 시키시면서 3백 년 만에 한 번씩 교체를 시키시는데, 내년에 그 기한이 찬답니다. 이후에는 다른 곳에 태어날 것인데, 이렇게 낭군과 더불어 모이게 된 것은 또한 인연이 있어서겠지요. 그 연고를 어찌 자세히 다 말씀 드릴 수 있겠어요?"

말을 마치며 서로 이별하는데, 신녀는 옥지환 하나를 빼어 주며 말하였다.

"이것은 제가 일찍 사랑하여 손에서 떠나지 않았었지요. 이제 그대와 영별하는데 제 마음을 표할 것이 달리 없네요. 이것을 드릴 테니 원컨대 낭군은 손에 끼워 두고 저를 본 듯 반기고 서로 잊지 말아요."

소총이 대답하기를,

"다행히 저를 돌아봐 주시니 그 감격스러움이 깊습니다. 이 가락지를 가져다가 가슴속에 품고 제 목숨이 다하도록 보배를 삼겠습니다."

하였다. 하늘이 점점 밝아오므로 그녀의 손목을 잡고 문을 나왔다. 길에 이르러 서로 작별한 뒤 산을 내려와 두어 걸음을 걷다가 자던 곳을 돌아보니 완연히 무산선녀(巫山仙女)의 사당이었다.

그 후에 건업(建鄴)[318] 땅에 이르러 옥가락지를 가지고 가서 장경산(張景山)에게 자초지종을 말하자, 그가 놀라며 말하였다.

"내가 전에 무산에 가서 노닐 때 선녀를 보았는데, 그녀의 손가락에 옥가락지가 분명히 끼워져 있던 기억이 나는구먼. 세상 사람들이 이런 이야기를 전하더군. 진 문제(晉文帝)의 황후인 이씨가 일찍 꿈을 꾸었는데, 무산에 가서 놀다가 신녀를 보니 신녀가 이씨에게 옥가락지를 달라고 했다는 게야. 꿈을 깨고

318) 오늘날의 중국 남경시(南京市).

황제께 아뢰었더니, 황제께서 사신을 보내서 신녀에게 옥가락
지를 끼워 주었다고 하던데, 그대가 이것을 얻었으니 기특한
사람이로군."
하였다.

소총은 후에 치서어사(治書御史)[319]가 되어 강릉(江陵)[320]
으로 가다가 배 가운데서 홀연 신녀를 생각하고 초연(悄然)[321]
히 즐겁지 않은 마음으로 다음과 같은 글을 지었다.

> 옛날 바위 아래 손이,
> 완연히 고금을 이룬 듯하구나[322].
> 한갓 밝은 달빛 속의 사람을 생각하노라니,
> 무산에서 비에 젖기를 바라노라.
> 昔年巖下客 宛似成今古 徒思明月人 願濕巫山雨

글을 이렇게 짓고는 매우 기뻐하지 않았다.

평설   ≪태평광기≫ 제296권에는 이야기의 제목이 <소총(蕭總)>,
출전이 ≪팔조궁괴록(八朝窮怪錄)≫으로 밝혀져 있다. 대
체로 원문을 충실히 언해하였으나 부분적으로 생략하였다.

---

319) 치서시어사(治書侍御史). 중국 한대(漢代) 이래로 문서를 담당하는 관직.
320) 중국 호북성(湖北省) 형주시(荊州市) 지역의 옛 이름.
321) 근심하는 모양.
322) 예전에 무산신녀와 만났을 때와 같다는 뜻임.

서두에 소총을 소개할 때 남조 송나라의 승상으로 있던 남제의 태조가 대업을 이루면 그에게 벼슬을 주겠다고 다짐하는 대목이 생략되었다. 또한 소총이 신녀와 헤어질 때 원문에는 '눈물을 가리며 헤어졌다.(掩涕而別)'라고 하였는데, 언해본에는 이러한 진술이 생략되었다.

소총이 치서어사가 되었다는 진술 앞에 '남제 태조 건원 말년에 부름을 받아 미처 떠나기 전에 태조가 붕어하고 세조가 즉위하여 여러 벼슬을 거치다가 중서사인이 되었다.(總齊太祖建元末 方徵召 未行 帝崩 世祖卽位 累爲中書舍人)'는 진술도 언해본에서는 생략하였다.

| 제25화 |

한해신(瀚海神)

병주(幷州)[323]의 북쪽으로 70리 되는 곳에 한 고총(古塚)[324] 이 있었다. 정관(貞觀)[325] 초에 매양 저녁 무렵이면 귀병(鬼兵) 만여 명이 기번(旗旛)[326]을 빛나게 하여 이 무덤을 둘러싸면 고총 속에서 귀병 수천 명이 무덤 밖에 와서 서로 싸우다가 밤이 면 물러가기를 한 달이나 계속하였다.

하루는 귀병이 북쪽으로부터 와서 고총 2~3리 밖에 나아가 진을 치므로, 밭 갈던 사람이 보고 놀라 달아나니, 귀장(鬼將) 이 여남은 군사로 따라와 잡아다가 이르기를,

"너는 두려워하지 말라. 나는 한해(瀚海)[327]의 신이다. 내 작 은 장수가 사랑하는 첩을 도적하여 이 무덤 가운데로 달아났는 데, 이 무덤의 임자인 장공(張公)이 군사를 빌려주어 나와 겨루

---

323) 중국 산서성(山西省) 태원시(太原市) 양곡현(陽曲縣) 지역의 옛 이름.
324) 오래 된 무덤.
325) 당나라 태종의 연호. 627-649년.
326) 깃발.
327) 당나라 때 몽골고원 사막지대를 일컫던 말.

어 싸우고 있지. 내가 한해를 떠나온 지 한 달이 넘었는데 이
도적을 당하지 못하여 가장 분해 하고 있지. 날 위해서 이 무덤
에 가서 장공에게 말하게.

'내 스스로 와서 반장(叛將)을 잡으려는데 어찌 무덤 가운데
감추고 인병(隣兵)을 빌려 나를 막지르는가? 빨리 내어보내지
않으면 마침내 너를 죽이리라.'
라고."

하고는 군사 1백 명을 거느려 보냈다. 경인(耕人)[328]이 고총 앞
에 가서 큰소리로 말을 전하였다. 이윽고 고총 안에서 군사를
내어 진을 치고, 두 장수가 말을 가지런히 하여 큰 깃발 앞에
나섰는데 좌우의 검극(劍戟)이 수풀 같이 벌여져 있었다. 그 밭
갈던 사람을 불러 이르기를,

"내가 살아 있을 적에 날랜 장수가 되기를 30여 년을 하였는
데, 죽어 여기 묻혔을지라도 나를 따르는 자들이 보기(步騎) 아
울러 5천여 명인데 다 정강(精彊)한지라. 네 작은 장수가 과연
내게 왔는데 벌써 벗으로 사귀었으니 아니 돕지 못할지라. 부디
나와 싸우려 하면 마침내 너를 파(破)하여 한해로 돌아가지 못
하게 할 것이니 벼슬을 보전하여 살고 싶거든 빨리 돌아가라."
하고,

---

328) 밭 갈던 사람.

"한해신에게 전하여 말하라."

하였다. 그가 또 한해신에게 전하니, 한해신이 대로하여 군사를 이끌고 나아가 호령하기를,

"이 무덤을 파지 못하면 오늘 저녁에 이 무덤 앞에서 죽으라!"

하였다. 드디어 힘써 싸워 세 번 패하여 다시 싸우더니 초경 무렵쯤 되어 고총 군사들이 크게 패하였다. 배반한 장수를 생금(生擒)하고 무덤 가운데 들어가 그 첩을 잡아내고 장공과 모든 군사들을 다 무덤 앞에서 죽이고 불을 놓아 무덤을 태웠다.

밭 갈던 사람에게는 띠 하나를 주었다. 이튿날 그 무덤 위에 올라가보니 불이 그저 붙고 무덤가에 불에 타다 남은 뼈와 나무로 만든 사람들이 매우 많았다.

평설 ≪태평광기≫ 제297권에는 이야기의 제목이 <한해신(瀚海神)>, 출전이 ≪소상록(瀟湘錄)≫으로 밝혀져 있다. 대체로 원문을 충실히 언해하였다. 한해신이 밭 갈던 농부에게 준 것을 언해본에는 '띠'라고만 하였는데, 원문에는 '금띠[金帶]'라고 한 정도의 차이가 있을 뿐이다.

| 제26화 |

장박(張璞)

　장박(張璞)의 자(字)는 공직(公直)으로, 오군 태수(吳郡太守)329)가 되어 여산(廬山)330) 아래로 지나가고 있을 때였다. 온 집안사람들이 여산신묘(廬山神廟)에 들어가 구경하는데, 한 계집종이 장박의 딸을 희롱하여 흙으로 빚은 신상 하나를 가리키며 말하기를,

　"이 신으로 배필을 삼으실 것이에요."

하였다.

　그 날 밤에 장박의 아내의 꿈에 여산군(廬山君)331)이 빙폐(聘幣)332)를 보내며 말하기를,

　"못난 자식이 기특하고 장하지는 못하지마는, 사위를 가리는 데에 거두어 준 것을 감격하여 작은 예로 미미한 정을 표합

---

329) 오늘날의 중국 강소성(江蘇省) 소주(蘇州) 지역인 오군(吳郡)을 다스리던 벼슬.

330) 중국 강서성(江西省) 구강시(九江市) 남쪽에 있는 산.

331) 여산의 산신.

332) 폐백(幣帛). 혼인 전에 신랑이 신부 집에 보내는 예물.

니다."

하는 것이었다. 장박의 아내가 깨어나 괴이하게 여기고 있는
데, 계집종이 희롱한 일을 말하는 것이었다. 장박의 아내는 두
려워하며 남편을 재촉하여 바삐 길을 떠났다. 배를 타고 건너
다가 물 가운데 다다랐을 때 배가 돌며 가지 않는 것이었다.
배에 탄 사람들이 두려워하며 배에 있던 여러 가지 물건들을
강물에 던졌으나 배는 여전히 나아가지 않았다. 어떤 사람이
말하기를,

"당신 딸을 물에 넣어야 배가 갈 것이오."

모두들 그 말을 듣고 말하기를,

"신의 뜻을 알 수 있겠소. 어찌 딸 하나로 한 집안사람들을
모두 죽이겠소?"

하였다. 장박이 말하기를,

"나는 차마 못 보겠소."

하고 뜸333) 위에 올라가 누워서는 아내에게 물에 넣으라고 하
였다. 장박의 아내가 죽은 시아주버니의 딸을 자신의 딸 대신
물에 빠뜨리자 배가 즉시 나아갔다. 장박이 들어와 자신의 딸
이 그대로 있는 것을 보고 노하여 말하였다.

"내가 무슨 낯으로 세상에 나서겠소?"

---

333) 띠나 부들 같은 풀로 거적처럼 엮어 만든 물건. 여기서는 배에 설치하여
비바람과 볕을 가리는 데 쓰는 차막(遮幕)을 말함.

하고는 자신의 딸을 마저 물에 **빠뜨렸다.**

한참 뒤에 보니 자신의 딸과 조카딸 두 사람이 물 위에 뜨고 아전인 듯한 사람이 물가에 서서 말하기를,

"나는 여산군 冂에서 주부 벼슬을 하고 있소. 여산군께서 그대의 높은 의리를 공경하여 이 낭자들을 도로 보내고 나로 하여금 사례하라고 하셨소이다."

하고는 간 곳이 없었다. 즉시 딸과 조카딸을 건져내어 물속에 서 있었던 일을 물으니 대답하기를,

"다만 큰 집과 아전과 군사들이 있는 것만 알았을 뿐 물에 **빠진** 것은 생각하지 못했어요."

하는 것이었다.

평설 ≪태평광기≫ 제292권에는 이야기의 제목이 <장박(張璞)>, 출전이 ≪수신기(搜神記)≫로 밝혀져 있다. 대체로 원문을 충실히 언해하였으나 부분적으로 생략과 변개를 가하였다.

장박의 자를 소개한 뒤 원문에는 그가 '어디 사람인지 알 수 없다. (不知何許人也)'는 진술이 있으나, 언해본에는 생략하였다. 여산군의 주부가 사례의 뜻을 전할 때 장박의 의기를 공경한다는 말 앞에 원문에는 '귀신이 사람의 배필이 아님을 알고(知鬼神非匹)'라는 말이 있으나, 언해본에서는 생략하였다.

장박의 아내가 자신의 딸 대신 물에 던진 것이 원문에는 장박의 죽은 형의 '외딸'로 되어 있는데, 언해본에서는 그냥 '딸'이라고만 하

였다. 조카딸을 대신 물에 넣는 대목도 원문에는 '물에 자리를 깔고 조카딸을 그 위에 앉혔다.(置席水中 女坐其上)'라고 하였는데, 언해본에는 던져 넣은 것으로 바뀌었다.

■ 풀어 옮긴이 **김동욱**

성균관대학교 국어국문학과 졸업
한국정신문화연구원 한국학대학원 문학석사
성균관대학교 대학원 문학박사
현재 상명대학교 한국어문학과 교수

저서 : 《고려후기 사대부문학의 연구》, 《고려사대부 작가론》, 《따져가며 읽어보는 우리 옛
　　　이야기》, 《실용한자·한문》
역서 : 《완역 천예록》(공역), 《국역 동패락송》, 《국역 기문총화》1~5, 《국역 수촌만록》,
　　　《옛 문인들의 붓끝에 오르내린 고려시》1·2, 《국역 청야담수》1~3, 《국역 현호쇄담》,
　　　《국역 동상기찬》, 《국역 학산한언》1·2, 《국토산하의 시정》, 《새벽 강가에 해오라
　　　기 우는소리》상중하, 《교역 태평광기언해》1~3, 《국역 실사총담》1·2 외 논문 다수

교역 태평광기언해 ❹

2011년 3월 31일 초판 1쇄 펴냄

옮긴이 김동욱
펴낸이 김흥국
펴낸곳 도서출판 보고사

책임편집 김신혜
등록 1990년 12월 13일 제6-0429
주소 서울특별시 성북구 보문동7가 11번지 2층
전화 922-5120~1(편집), 922-2246(영업)
팩스 922-6990
메일 kanapub3@chol.com
http://www.bogosabooks.co.kr

ISBN 978-89-8433-882-1 93810
ⓒ 김동욱, 2011

정가 15,000원